「……歡迎回來。」
「歡迎回來！」
愛爾
在瑪喬利卡遇
空僱用她擔
阿爾特
和愛爾莎一起
受僱於空的男孩。
異世界漫步 3
～艾法魔導國・散步篇～

在魔法學園＆地下城的城鎮
瑪喬利卡散步！
空
被召喚到異世界的高中生。
正在漫遊這個世界。
希耶爾
陪伴空旅行的精靈。
只有少數人才看得到。
賽莉絲
魔法學園的神祕圖書館員
她的真實身分是……？

約書亞
仰慕蕾拉的魔法學園學生。
蕾拉
在聖王國結識的冒險者。
「血腥玫瑰」的隊長。
賽拉
戰鬥力很強的獸人。
盧莉卡和克莉絲的好友。
米亞
福力倫聖王國的聖女。
在逃離聖都時
剪短了頭髮。
光
艾雷吉亞王國的前間諜。

同一時間，在拉斯獸王國——
盧莉卡
克莉絲的搭檔冒險者。
兩人正在尋找好友。
「我不行了～」
「妳在說什麼呀，
小盧莉卡，別放棄！」
克莉絲
曾在艾雷吉亞王國
與空一起旅行的魔法師。
隱瞞著某件事。

3
異世界漫步
～艾法魔導國・散步篇～
あるくひと
[Illustration]
ゆーにっと
Walking in another world
Kadokawa Fantastic Novels

CONTENTS

Walking in another world

序章

貨架上陳列著許多靴子，我們正在猶豫要購買哪一雙。一方面是因為數量太多，而且不只實用性，外觀好像也很重要。

即使有問題就要找老闆，不過老闆正在接待其他客人，沒辦法找他提供建議。如果是我自己的靴子，就可以輕鬆地做出選擇了。

「那一雙……怎麼樣？」

我指向一雙白色的靴子說道。

「主人，那個很微妙。」

即使我有努力思考，但是立刻被打槍。

打槍的人是光，一個黑髮黑眸的女孩。

原本是艾雷吉亞王國的間諜，負責監視在異世界召喚中被當作勇者叫到這個世界的我，但是幾經周折後我們決定一起行動。彼此並非不打不相識之類的關係。只是聽到她的處境後，覺得沒辦法置之不理。

與相遇時相比，光漸漸展現更多情感，但是仍然有些生硬。不過在品嘗美食的時候，臉上會浮現充滿情感的燦爛笑容。

「空，那麼這一雙如何？」

米亞拿著一隻靴子問我。先前長達腰際的金髮十分引人注目，由於捲入聖都的某個事件，她現在把頭髮剪短到齊肩長度。髮色染成黑色，眼睛也戴上黑色隱形眼鏡。因為這樣，她和光站在一起看起來有點像姊妹。

米亞不久前本應在福力倫聖王國的聖都被認證為聖女，因為魔人的陰謀，教會將她當作假聖女加以追殺。雖然如今那個誤會已經解開，一方面由於魔人想殺她，除了部分教會相關人物外，她隱瞞還活著的事實，離開教會與我一起行動。當然了，這是米亞本人的意志，沒有強迫她喔？

「鞋底也很結實，而且重量輕，正好適合米亞。」

如此回答的賽拉從米亞手中接過靴子。她是貓獸人，頭上的貓耳與從屁股上方長出來的尾巴引人注目。獸人本身很少見也是原因吧。

我在聖都的豪拉奴隸商會遇見她，花了一大筆錢將其買下。理由是因為她是我在王國遇見的女冒險者二人組，盧莉卡和克莉絲所尋找的人之一。

由於種種緣故，感覺與她還有隔閡，不過自從向她坦白自己認識盧莉卡她們後，她對我稍微親近了一點……我是這麼認為。

三人的共同點是儘管款式設計不同，脖子上都戴著項圈。

那是奴隸身分的證據，現在的我是她們三人的主人。

為了維護自己的名譽，我要表明一件事，就是絕對沒有強迫她們做不願意做的事情。我曾命令她們保密我是異世界人這件事，頂多只有這樣。

等米亞的裝備都買齊後，接下來就是為前往國境都市賽特的旅途做準備。主要可以說是為了採購食物。

「主人，也可以去逛路邊攤嗎？」

對光的那句話有所反應，先前睡在我的兜帽裡的精靈希耶爾現身。

她輕輕地坐在光的頭上，用充滿期待的圓眼睛看著我。

據說普通人是看不見精靈的，但是我不知為何能看見她。

在那之後，我們正式締結契約一起旅行，一開始看不見希耶爾的光她們，在與我締結奴隸契約後也變得能看見希耶爾。

是什麼樣的力量發揮作用至今還是個謎，不過這沒有造成困擾，所以決定不去在意。

於是我點點頭，希耶爾高興地拍打耳朵，和光一起歡欣鼓舞。

米亞看到那一幕露出微笑，賽拉則是忍著笑意。

光馬上向攤位走去，我們也匆匆追了上去。

「我們也一起去吧。」

如果放任一人與一隻不管，不知道會發生什麼事。

最後，我們買下分量多到四個人吃不完的料理，不過只要收進空間魔法等級已升到ＭＡＸ的我的道具箱中就不成問題。因為道具箱現在可以保持原有狀態保存食物等容易腐壞變質的東西。對於旅行者來說，這無疑是絕對想要的技能。

在那之後，我們去了一趟冒險者公會，確認有沒有盧莉卡她們的留言。接著前往教會發出祕密暗號通知樞機主教丹，米亞將與我們一起旅行，然後返回旅館，決定今天早點上床睡覺。

從明天起，四人和一隻的旅程終於將正式展開。

我與在坦斯村結識的一位有馬車的商人交涉，請他從坦斯村載我們到羅耶鎮。一開始我們考慮步行前往，但是米亞的裝備還不齊全，因此放棄了這個想法。

其實如果我們也搭乘馬車前往下一個國境都市賽特，就能更快抵達目的地——艾法魔導國的瑪喬利卡。不巧的是前往賽特的馬車剛出發，距離下一班馬車發車還有好幾天。

雖然也可以等候下一班馬車發車，但我們決定明天出發。

對我個人而言，為了自己的技能「漫步」效果「不管走多少路也不會累（每走一步就會獲得1點經驗值）」，我想要走路，正在猶豫該怎麼做時——

「如果米亞以後想和主人一起旅行，最好扎實地培養體力。」

意外的是賽拉提出建議，因此決定步行。

「我、我會走。一定會走！」

當我向米亞確認時，她這麼回答。

這不是自暴自棄吧？我擔心地找光和賽拉商量，她們表示沒這回事，不用擔心。

「那麼，晚安。」

熄滅魔導油燈，室內變得一片漆黑。雖然只要使用夜視技能，即使在黑暗中也看得見，不過現在沒有必要。

不久之後，聽到睡著的呼吸聲。

我也閉上眼睛，但是在入睡前還有事情要做。

在心中默唸「開啟狀態」，即使閉上眼睛也看得見的狀態值面板浮現在腦海中。

姓名「藤宮空」　職業「魔術士」　種族「異世界人」　無等級
HP420／420　MP420／420（＋100）　SP420／420
力量……410（＋0）　體力……410（＋0）　速度……410（＋0）
魔力……410（＋100）　敏捷……410（＋0）　幸運……410（＋0）

技能「漫步Lv41」
效果「不管走多少路也不會累（每走一步就會獲得1點經驗值）」
經驗值計數器　189739／690000
技能點數　4

已習得技能
【鑑定LvMAX】【阻礙鑑定Lv3】【身體強化Lv9】【魔力操作LvMAX】【生活魔法LvMAX】【察覺氣息LvMAX】【劍術LvMAX】【空間魔法LvMAX】【平行思考Lv8】【提升自然回復Lv9】【遮蔽氣息Lv8】【鍊金術LvMAX】

【烹飪ＬｖＭＡＸ】【投擲・射擊Ｌｖ６】【火魔法ＬｖＭＡＸ】【水魔法Ｌｖ５】【心電感應Ｌｖ８】【夜視Ｌｖ９】【劍技Ｌｖ５】【異常狀態抗性Ｌｖ５】【土魔法Ｌｖ９】【風魔法Ｌｖ５】【偽裝Ｌｖ５】【土木・建築Ｌｖ７】

高階技能
【人物鑑定Ｌｖ７】【察覺魔力Ｌｖ６】【賦予術Ｌｖ６】

契約技能
【神聖魔法Ｌｖ３】

稱號
【與精靈締結契約之人】

我一邊看著狀態值，一邊想起至今遇見的人們。

召喚到異世界後，因為是廢物而馬上遭逐出王城，變成孤身一人。

在那之後成為冒險者，遇見各式各樣的人，不過其中最令我印象深刻的是曾經一起旅行的盧莉卡與克莉絲。我與她們在艾雷吉亞王國的中繼城市菲西斯道別。

當時沒有和她們一起走，是因為隱約有種不好的預感。那個預感在負面意思上應驗了……

即使如此，我在那之後立刻與精靈希耶爾締結契約，所以並不覺得寂寞，而且一起旅行的同伴一個接著一個增加了。

和光她們一起旅行很愉快，這段時光對我而言無疑是重要的寶物。

再次體認到這件事，是在和希耶爾單獨從聖都前往坦斯村的路上。

不經意地映入眼中的景色看起來彷彿褪色了。明明本來就只有我和希耶爾單獨旅行，我卻對此感到寂寞。

所以當我們成功在坦斯村會合時，我感到很安心，看到光她們高興的樣子，我也很開心。

接下來希望能在瑪喬利卡與盧莉卡她們順利會合……

「她們現在在做什麼呢……」

我一邊想著應該在拉斯獸王國的兩人，一邊關閉狀態值面板入睡。

閒話・1

「我不行了～」

「小盧莉卡，妳在說什麼呀，別放棄！」

「可是克莉絲，持續走這麼久，腳實在是達到極限了喔？」

我明白小盧莉卡所說的意思。老實說，自己的腳也很痛。

「話是這麼說沒錯……可是這也沒辦法呀。」

拉斯獸王國國內連接首都和城鎮的大道經過鋪裝，但是從城鎮到村莊——通往各部族聚落的道路有許多獸徑，絕大多數路況都很糟糕。而且從一個聚落到另一個聚落，有些地方還得穿越沒有道路的森林。因此移動起來十分辛苦，導致疲勞不斷累積。

「而且必須走訪的聚落很多。管理又草率。」

獸王國以獸王居住的首都為中心，有東西南北四大城鎮，還有零星分布於城鎮周遭的各部族聚落。

我們聽說有部族購買獸人奴隸的消息，走訪了幾個村子，但是都無功而返。

拉斯獸王國的居民似乎大都性格豪邁或者說是粗枝大葉，難以獲得準確的情報。我不禁擔心在管理等方面這樣沒問題嗎？不要緊嗎？

這次只聽說有村莊買下女性貓獸人奴隸，不知道那個奴隸叫什麼名字。當然了，時間經過好些年，也不是直接來自奴隸商人的消息，所以缺乏正確性或許也是沒辦法的事。

儘管如此，既然有可能性，我和小盧莉卡還是去了一趟，可惜並不是小賽拉。

「這下子我們走訪過幾個村莊了？」

相隔許久返回城鎮，一躺在旅館床鋪上，小盧莉卡開口問道。

我已記不清正確的數字。

我們和空分離來到獸王國之後，已經過了將近一百五十天。

在這段期間，我們走訪了包含首都在內的三個城鎮及周邊聚落。會花那麼多時間是因為獸王國的領土廣闊，以及聚落的數量很多。

另外，由於旅行需要資金，我們會在城鎮接公會的委託賺錢也是原因之一。在獸人很多的這個國家幾乎看不到討伐類委託，剩下的都是採集或雜務類委託。

「都是些空會喜歡的委託。」

我不禁回想起他並小聲說出那個名字，小盧莉卡抬起頭來看著我。

見到她臉上浮現意味深長的笑容，我像內心遭到窺視般，覺得很難為情。

「他過得好嗎？」

「我想應該沒問題喔？」

我一邊回答小盧莉卡的問題，一邊想起空。同時也想起跟隨空的那個孩子。

希望他們能順利締結契約，實際上不知道怎麼樣呢？

「總之，明天去冒險者公會再接個委託吧。我想應該會是採集藥草的委託……」

聽到那句話，小盧莉卡把臉埋在枕頭裡。

因為她不擅長採集藥草的委託。不過由於接委託的人不多，報酬比起王國來得好。

隔天早上我們到冒險者公會一看，果然一件討伐委託都沒有。

接下如我所料數量很多的採集藥草委託後，我們確認可以採集的地點並馬上出發。即使是離城鎮相對較近的地點，距離也遠到得住宿一晚才能抵達。這也是大家不接的原因嗎？

採集藥草的結果是……因為可以盡情採集，我們採集了大量的藥草。我想一定是因為沒有人來採集的關係。

我們返回城鎮在櫃檯辦完手續，櫃檯人員好像也記得我們。這似乎是因為屬於人類種族，又是兩名女子一起旅行的情況很少見。

「……有人傳話給我們？」

小盧莉卡連同報酬一起收到一封信。

會傳話給我們的人……只有一個人。那就是空。嗯，不過也有可能是來自奴隸商人的聯絡。

「啊～難道是空？他或許是因為擔心克莉絲而聯絡我們喔～？」

「真是的～別說這種話了。信……等到回旅館再看吧。」

盧莉卡似乎也察覺這一點，我們連忙返回旅館。

雖然也可以當場確認，總覺得還是靜下心再讀信比較好。

我們回到旅館，兩人並排坐在床上讀信。

那封信來自出乎意料的人。居然是小賽拉寄來的。

信上寫到小賽拉目前是奴隸，將在身為奴隸主的主人提議下前往艾法魔導國的瑪喬利卡。

「真的是那個賽拉嗎？」

「可是上面也寫了她與我們之間的回憶和奶奶的事情，我想不會有錯。」

我認為可以相信。因為儘管內容不長，信上寫著只有我們才知道的事情。

「說得對……那麼我們在回信後也朝瑪喬利卡前進吧！」

「嗯，不過還得去確認愛麗絲姊姊的消息，所以……」

「啊～的確沒錯。要確認愛麗絲姊姊的消息，到頭來還是要去奴隸商人那裡一趟啊～」

我點頭同意盧莉卡的話。

雖然至今完全沒有獲得關於愛麗絲姊姊……尖耳妖精的情報，但還是有萬一的情況。

所以需要在經過的各個城鎮進行確認。

「不過如果這是真的，真令人高興呢！」

「嗯。」

小盧莉卡高興地笑著。我一定也正在笑吧。

自從開始尋找兩人後，我們終於獲得第一個線索。而且可信度相當高。

「再來就是看看賽拉的主人是怎麼樣的人了。希望他沒對她做什麼奇怪的事情。」

這的確令人擔心吧？如果她遭到虐待……

「克莉絲，妳的表情很可怕喔？不過既然同意她像這樣傳話給我們，一定是個好人。」

我相信小盧莉卡的那句話，開始準備旅行。

對了，假如順利見到小賽拉，也得向空報告這件事。我想他一定會和我們一起高興的。

第1章

「那個是國境都市賽特的中央門……越過那道門，就是艾法魔導國了。」

米亞停下腳步，仰望建造在聖王國和魔導國國境線上的一道大門。

分為東西兩部分的城鎮中央設有海關，通過那裡就會跨越國境。

在我的想像中，還以為國境線上會布署許多警備兵和騎士，籠罩在更森嚴的氣氛中。

然而，雖然有檢查身分證，我們很容易便通過海關。聖王國和魔導國之間關係友好似乎也是部分原因。

順道一提，另外還有幾個名為國境都市的城鎮，作為中立城鎮存在。

穿越大門後，城鎮的景象也略有變化。聖王國以白色為基調的建築物較多，魔導國則是色調深一點的建築物較多。由於基本的建築樣式沒有差異，或許是用顏色加以區分嗎？

從羅耶出發走到賽特花了八天時間，比預定行程晚了一天抵達。

造成晚到的原因果然是米亞，由於定期穿插休息，一天能行走的時間減少了。儘管如此，這個安排奏效，她沒有踩破腳底的水泡就順利抵達賽特。

在休息時貼在腳底，類似特製膏藥的藥草也發揮了效果吧。這個不只是米亞，光和賽拉也經常使用。

「明天休息一天，然後前往洛奇亞。賽拉去冒險者公會確認有沒有傳話送來……然後我們去逛路邊攤？」

我坐在床上談論明天的行程，光與希耶爾專注地觀察我。

嗯，我明白妳們那種眼神的意思。所以無法反抗，只得把逛街排進行程裡。

聽到逛路邊攤這句話，一人與一隻高興得跳起來，兩個大人以溫暖的眼神守候她們。雖然我自己也覺得太寵她們了，但是唯獨這點真是無可奈何。

當然了，如果有預定行程，我就會優先考慮，不過明天的目的是在城鎮中悠閒地度過一天。

第二天早上吃完早餐後，我們留下足夠的時間前往冒險者公會。

「妳是賽拉小姐吧。我們收到一件給妳的傳話。」

在繳交常態委託的藥草時確認，便收到給賽拉的傳話。

我看看賽拉收下的信件，是盧莉卡寄來的。

「主人，盧莉卡她們目前好像在獸王國，她們會前往瑪喬利卡，但好像沒辦法馬上過去。」

詳細一問，她們在獸王國境內還有兩個城鎮沒去，因此似乎會先去確認愛麗絲有沒有在那裡。再來純粹是獸王國領土廣闊，路程似乎需要花費不少時間。她們至少需要走三十天以上才能離開獸王國。考慮到接下來還得在魔導國境內移動，看來距離重逢還需要一段時間。她們表示進入魔導國領土後，會再次傳話過來。

「若是這樣，也不需要那麼急著趕路呢。」

本來心想讓她們久等不太好，有點急著趕路，但是看樣子時間還很充裕。

「主人，有時間去學園嗎？」

當我思考著這種事情時，光開口詢問。

「很難說吧？首先，我認為進入學園就讀也是有條件的……抵達之後要去調查看看嗎？」

如果早知道是這樣，應該更詳細地打聽關於瑪基亞斯魔法學園的事情。

我想起在前往聖都途中遇見的瑪基亞斯魔法學園學生蕾拉一行人。

「如果可以，我想去地下城看看。」

我詢問賽拉這番意外的發言本意為何，她似乎是想賺錢償還債務。

賽拉現在的確是債務奴隸，可以用賺得的錢買回自己獲得自由。

本來想過與盧莉卡她們成功會合後，就可以無條件釋放她，但是賽拉似乎不喜歡這樣。她在奇怪的地方很認真啊。

「米亞有沒有什麼想做的事情？」

「這個嘛。只要能和大家一起度過就夠了。」

米亞從教會的生活當中解脫獲得自由是很好，然而選項增加，似乎反倒讓她對自己想做什麼感到迷惘。

「米亞姊姊也一起去學園就行了。不過我也想去地下城看看。」

「那是為什麼？」

「在地下城一定能獲得好吃的肉！」

妳的語氣可以不用這麼有力喔？希耶爾也點點頭，好像在主張正是如此。

「可是出現的魔物說不定只有哥布林喔？」

聽說哥布林很難吃。實際上我不曾在市場上看過哥布林肉。只不過難以想像地下城會只出現哥布林系的怪物。

「……主人說話真壞心。」

光鼓起腮幫子，希耶爾也贊同地吊起眼角揮動耳朵。真是一對好搭檔。

「這個嘛……我說了沒有夢想的話，抱歉。那麼前往洛奇亞的路上，我們一邊討論想做什麼一邊走吧。」

我道歉並摸摸光的頭，她可能是情緒變好，高興地點點頭。

我也想去地下城。用鍊金術製作各種道具時需要魔石，最重要的是單純好奇地下城是什麼樣子。那可是異世界的經典場景之一！

據說地下城有危險，但也是夢想之地。還有冒險者夢想一夜致富，特地前往地下城。

可是這麼一來就有個問題。

「如果我們說要去地下城，米亞有什麼打算？」

「……我也想一起去，嗎？」

正如我所料，儘管顯得不安，米亞說她也想去。即使說會很危險不可以去，她也不會聽吧。

即便可能會很辛苦，往後或許需要在移動的同時進行自衛訓練。

啟程前往洛奇亞後，有兩件事情改變了。

一件事是我把米亞的髮色和眼睛顏色恢復原狀。因為顏色和我與光一樣，米亞說保持這樣也可以，不過黑髮黑眸的人聚集在一起實在很顯眼。我的眼睛顏色有面具遮擋看不出來，但是那副面具反倒會吸引關注。

而且還是原本的顏色……金髮金眸與米亞白皙的肌膚更相配。當我不小心說出這句話，米亞便面紅耳赤地低下頭。

另一件事是睡前的訓練。因為白天米亞在體力上應該還很吃力，所以我在準備晚餐時，主要由光教導她戰鬥方法。由於賽拉是在面對魔物時學會自成一格的戰鬥方式，在我們三人當中，光是最適合指導的人。

她一開始教導米亞移動和使用身體的方法，比起打倒敵人，更把重點放在保護自己。

特別是閃避光她們的模擬刀攻擊的訓練，簡直宛如實戰一般。當然了，光她們有節制力道。

這個訓練的目的據說是先讓眼睛習慣迅速的動作。如果能跟上她們兩人的動作，的確就能應對一定程度的魔物動作吧。

在米亞背後，希耶爾也在為她加油。不進入米亞的視野範圍，想必是希耶爾的體貼。倘若看見那個可愛的加油身影，很可能會沒辦法專心訓練。

話雖如此，訓練才剛剛開始。鍛鍊結束之後，米亞累得筋疲力盡。

「辛苦了，妳吃得下嗎？」

我遞給她一碗下工夫烹煮，即使沒有食慾也喝得下的湯。因為如果不吃點東西，明天會沒有體力活動。

「謝謝。其實我也應該幫忙的……對不起。」

接過料理的米亞顯得很抱歉。

雖然我好幾次告訴她沒有這回事，但是米亞本人似乎無法接受。

由於和我簽訂奴隸契約的經過很特殊，她好像一直感到內疚。

吃完東西後，可能是很累吧，她迷迷糊糊地睡著了。

「米亞姊姊太勉強自己了。」

「我也這麼認為。但這或許無可奈何。因為米亞想與主人在一起。」

聽到賽拉一臉說得認真，我覺得很害羞，然而不能誤會。

米亞對我的感情並非戀愛，而是接近依賴。我至今都無法遺忘她被指為假聖女，面對聖都居民們投來的惡意時，那個充滿絕望的表情。

光是回想起來，甚至感到憤怒。

「無論如何，我們要注意別讓她勉強自己。如果她累倒了，一定會陷入沮喪。」

聽到我的話，兩人說著：「真沒辦法～」並互相對望。希耶爾也露出認真的表情，彷彿在說交給我吧。

◇◇◇

自賽特出發五天後。我們按照預定行程在午前抵達洛奇亞。

然後我們訂好旅館並在那裡吃完午餐後，分成兩組行動。

首先是留守旅館組，這一組是賽拉和米亞。米亞看起來非常疲憊，因此我要她在旅館好好休息。賽拉負責陪伴她。

「因為被人們盯著看，我也累了。」

米亞認為是自己害得賽拉擔任留守組，於是賽拉這麼告訴她，翻身躺在床上。

但是米亞似乎看穿了賽拉的謊話。儘管如此，她還是高興地像賽拉一樣躺下，馬上就發出鼾聲入睡了。

在那段期間，我和光去洛奇亞鎮購物。雖然路邊攤料理和食材都很充足，不過洛奇亞被稱為「食之城鎮」，販售大量的新鮮蔬菜和肉類等等。

洛奇亞被稱作食之城鎮的由來，是因為艾法魔導國的大部分食物都在洛奇亞生產。

汲取來自遙遠北方高山的大河河水，拜山腳下寬廣的肥沃土地所賜，農作物生長得很好。可以說是非常適合農業的土地。

因此，聽說從洛奇亞往北的土地農業興盛，有一段因此繁榮的歷史。

「主人，那個是什麼食材？」

光好像有很多食材是第一次看到，每次都會問我。

其中有一些連我也沒見過，不過我會使用鑑定調查並回答她。只是不知道這些食材可以用來做什麼料理，於是我隨口向販賣蔬菜的人打聽。

「主人，能用今天買的東西煮一些主人世界的料理嗎？」

「不確定呢。這得試試看才知道。」

光用純真的眼眸看著我，讓我想回應她的期待，但是唯獨這個得下廚嘗試才知道結果。期待料理技能會引導我。

這次買下的東西中，最大的收穫莫過於辛香料。可以挑戰烹煮在原本的世界從兒童到大人幾乎所有人都愛吃的（這算偏見嗎？）咖哩。不過可惜的是沒有米……

還有就算成功煮出來，也必須調整辣度，因為光和希耶爾都怕辣。

接下來我們隨興地到處逛著小吃攤、露天攤位和店鋪，光的視線突然看向道路另一側。

我轉頭看向那邊確認情況，雖然相隔一點距離，正好對上一個人的目光。

那個人一度面露驚訝的表情，然後便像一陣風一樣穿越道路過來抱住光。

「果然是小光！啊～沒想到能在這種地方碰面！」

被抱住的光一臉困擾地想推開蕾拉，但是似乎敵不過她的臂力。因為打倒歐克領主，使得蕾拉在血腥玫瑰當中實力也高出一截。

「如果不適可而止，她會討厭妳喔？」

聽到我在一旁提醒，蕾拉終於放開光。儘管看起來很捨不得。

光像隻警惕的貓一樣躲到我背後，威嚇似的瞪著她。

「咳、咳咳，好久不見，空。看到你那麼有精神，真是太好了。」

我覺得現在才來掩飾也太遲了。

「師父，好久不見。」

其他血腥玫瑰的成員們也跟在蕾拉後面出現。約兒、凱西、塔莉亞和露露還是老樣子。特麗莎……看起來有些無精打采。

我們邊走邊聽她們說話，她們不久前剛抵達洛奇亞。

「那邊的善後已經結束了嗎？」

我問起魔物潮的善後處理情況，據說在蕾拉她們離開聖都時尚未收拾完畢。

「因為還有學園的事情，我們先離開了。」

她們拜託冒險者公會寫了一份文件，說明因為魔物潮延誤回國的情況。

然後搭乘約兒的父親丹安排的高性能馬車疾馳，十天左右就從聖都移動到國境都市賽特。

由於丹安排的馬車只能在聖王國境內使用，從賽特到洛奇亞這段路好像是搭乘公共馬車。

「一直坐著，腰都痛了。」

約兒邊按著腰邊抱怨，不過她也說多虧這樣，才能比預定時間更早抵達洛奇亞。

「蕾拉妳們已經決定今天住宿的旅館了嗎？」

「還沒有，我們才剛剛抵達。」

那麼這或許是個好機會。

在聖都時，我無法告訴蕾拉她們真相。想起蕾拉她們當時的表情，我仍然會感到心痛。或許這也是現在特麗莎陷入沮喪的原因。

現在這個地方離聖王國的聖都很遠，而且位在國外，告訴她們應該也沒問題。

我記得住宿的旅館還有空房間，就請她們來我們住宿的旅館吧。

「那麼，就選我們住的旅館怎麼樣？我記得剛才外出時還有空房。」

決定趁這個機會告訴她們米亞的狀況。

因為我認為儘快告知，讓她們放心是最好的做法。

前往旅館途中，約兒找我攀談，詳細告訴我魔物潮之後的情況。

關於魔物部分，據說他們回收魔石，優先取得高階種和罕見魔物的素材。

「哥布林和狼的屍體幾乎都沒有留下，真是太好了。」

聽到約兒這麼說，塔莉亞和露露也像是同意一般點點頭。

最後焚燒處理屍體的作業好像是最辛苦的。

記得屍體如果放著不管就會變成不死生物。假如教會相關人員很多，看起來不會出問題，但是不死生物有多強呢？

好像還聽說過放著屍體不管，會變成爆發傳染病的原因。

在那之後我們帶路前往旅館，訂到兩間四人房，所以蕾拉她們也順利住進旅館。

「我們的房間在這裡，等妳們休息一會兒後，可以過來一趟嗎？」

「去房間？不是樓下的餐廳嗎？」

看到我點點頭，她於是回答：「我們一小時後過去。」

返回房間時，米亞似乎還在睡覺。

「蕾拉她們要過來？」

我告訴賽拉我們遇見蕾拉一行人，以及她們一小時後會過來這裡。賽拉擔心地看了看米亞，這是因為約兒是教會相關人員吧。

「不要緊。她們會保密的。而且既然我們在瑪喬利卡活動，這是無法避免的事情。」

我們不能一直躲藏起來生活，而且已經徵得丹的許可，應該不會有問題。

按照約定，一小時後敲門聲響起。

蕾拉她們換上比較休閒的打扮走進房間。

「你們住在同一個房間嗎？」

蕾拉看了室內一眼便說了這句話。

她應該並非有潔癖，但或許是對我和年齡相仿的賽拉同住一個房間感到在意。對於光也許已經放棄了。

「這是為了省錢嘛。」

雖然聽起來像藉口，但也不見得有錯。

因為旅館有空房，我在賽特時打算男女分開住宿，卻遭到反對。不只米亞，連賽拉也反對。至於光，她對我說與其再訂一間房間，更希望把那些錢用在餐費上。在光的背後，希耶爾也使勁揮動耳朵支持她。

看到那個身影，米亞和賽拉不禁露出苦笑。

「比起說明，還是用看的更快。光，不好意思，叫醒她吧。」

我拜託坐在身旁的光——

「米亞姊姊，醒醒。」

她搖搖米亞的身體，看到她沒有醒，開始輕輕拍打她的臉頰。

「唔～怎麼了?天亮了嗎？」

過了一會兒，米亞一邊揉眼睛一邊醒來。她完全睡迷糊了。

不過更重要的是，看見這一幕的蕾拉她們全都愣住不動。

「米、米亞大人～！」

看來最先回神的人是特麗莎。

她站起來直奔米亞抱住她。

米亞在特麗莎的懷裡掙扎。準確來說，是因為她的頭部被抱住，埋進特麗莎豐滿的胸部裡。

每當特麗莎移動身體，胸部就像生物一般改變形狀。

雖然盯著不放可能會挨罵，不過蕾拉她們或許是大受衝擊，尚未回過神來。

只是我不能就這麼放著不管。於是在感到有點不捨的同時呼喚特麗莎。

「啊～特麗莎，可以打擾一下嗎？」

「什麼事？」

她用不悅的語氣回應，彷彿有人打攪她與最愛之人相會。

因為在聖都時，感覺她比任何人都要仰慕米亞嘛……

「……差不多該放開她了喔？再抱下去米亞會有大麻煩。」

聽到我這麼說，往下看的特麗莎發現米亞身體無力癱軟。

「米、米亞大人！」

她連忙鬆手，米亞過了一會兒才恢復過來。

「我好像看見一位面帶溫柔微笑的女子。」

米亞如此說道。

「那麼，這是怎麼回事？」

她們並排坐在我的正前方，由蕾拉代表發問。

聖都的大家都說米亞已經去世，所以她們會生氣或許也無可厚非。

因此，我按照順序說明事情的經過。

首先是遭魔人欺騙的教皇引發的假聖女事件。

雖然丹的機智保住她一命，為了保護米亞的性命，我們讓她逃出聖都。

米亞之所以現在還跟我們同行，是因為她身為聖女會被魔人盯上，丹認為教會很難保護她，於是拜託我們擔任護衛。

最後關於護衛的部分其實是謊話，不過蕾拉她們知道我的實力，似乎能夠接受。

「情況我明白了。」

「我對爸爸有點改觀了。」

「米亞大人，您平安無事真是太好了。」

蕾拉、約兒與特麗莎各自說出感想，其餘三人也很高興米亞平安無事。

「啊，提到爸爸，我想起來了。其實離家的時候，他託付給我一封信。」

如此說道的約兒，遞給我一封蓋上封蠟的信。由於沒辦法判斷這是正常狀態還是受到嚴加保管，總之我決定在遠離蕾拉她們的地方確認。

約兒好像有點好奇，視線不時會瞄過來，為了表明現在不會讀信，我把信封收進道具箱。

「你們說要前往瑪喬利卡，空打算在瑪喬利卡待多久呢？」

「準確來說還沒有決定要待幾天。其實我們跟人約好在那裡碰面，只能說要看對方情況而定。」

「……可以問問是誰嗎？」

蕾拉好奇地詢問。

我看了賽拉一眼，她點頭表示沒問題。

「是賽拉的熟人。其實這次我會買下賽拉，也是因為從那些人那裡聽說了賽拉的事情。」

我隱瞞自己以前是冒險者這件事，說明聽說在旅途中很照顧我的人們正在尋找賽拉，透過這個機緣買下賽拉，與她們約好在瑪喬利卡會合。

「另外，光對魔法學園感興趣，也是我們選擇瑪喬利卡當集合地點的理由。關於這點，我想請妳詳細介紹一下瑪喬利卡，可以嗎？」

「這是無妨。啊，那麼空往後的計畫是什麼？」

「計畫？」

「沒錯，你們什麼時候會離開這個城鎮？會怎麼前往瑪喬利卡？就是指這些事。」

我告訴她我們明天在這裡休息一天後，預計步行前往瑪喬利卡。

「那還真遺憾。我們必須趕……不，我們可以一起走嗎？」

蕾拉說到一半停頓下來，向其他五人確認。

除了凱西以外的人都同意，猶豫的凱西看來最後也被蕾拉說服了。

「妳們不是急著趕路嗎？」

我用只有蕾拉聽得見的音量低聲發問——

「原本是這麼計劃喔？可是看到小特麗莎的表情……」

特麗莎察覺好不容易見到米亞卻得馬上分開，臉上浮現寂寞的表情，所以蕾拉更改計畫。她知道特麗莎陷入沮喪時的樣子，因此沒辦法說要先走。

「再說回去以後，學園的事情會變得很忙碌。這麼一來就無法輕鬆見面了。」

所以即使會花費時間，她們也決定跟我們一起走。

蕾拉還是老樣子，很關心夥伴啊。

第二天早上，我和光與蕾拉她們早早起床離開旅館。

昨晚我告訴蕾拉她們會在這個城鎮休息一天，有兩個理由。

一個是我想為了米亞安排休息日，讓她休息。

另一個是想悠閒地逛逛這個城鎮的早市。

洛奇亞的早市最大的賣點，果然是用一大早現採的蔬菜製作的料理。有簡單沾著像是沙拉醬的調味料食用的蔬菜棒，也有讓人驚呼「居然將這種組合炒在一起嗎！」的大膽創意料理。

「光，怎麼樣？」

「……不甘心，但是很好吃。」

光對於辣味料理以外的食物都不挑食，不管什麼都吃。

儘管如此，在小吃攤上讓她自由挑選喜歡的食物，就會變成以肉類料理為主，很少主動吃蔬菜。因此我這次的策略是想藉這個機會，讓她知道蔬菜其實也不錯。

「但是蕾拉妳們和我們一起行動，真的沒問題嗎？」

「沒問題。多虧了約兒的爸爸，我們比預定時間更早抵達這裡。再說……」

蕾拉望向遠處的眼中彷彿失去光芒。

「吃飯，是非常重要的。」

我感覺那句用盡全力說出來的話裡，蘊含強烈的情感。

「姊姊說得對。」

「嗯，我非常同意。」

「對呀。像這樣吃東西，讓我再次體認到這一點。」

「真的是這樣呢～」

「…………」

聽到蕾拉的話，約兒、塔莉亞、露露、特麗莎與凱西都深深點頭。

「因為以移動為優先，削減備餐時間可以理解。而且約兒的爸爸為我們準備的保存食品也不是冒險者購買的便宜貨，品質頗佳。可是……保存食品終究是保存食品。」

所以她們在路上真的非常辛苦。

車夫不會做菜，蕾拉她們平常也不做菜，所以無法做出好吃的食物。

來到聖王國之前，這種情況在地下城裡明明是理所當然，但是我和商業公會派來的廚師讓她們知道在旅途中也能吃到美味的料理，所以想法發生了變化。

不，就算怪我，我也很傷腦筋。

為了這個緣故，加上前往瑪喬利卡要步行四天，她們決定一起同行。

……不，昨天妳說過這麼做是為了特麗莎吧？我還覺得很感人耶？蕾拉為什麼撇開視線？

「而、而且之前長時間搭乘馬車，身體也變遲鈍了。」

雖然聽起來像牽強的藉口，我也能理解蕾拉那句話。來到這個世界後不常乘坐馬車，但是的確很辛苦。

而且如果她們願意一起前往瑪喬利卡，對我們也有好處。可以打聽瑪喬利卡的詳細情報。可以的話，希望知道學院的入學條件，但是一介學生大概不知道這種資訊吧？

還有她們會去地下城，假如能打聽那裡有什麼魔物，地下城是什麼樣的地方就好了。

在那之後，大家一邊享用美食，一邊不時接受光提出的伴手禮要求四處逛店舖。其中當然也包含買給希耶爾的伴手禮。

由於希耶爾在這種情況不能吃東西，一開始雖然很感興趣地看著，靈巧地用耳朵表達「買這個給我」，但是現在鬧脾氣似的待在兜帽裡睡覺。

大家對於食物讚不絕口，應該也是原因之一吧。

「不過，太好了。特麗莎打起精神了。」

逛完一圈之後，約兒如此說道。

她看起來的確毫無半點再會時那種陰沉的模樣，開心地照顧著米亞。

據約兒所說，在魔物潮的威脅過去後，特麗莎宛如靈魂出竅一般無精打采。她在抵達這裡為止的旅程中一直是那種狀態，大家都很擔心。

「對特麗莎來說，神聖魔法好像是很特別的。所以我認為她對身為聖女的米亞小姐也懷抱同樣的特別情感。但是她並非只因為這一點就仰慕她喔？師父可能不知道，不過米亞小姐是非常堅韌又努力的人。」

據說在一起練習魔力操作時，米亞比任何人都更加認真投入。不過約兒強烈抱怨希望其他人也要向她學習，感覺有些不妥……

蕾拉已經能運用自如，我認為她相當努力。或許是約兒在魔法相關的事上會變得很嚴格，所以才會這麼覺得。

而且，我也知道米亞非常努力。

米亞察覺我們的視線，浮現有點為難又有些害羞的表情，被特麗莎牽著手拉走了。

就在那時候——

周遭的商店傳來喀噠喀噠聲，劇烈的搖動突然襲來。

我摟住差點跌倒的約兒肩膀，站穩腳步。

搖動沒有持續很久，但是在平息之後造成很大的損害。商店裡的商品散落一地，有些路邊攤甚至遭到震壞。我還在其中發現可能延燒導致失火的東西，急忙滅火。

「沒事吧？」

「嗯，第一次經歷這種情況，吃了一驚呢。」

我們集合起來確認大家都平安，儘管看來沒有人受傷，但地震……這次搖動對蕾拉她們來說好像也是第一次經歷。

不過從周圍的對話得知，最近這陣子地面經常發生晃動。即使如此，像這麼劇烈的晃動似乎還是第一次發生。

在那之後，我們在蕾拉的指導下幫忙清理環境後返回旅館。收到象徵感謝之意的食材，則是令人高興的意外。

「蕾拉姊姊還是那麼樂於助人。」

聽到約兒的話，凱西一副理所當然的模樣點點頭，讓我留下深刻的印象。

該說是熱心經商嗎？由於隔天早晨早市照常開業，我們在那裡吃完早餐，直接出發前往瑪喬利卡。

儘管我覺得旅館老闆娘主動推薦我們早市的早餐更好吃這點不太妥當，然而這或許代表對於洛奇亞居民來說，早市就是那麼特別。

要去瑪喬利卡得從西門離開，但是當我們靠近西門時，看見了大排長龍的運貨馬車。

這是要把收成的食材運送到魔導國境內的其他城鎮，在收成期好像是很常見的景象。

我們旁觀那些運貨馬車，沒有過去排隊，從步行專用的門辦完手續後離開城鎮。

一來到城鎮外面，首先躍入眼簾的肯定是那座路面寬闊的石橋吧。

石橋寬度足以輕鬆容納四輛馬車並排通過，全長將近兩百公尺。

以前在日本生活的我並不覺得橋很長，但自從來到這個世界，從未見過如此壯觀的橋。

米亞覺得新奇地從欄杆往下看，臉色變得蒼白，彷彿求助般抓住我的袖子。

因為這座橋距離河面的高度很高，河水流速也很快嘛。

我們慢慢地越過石橋前進了一會兒，在左手邊可以望見森林。儘管蕾拉她們沒有去過，據說森林中有學園學生很喜歡的景點。

「那麼，蕾拉。可以告訴我關於瑪喬利卡的各種事情嗎？」

我邊走邊問蕾拉。

可能有人會說待在旅館時沒有慢慢問嗎？但是在城鎮停留時，我基本上會以半觀光的心態在鎮上到處逛逛。一方面也是為了賺取經驗值。而且還有討好希耶爾這件重要的工作。

「那麼，你想問些什麼呢？」

「果然還是關於魔法學園和地下城的事情吧？」

「這是為了小光嗎？」

聽到那句話，蕾拉偏著頭問我。

她幾乎猜中了，所以我也不否認。只是我自己也有點感興趣，在異世界會教導、學習什麼樣的知識。

「我想想……」

概括蕾拉的說明，瑪基亞斯魔法學園基本上開設通識教育……這是指讀寫算術課，以及學習魔法的課程。只是並非所有學生都一定能學會魔法，不過據說其中也有一些原本沒有魔法類技能的人取得學會技能的成果。

還有其他課程可以選修學習，讓已經會魔法的人進一步專門學習的魔法科課程，與以成為冒險者為目標的冒險者課程這兩種非常熱門。此外還有學習調配藥水等方劑的藥師課程等各種課程，但是選修人數比前兩種課程來得少。

其中，最多學生選擇的果然是冒險者課程。絕大多數學不會魔法的人都選擇這個課程是有理由的。這是關於支付魔法學園的學費與展望未來的決定。

瑪基亞斯魔法學園在入學時不需要任何費用，可是學費頗為昂貴。為了支付學費，許多學生一邊學習冒險者的知識，一邊實際前往地下城賺取學費。

「那從一開始就成為冒險者不是更快嗎？」

「沒有這回事。支付學費確實對某些人來說很困難，但是可以接受學園提供的各種補助。也會有學院的前輩冒險者來帶隊之類的。」

「特別是冒險者用的制服非常好用喔。」

約兒也繼蕾拉之後，加入對話。

據說冒險者規格的制服使用魔物素材製作，在保持原有設計下具備防刃抗魔的功能。

順道一提，之所以採用與學園制服相同設計，似乎是為了讓人一眼就能看出他們是學園生。

另外在冒險者課程中成績優秀的人，畢業後就業也會很有利。

「目標是加入騎士團或氏族的人也很多。」

順便一提，氏族是集結志同道合的冒險者們組成的團體，簡單地說就像擴大規模的小隊。據說瑪喬利卡存在許多氏族，日夜彼此競爭。因此總是想獲得優秀的人才。

雖然在王國與聖王國不曾聽說，說不定是這個國家特有的產物。或者只是我不知道，其他兩國也有這種團體。

「總覺得比起魔法學園，聽起來更像是培養冒險者的學校……」

「沒、沒這回事。」

蕾拉即使否定，隨即又別開目光，我或許是說中了。

「那麼，怎麼樣才能進魔法學園呢？」

我想起還沒問基本的問題，開口問道。

「嗯～學園姑且有規定開放入學的時期。然後那個……」

看著難以啟齒的蕾拉，我也明白了。現在並非那個時期。

只有這一點實在無計可施。

「主人，你們在聊什麼？」

這時候光走過來了。

蕾拉也知道光想去學園上學，所以顯得有點尷尬。

不過我認為與其讓她過度期待，還是先告訴她比較好，因此當場告訴光。

光僅僅小聲地說句：「這樣啊。」就踏著小碎步走向賽拉那邊。

她的表情沒什麼變化，但背影看起來有些消沉。

蕾拉或許也感覺到了，有點手足無措。

看到嚴肅的蕾拉那副模樣，我不禁笑出來，被她氣沖沖地罵了。

不過對我來說，的確覺得剛才那個為難的蕾拉，比平常拘謹的她看起來更可愛。雖然這種事死也不能告訴她本人。

「然後是關於地下城的事情吧。」

蕾拉恢復鎮定，為我說明地下城的情況。

「要進入地下城，需要製作地下城專用的入場卡進行登錄。入場卡可以留下進出資料、記錄通關樓層，其他還有各種方便的功能。」

她意味深長地對我說，等我知道得更加詳細後，一定也會感到驚訝。

「為什麼要留下進出資料呢？」

「基本上好像是想掌握有什麼人進入地下城。還有在進入時提交計畫表，在超過預定時間一定程度後也沒有歸還紀錄時，有時也會組織救援隊前去救援。比起針對冒險者，這個制度或許可以說是針對學園學生們而設的。」

據說由於以前曾發生許多學生未歸還的事件，才設立了這個制度。
就是那個。我覺得這類似於登山客的入山證與登山計畫書。

◇◇◇

「那麼，請容我先去休息。」
「師父，我先休息了。」
「米亞大人……米亞小姐，您累了嗎？您還好嗎？」
大家決定讓吃完晚餐的血腥玫瑰成員們先去休息，我們則負責守夜。
特麗莎擔心看起來很疲憊的米亞，然而米亞回答她很好。
她們在我整理的地面鋪好地毯躺下來，沒多久就睡著了。
原本用魔法建造房屋休息最能讓身體得到休息。可惜的是通往瑪喬利卡的大道上有很多人，這麼做會太過顯眼。由於大道周遭都是草原，若想避免被旁人看見，必須保持相當遠的距離。
不過我們在先前的旅程中經歷過好幾次這種情況，已經做好對策。
最大的問題還是如何抵禦寒意。地面會隨著入夜逐漸變冷，如何維持體溫變得很重要。單純依靠道具也是一種方法，但是我嘗試用火與土的魔法來看看是否能處理，並且成功了。我用兩種魔法創造出所謂的地暖系統。
另外也不忘使用風魔法包覆露營地，避免寒氣侵襲。這麼一來只要沒有下雨，就不需要特地建造房屋。

只是維持這種狀態需要消費魔力，只有在MP充裕時才能這麼做。

「主人到底在追求什麼呢？」

雖然賽拉曾經無奈地問我。

可是沒辦法呀，因為我想過得舒適嘛！

「比起這個，米亞，妳還好嗎？」

開始守夜大約過了一小時，米亞開始打瞌睡。

「……嗯，我很好。」

米亞堅強地回答，但是看起來已經瀕臨極限。

這在某種意義上或許是沒辦法的事。

與蕾拉她們會合後，我們的行走步調有所改變。準確來說就是休息的頻率降低了。

儘管與剛開始走路時相比，她的體力漸漸增強，還是令人擔心。

然而最讓米亞疲憊不堪的，還是餐前的模擬戰鬥吧。

她好像在移動中提出請求，收到請求的特麗莎顯得很高興。

我猶豫過該不該阻止，但是——

「我想向約兒和特麗莎學習如何用法杖戰鬥！」

因為米亞認真地說道，我決定在旁邊觀看。

米亞使用的武器的確是法杖。她應該能從同樣使用神聖魔法，武器也是法杖的特麗莎那裡學到很多東西。

而且她只有在這趟旅途中才能向兩人學習嘛。

我突然感到肩頭有些沉重，發現米亞完全睡著了。

能夠近距離感受米亞的體溫和呼吸，但是用這種姿勢睡覺，沒辦法好好地消除疲勞吧。

我把米亞放在事先鋪好的墊子上，與賽拉兩人一起警戒周遭。

不過按照ＭＡＰ確認過的情況，附近沒有魔物的氣息或行動可疑的人，非常和平。

當我和賽拉兩人一起守夜時，對話立刻就會中斷，沉默籠罩現場。

或許是因為如此，咀嚼聲聽得很清楚。

要問為什麼我們是兩人在守夜，那是因為最後一名成員光正在吃東西。

獨自在這種時間吃東西？可能會有人這麼想，不過她正在和希耶爾一起吃。

我們之所以會提出負責先守夜，在某種意義上就是為了這個。

當希耶爾獨自開始吃東西，光也會以渴望的表情看過來。

只要在這時候端出料理，她們就會一起享用。

「我推薦這道菜。」「這個也很好吃。」「這是希耶爾找到的料理。」

不時還會聽見低語聲。

光也知道晚點應該會和希耶爾一起吃東西，在大家一起吃飯時比平常節制食量，所以應該沒問題。儘管如此，我還是擔心她會不會吃太多了？即使她處在成長期也一樣。

獨自吃飯的確索然無味，能和光一起吃，希耶爾也顯得很高興，所以無法強硬禁止。

「那麼主人，抵達瑪喬利卡後的行動方針決定了嗎？」

賽拉似乎也聽到我和蕾拉的對話，好奇地詢問。看她自然撫摸吃完東西後正在休息的希耶爾，就能看出賽拉也成為希耶爾的俘虜。

光也一起撫摸希耶爾，不過似乎沒有忘記警惕周遭。

希耶爾本身可能什麼都沒想，用圓圓的眼睛看著兩人，彷彿在要求更多撫摸。每摸一下，希耶爾就會放鬆表情，幾乎能聽見她「唔～」發出舒服的吐息。

「照這樣下去，應該是去地下城吧？依傳話內容而定，也有可能前往靠近獸王國的城鎮。」

我說這麼做或許就能更早見到面，但是賽拉說保持原計畫就可以了。她似乎擔心隨便更改會合地點，會導致雙方錯過。

「除了地下城，也可以在瑪喬利卡周邊走走。還有……得找房子租才行呢。」

如果是長期停留，租屋或許會比一直住旅館更能節省開銷。

當然了，假如住在旅館，準備食物和打掃等事情都有旅館員工代勞，但是考慮到希耶爾，肯定是租房子會過得更加舒適。

接下來我們一邊守夜，一邊討論各種想在瑪喬利卡做的事情。

我心想換班的時間差不多到了，不過蕾拉沒有醒來接手。光過去叫她，回來之後——

「……習慣和空一起旅行，人就會變廢。」

告訴我們蕾拉是這麼說的。

她說因為睡覺的地方太舒服，讓她爬不起來。

本來以為舒適的生活值得歡迎，光和賽拉也同意那個看法。

後來我也試著詢問米亞，由於對她來說，除了從聖都前往坦斯村以外基本上都和我一起行動，她似乎認為這是旅行的常態。

聽到米亞如此回答——

「才不是那樣！」

遭到所有人吐槽。

第2章

從洛奇亞出發四天後，我們按照預定行程抵達瑪喬利卡。

一抵達瑪喬利卡，我依照慣例出示公會卡。證明了光她們三人是我的奴隸，這次也順利地進入城鎮。

然而，我覺得有一名守門人看到蕾拉的公會卡後臉色變了。蕾拉看起來沒有特別在意，態度依然平靜，是我多慮了嗎？

我們直接進入城鎮，而載運農作物的運貨馬車被分成三組，一組和我們一樣進入城鎮，另外兩組則分別往西邊與北邊前進。

蕾拉告訴我，往西前進將會到達魔導國國內兩個有地下城的城鎮之一，普雷克斯。

前往普雷克斯的半路上會經過峽谷，因此必須渡橋。過橋後會到達阿爾塔爾鎮，再往前走就是普雷克斯。

聽說普雷克斯和瑪喬利卡很相似，共通之處是都有地下城和魔法學校。

因此，治理普雷克斯的領主似乎把瑪喬利卡視為競爭對手。

聽說即使是在魔導國國內，兩個城鎮也經常被稱為東瑪喬利卡，西普雷克斯。

「那麼，空你們要去找房子嗎？」

「對，我們是這麼打算。」

「我們必須先去學園報到，可能會有一段時間不能見面。所以如果你們早點決定好要住的地方，可以在旅館傳話嗎？」

我們決定暫時住在蕾拉介紹的旅館。

蕾拉與旅館的老闆娘好像是熟人，她們輕鬆自在地聊著天。拜此所賜，老闆娘好像在住宿費上給了一點折扣。

而且這裡會採購各種地下城產的魔物肉，能吃到精緻的料理，因此在瑪喬利卡似乎也是有名的旅館。蕾拉真了解光啊。實際上，光聽到這個消息時看起來有點高興。希耶爾好像也很滿意。

我們訂了一間四人房，總之先住三天。

不做無謂的抵抗。我也記取了教訓。

「妳真是幫了大忙，謝謝。」

於是我們與血腥玫瑰的眾人告別。

她們平常好像住在學園宿舍，不過蕾拉和凱西會先回家一趟。雖然是B級冒險者，女兒去了國外，家人還是會擔心吧？至於約兒家的情況有點特殊。聽說她之前好幾年都沒有回家。

至於另外四人，包含約兒在內，由於都是從其他城鎮來學園讀書，所以會前往學園的宿舍。

因為她們四人將分別住在兩人一間的雙人房——

「我會小心使用的！」

由於約兒如此懇求，我決定把操作魔力的魔道具借她。如果不借，感覺她很有可能哭出來。

不過，我特別提醒她使用時要小心。儘管不知情的人看到可能只會覺得是玩具，但是我們無從知道在學園裡會有具備哪種天賦的學生。

「那我們要怎麼找房子呢？」

「我打算先去商業公會打聽情報。」

「現在就過去嗎？」

聽見米亞的話，躺在床上和希耶爾一起玩耍的光看了過來。

「……我預定明天去商業公會，不過要不要現在就去城鎮裡逛一下？」

說到瑪喬利卡鎮最大的特色，當然是水渠吧。但由於水渠的寬度狹窄，看起來無法藉由划船移動。我本來想過如果這裡像某個水都一樣，就能享受相似的氣氛，真是可惜。

這裡會有許多水渠，似乎是因為從北方山脈流出的大河支流延伸到瑪喬利卡這一側，水源充足的關係。

那條支流橫跨瑪喬利卡鎮，接著流向西方。

多虧有活水流動，這裡的環境涼爽而適合生活。可能是因為水源充足，遍布城鎮各處的行道樹也引人注目。

「我們現在所在的地方是學生街吧？」

聽到米亞的話，我一邊回想蕾拉告訴我的情報，一邊點點頭。

瑪喬利卡鎮大致可分為三個區域。

一個是以我們目前暫住，以瑪基亞斯魔法學園為中心建造的學生街。雖然這麼說，但大部分學生都在學園裡的宿舍生活，不常看到學生的身影。儘管如此，由於這裡有可說是城鎮象徵的魔法學園，因此被稱作學生街。另外因為有許多平民在此生活，所以商店很多也是這裡的特色。

而另一個區域是領主館所在的貴族街。這並不是說那裡住著許多貴族，而是因為有許多重要的設施，以及許多富人居住，所以被這麼稱呼。另外，還有許多大型氏族在這裡設有宅邸，在這裡擁有豪宅似乎成為了一種地位象徵。

最後，當然就是有地下城的地下城地區。即使你問：「不是叫地下城街嗎？」我也不知道怎麼回答。因為這個名稱不是我取的。

地下城地區以地下城入口為中心來建造城鎮。聽說包括冒險者公會與騎士團的宿舍在內，這裡有提供冒險者使用的武器防具店與道具店等許多商店。另外據說還有許多提供冒險者住宿的廉價旅館。

「主人，這種肉味道很不可思議。」

光馬上在路邊攤購買肉串，吃了一口就對我這麼說。

我們也買來嘗嘗，肉串是以鹽味醬汁為基底的清爽口味。

根據我查看周圍路邊攤的結果，他們使用的肉似乎全是魔物的肉。也有販售歐克肉串燒，不過價格便宜許多。看來是因為可以在地下城裡大量獵取的關係。

另一方面，可能是魔石的供應量很多，以前在王國與聖王國只有在王都或聖都等大城市才看得到的路燈，在這裡隨處可見，吸引了我的目光。此外，使用魔石運作的設施和機器似乎也很完善，這次我們住的旅館價格不高，卻有附設浴場。

「那麼這裡就是魔法學園嗎……」

儘管從旅館的二樓窗戶也能看到，不過再次靠近一看，規模真的很龐大。

學園的外觀用一句話來描述就是大洋樓。看起來像是分成好幾棟建築並列而立。建築物後方似乎還有塔樓？

當我使用察覺魔力技能，從整個建築物感受到微量的魔力。於是試著使用察覺氣息，但好像有霧氣籠罩般，沒辦法清楚察覺。這種情況僅限於建築物，因為察覺得到在外面的人們。

另外，學園用地裡看來充滿大自然氣息，在洋樓……我想那大概是校舍的旁邊，是一片樹木青翠的茂密森林。

從這裡看不出全貌呢。根據ＭＡＰ上看到的，森林深處似乎也有湖泊……

「這裡就是學習魔法的地方呀。」

站在我身旁的米亞很感興趣地朝裡面看。

遠處傳來類似吆喝的聲音，是還在上課嗎？

「妳還是想過去看看嗎？」

我試著開口問光，她先微微點頭，但是立刻搖頭回答：「沒關係。」

在那之後我們繼續逛學生街，我留下這裡餐飲店很多的印象。也看到與我年齡相近的少年少女在時髦商店前的露天座位上聚在一起談天說笑。他們是魔法學園的學生嗎？

當我們經過他們旁邊時，也有人瞥了我們幾眼。或許是因為我戴著面具，看起來很稀奇吧。

我們只是在旅館和魔法學園附近走走，稱不上逛過一圈，但天色漸漸轉暗，我們決定回去。

返回旅館時，餐廳裡已經有人在用餐，還有一些人正在喝酒。

有個醉漢看到我們，應該說是看到米亞她們後開口取笑，被老闆娘揍了一頓。

這個世界的女性，或者說旅館的老闆娘大多充滿力量。是因為客人中有很多粗暴的人，透過每天與這種人打交道獲得鍛鍊嗎？

「老闆娘，請問可以在房間裡用餐嗎？」

「我想想……這麼做或許比較好呢。」

她看了看米亞她們，答應會把食物送過來。

最高興的人是光，她說這樣希耶爾也可以一起吃東西了。至於缺了一份食物這點，道具箱裡還有很多料理等著派上用場，所以不成問題。

嗯？妳想吃在剛才的路邊攤吃過的肉串？其他還想吃什麼？光也要吃嗎？

我們四個人和一隻圍著料理用餐，果然能吃得很開心。我猜這大概和希耶爾可以自由自在吃東西有關吧。因為她漸漸成為吉祥物般的存在，同時也是我們的開心果。

「那麼去洗澡吧？」

因為老闆娘說晚點會過來收餐具，我們決定先去傳聞中的浴場。

當然是男女分開的喔？這麼一想，最近都是用洗淨魔法清潔身體，很久沒有泡澡了。

我獨自前往浴場，迅速沖洗身體後泡進浴池裡。能夠伸展四肢泡澡真舒服啊。因為希耶爾跟著光一起走，可以不必擔心時間悠閒泡澡真好。

「啊～活過來了～」

這種感覺暢快得讓人不禁發出感嘆。幸好浴場裡沒有其他人。

充分享受過後，當我早一步回到房間躺在床上時，突然想起來。

「對了，還沒看丹大叔寫的信呢。」

我從道具箱裡拿出那封信，打開封蠟。

信上的內容正如預料，是關於米亞的事情。

我聯絡丹的時間，正好與約兒她們從聖都出發差不多。他說不定尚未收到我們的聯絡消息。

即使如此，他卻準備了這封信，代表他或許預料到米亞會怎麼選擇。

「當事情沒涉及女兒時，他一定很優秀吧。」

想起有一點，不，非常溺愛女兒的丹時，光她們回來了。

光一走進房間看到我——

「希耶爾變得更蓬鬆了。」「希耶爾在浴池裡游泳，真奸詐。」

就告訴我浴室裡發生的事情與她的感想。

我看向希耶爾，她被米亞抱在懷裡顯得很滿足。也許是錯覺，她的毛看起來變得比平常更有光澤。

「米亞，可以打擾一下嗎？我想找妳確認丹大叔寄來的信。」

「樞機主教的來信？」

米亞接過信件，目光落在信上。

信並不算長，但是她花了不少時間看信，或許是因為她正在仔細閱讀。

「那麼，妳打算怎麼做？」

看到米亞讀完信，我向她尋求已十分清楚的答案。

信上是近況報告，以及一份證明米亞身分的證明書。

只要有這個，相關機構就會發行身分證給她，不需要再當奴隸。

可是面對我的發問，米亞保持沉默，撫摸著坐在膝上的希耶爾。希耶爾舒服地閉上眼睛，任由她撫摸。

「我……」

她雖然開口，但是花了一段時間才說出下一句話。

「保持現狀就好……因為……」

她在此時深吸了一口氣——

「……如果我脫離奴隸身分，希耶爾會怎麼樣呢？我會變得看不見她嗎？」

對我如此說道。

可能是聽到她喊自己的名字，希耶爾抬起頭來，彷彿在問：「叫我嗎？」

米亞說聲：「沒事喔。」再度撫摸她，希耶爾又舒服地閉上眼睛。

我看著米亞的模樣，猶豫著該怎麼回答。

的確，她目前能看見希耶爾，無疑是與奴隸契約有關。

那麼如果解除那個契約，光她們又會變得看不見希耶爾嗎？

不嘗試解除奴隸契約，就無法得知答案。

要試著解除契約看看嗎？我雖然這麼想，但是解除後再度簽訂契約或許會令人起疑，也不知道是否可以做到。

「我明白妳的心情了。可是沒關係嗎？畢竟身為奴隸有時候會被人以奇怪的眼光看待。」

以光的情況來說，從她圈上的裝飾可以看出她是特殊奴隸。

但是米亞和賽拉的情況則非如此。

這裡與聖王國相比，能在城鎮裡看到奴隸的機會增加了。

即使如此，有人會對她們投以侮蔑的目光，也有人會用汙言穢語挑釁她們。

實際上，先前進入旅館時，就真的有醉漢對她們講那種話。對別人的奴隸做出這種行為本來就很失禮，但是有很多人不遵守這個規矩。

因此，特別是米亞成為奴隸有特殊原因，如果她能恢復普通人身分，我認為最好是恢復。

「嗯，只要我能和空……和大家在一起就夠了。這其中……那個，當然也包含希耶爾，所以我覺得保持現狀就好。」

既然如此，我接下來要做的事情只有一件。那就是尋找或製作一種魔道具，讓人不依靠奴隸契約也可以正常看見精靈，看見希耶爾。

在鍊金術技能的可製作物品清單裡沒有這種魔道具，看來只能試著尋找新技能了嗎？

◇◇◇

隔天早晨，我們首先前往商業公會。我已經向旅館老闆娘打聽好地址了。

由於這個世界沒有城鎮的導覽圖，如果有想去的地方，就需要自己尋找。因此首次抵達新城鎮時，我大多會向守門人或是旅館人員打聽。還有，我們會在路邊攤買東西，所以有時候也會問攤位老闆。假如ＭＡＰ能識別那裡是什麼地方，就會自動更新並且顯示就是了。

一抵達商業公會，我先在櫃檯出示公會卡。

「那麼請問今天有什麼需求？」

「其實我想租房子，請問商業公會有經手這方面的事務嗎？」

「是的，我們有這方面的服務。請問您想找什麼樣的房子呢？」

「我想找獨棟的房子，希望空間至少足夠供四個人……不，六個人生活。而且希望房子附帶浴室。」

最後提到浴室是我的任性要求，還請見諒。關於人數，我們現在是四個人，但是考慮到之後要與盧莉卡和克莉絲會合，租間住得下六個人的房子會比較好吧？

雖然不知道會合之後會怎麼樣，但我認為我們不會馬上離開瑪喬利卡。

「您有長住的打算嗎？」

「……我無法告知具體的日數，打算至少租三十天以上。還有……妳們有什麼期望嗎？」

「我希望有個大廚房可以做飯。」

「主人，要長期住宿的話，如果有個能活動身體的庭院就好了。」

米亞和賽拉分別提出她們的期望。光和……希耶爾似乎沒什麼要求。
「已確認各位的需求。我們有幾間適合出租的房子，要親自過去看看嗎？」
「好的，再麻煩安排。」
「明白了。我去找能帶各位看房的人，請稍候片刻。」
公會職員介紹了幾間不錯的房子，不過因為這將是我們往後的活動據點，我告訴他我想先考慮考慮。
「我想考慮一下，如果不馬上答覆會有問題嗎？」
「沒關係。但是這些房子都很熱門，假如其他客人先和我們簽約，您就無法租借了。還請記住這一點。」
聽說從外地過來攻略地下城的冒險者也很多，在找到固定的同伴，或是經濟情況變得寬裕後租屋的人也會再增加。「經濟情況寬裕」＝水準「足以挑戰下方樓層」的人，而他們的裝備等行李數量也會隨之增加。
向帶我們看房的公會職員道謝並且告別之後，前往瑪喬利卡的奴隸商館。
奴隸商館位於地下城地區的外圍，規模可能是我至今見過最大的。有許多奴隸商館林立。而且奴隸果然都與地下城有關。有前冒險者，也有許多身強力壯的人。因為作為戰力與搬運工都有需求，有許多奴隸商都在這裡開店。
看見我帶著三名奴隸上門，他們可能認為我是打算增強戰力前往地下城的青年，一邊搓手一邊推薦奴隸給我。

因為人數眾多，確認起來頗費工夫，可惜其中沒有愛麗絲，也沒有得到尖耳妖精的情報。

「期待您的下次光臨。」

即使我沒有買任何奴隸，奴隸商直到最後都客氣接待。

話說回來，感覺這裡的每間奴隸商館都有許多孩子……年紀和光差不多大的孩子。

離開奴隸商館走了一段路後，那個進入視野。

那是一道高度輕鬆超過十公尺的屏障，近距離觀看壓迫感非常強烈。冒險者公會背對這道屏障建造。結構設計為只有通過冒險者公會，才能進入屏障環繞的內部。

根據蕾拉她們的說法，通往地下城的入口在四面環繞水源的島嶼中心。

聽說只有通過開合橋才能前往那個島。

要問為什麼會設計成這樣，在古老的紀錄中有留下理由。據說以前發生過魔物從地下城裡湧出，又稱「怪物遊行」的災難，對城鎮造成嚴重的損害。

據說實際上不只這裡，別處的地下城也曾有這種案例。

走進公會的建築後，感覺到無數的目光注視著我，但那只是瞬間的感覺，很快就消失了。

奴隸在這裡一定不稀奇，面具也不會太引人注目。看到一個戴著全罩式頭盔，上半身赤裸的男人大步走動的情景，我覺得自己很正常。米亞可能是嚇得啞口無言，一副目瞪口呆的樣子。

我至今也去過許多冒險者公會，還是第一次見到裝備如此奇特的冒險者們。

進入公會右手邊有冒險者公會的櫃檯，那一區的角落似乎是提供地下城相關說明的地方。

我先讓賽拉前去確認有沒有留言，可惜沒有收到來自盧莉卡她們的留言。

「那麼我來說明關於地下城的情報。」

接著我們移動位置，聽職員說明地下城的使用方法和注意事項。

一、在地下城內的爭執需自行負責，但是如果發現有故意引來魔物或搶奪他人魔物等惡劣行為，將會遭到嚴懲。

二、這裡的地下城為迷宮型。每十層都有一個頭目房間，只有加入同一個小隊的成員可以一起進入。另外一旦進入頭目房間後，在打倒頭目前無法離開。

三、小隊成員進入地下城時，需要以稱為地下城卡的卡片進行登記，並且與在同一層的小隊成員可以透過卡片通訊。但是這項功能只在地下城有效，無法在外面使用。地下城卡還具有會自動計算已討伐魔物數量的功能。

四、一旦進入頭目房間，需要等候五天才能再次進入同一個頭目房間。這似乎是地下城的設定，在等候期間試圖進入會遭到拒絕。

五、地下城可以登記樓層，下次探索時可以自由移動到已到達的樓層。不過只能在進入時的入口選擇。

六、使用通往五的倍數樓層樓梯旁的裝置，可以傳送回到地面。另外，各樓層的樓梯旁也有類似的裝置，但只是用來記錄到達樓層，無法用來離開地下城。

只是如果跳到第五層入口旁邊開始，要使用同一個入口的裝置立刻逃離地下城將會遭到拒絕。根據調查結果，至少需要經過三天才能再次使用。

這就是大致的規則。

還有每五層會有特殊的樓層，第五、十五層等個位數為五的樓層不是迷宮型，而是原野型。第十、二十層等十的倍數被稱作頭目房間，是只有魔物的大房間，只有打倒裡面的頭目才能離開頭目房間。

順帶一提，迷宮型是指通道化為迷宮，從中探索尋找樓梯的樓層結構。形式近似於洞窟或礦坑。原野型則是樓層化為森林或草原等大自然環繞的地形。對於本來在城鎮外活動的冒險者來說，這種環境或許更加熟悉，但是在瑪喬利卡情況似乎有點不同。

公會職員告訴我們，如果想知道詳情，請到冒險者公會裡的資料室查詢。

然後最重要的一點是地下城卡只是用來使用地下城的道具。不能代替身分證，所以在出入城鎮時出示似乎沒有意義。

「或許不能輕鬆地當天來回啊。」

「嗯，要好好備妥食物。餓著肚子可沒辦法戰鬥。」

正如同光所說的，也需要做露營的準備。

現在絕大部分行李都由我以道具箱進行管理，不過在地下城裡，各自管理會更好吧。雖然還不清楚地下城是怎麼樣的地方，也有可能發生彼此分散的情況。

若是這樣，希望每個人都有一個道具袋，然而問題在於食物。果然需要保存食品嗎……但是那個並不好吃呢。雖然依照出現的魔物而定，或許能獲得食物。

「還有一旦進入地下城，直到出去前都無法與外界聯絡。最好考慮到盧莉卡她們在我們潛入地下城時抵達城鎮的情況。」

在較淺的樓層戰鬥，當天回來城鎮也是一種方法，但是按照出現的魔物而定，收入可能不多。

「去一趟資料室調查關於地下城的情報吧。」

三人都沒有反對，點頭同意我的提議。

收集情報非常重要。只要知道會出現什麼魔物就可以擬定對策，或許也會找到必要的工具。這有可能是影響生死的關鍵。

根據在資料室查到的結果，淺層地下城似乎是哥布林系魔物和狼交替出現的迷宮型。

資料上記載，地下城一個樓層的大小會隨著深度逐漸擴大。不過個位數為五的樓層的特殊原野似乎與樓層無關，都很寬廣。

第一個特殊樓層第五層，是有著草原和森林的區域。在那裡能採集藥草，還可以採到附近看不到的稀奇果實等食材。

順便一提，出現的魔物有哥布林、狼、殺人蜂，以及血蛇四種。

在這裡必須找出位於原野某處的樓梯，但是樓梯可能藏在挖空的樹幹或岩石堆的縫隙等地方，尋找起來很困難。造成難度變高的重要因素之一，是地下城不定期會發生變遷現象，導致出入口的位置與地形發生變化。

通過這個樓層後，從第六層開始又會變回迷宮型地下城，並依序出現殺人蜂、血蛇、狼、哥布林系魔物。據說從第八層以後，魔物將會成群出現。

「或許可以去第五層，採集一些稀有的東西再回來。」

最重要的是能夠採集我的收入來源藥草，這一點十分關鍵。

聽到我說的話，兩人點頭同意。至於最後一個人？光已經感到厭倦，半途就進入夢鄉。她還是個孩子，安靜調查資料很無聊吧。希耶爾也一起睡著了，不過這是希耶爾的常態，嗯。

走出資料室時，公會裡充滿熱烈的氣氛。

由於資料室位於二樓，正好可以俯瞰冒險者公會的一樓大廳。

現在人群正環繞著大廳中央的團體。

從大人到小孩，人人都對他們發出熱烈的歡呼，那個團體也像是回應一般揮手。

看著那一幕，我感到有些不對勁，卻不清楚那是什麼。

「啊，各位，在這裡可以看得很清楚喔！」

我正想一探究竟，發現有人走上樓梯。

轉頭看向那邊，第一個念頭是那個人比想像中年輕，看起來和我差不多大。梳起瀏海露出額頭的外表與清新的笑容很相襯。身高比我高。沒錯，稍微高一點點。

那名青年注意到我們的存在——

「啊，對不起。吵到你們了。」

很有禮貌地道歉。

不過他很快就看向大廳中央的團體，一副還很興奮的模樣，與從後面跟來的人們熱烈交談。

我看著他們，感到有某種不對勁。可是那是什麼？明明就快要想到答案，但卻想不出來。

「欸，空。為什麼他們都穿著一樣的衣服？」

正當我苦苦思索想弄清楚那種莫名的疑惑時，米亞向我搭話。

那是啟示。我發現自己在意的是什麼。

雖然男女略有差異，看到他們的服裝，讓我想起學生時代。男生穿著襯衫、西裝褲和領帶。女生則是罩衫、百褶裙和蝴蝶結，不過共通之處是都披著披風。儘管披風的長度因人而異。

「嗯？怎麼了嗎？」

可能是我盯著看太久，那名青年注意到我的目光並且詢問。

「不，看到各位都穿著相同的服裝，所以有些驚訝。」

「喔，難不成你第一次來瑪喬利卡嗎？」

「是的，我昨天才剛抵達。」

「原來如此。啊，我叫約書亞，就讀瑪基亞斯魔法學園。他們是和我一起組隊的朋友。」

聽到約書亞的介紹，他們向我點頭致意，我也同樣點頭回應。

「原來你們是瑪基亞斯魔法學園的學生們啊。我……名叫空，職業是旅行商人。第一次來到這種有地下城的城鎮，過來看看這裡有沒有值得發掘的好貨。她們是我的同伴……我請她們擔任護衛與照料我的生活。」

我猶豫著該用什麼語氣說話，決定先以商人模式繼續對話。

因為在約書亞身後，有人很感興趣地看著米亞她們，我也不忘補充說明。

「你們知道學園的事情嗎！是不是在學園有熟人呢？」

「嗯，聽蕾拉說過。」

聽到光低聲回答——

「蕾拉大人嗎！」

約書亞發出驚呼。

「……蕾拉……大人？」

不過約兒她們都稱呼蕾拉為姊姊，她的冒險者階級也是B級。在某種意義上，我覺得她可以說是近乎一流。而且根據約兒的說法，就算在瑪基亞斯魔法學園的學生當中也算是非常優秀，所以稱為「大人」也不奇怪……嗎？

當我聽到那句話，不解地偏頭時——

「不，看來是我誤會了。」

約書亞連忙加以更正。

我與約書亞互相對望……感到很尷尬。必須想想辦法！

就在這時，突然想到現在還在大廳裡發出騷動的人們，決定改變話題。

「就像先前提到的，我們才剛來到這個城鎮，其實不清楚那些人吵鬧的原因。能請你告訴我們嗎？」

「原來如此。單看那個場面的確看不出理由。在大廳中央的那些人，是瑪喬利卡最大的氏族……你知道氏族是什麼嗎？他們是氏族的成員，目前正在攻略地下城最前線的人們！」

約書亞的態度，很像追逐偶像的狂熱粉絲。

根據他的說法，瑪喬利卡現在有五個大型氏族正在互相競爭，其中【守護之劍】氏族領先其他四個氏族一、兩步。

另外，約書亞會如此狂熱，據說是因為以前一位照顧過他，他很尊敬的人是【守護之劍】的成員。

「其實那個人是學園的學長，他在畢業後立刻當上副氏族長。在學期間的他也是刷新學園生最高紀錄的小隊隊長，是我憧憬的對象之一。」

順著約書亞的視線看過去，在一群經驗豐富的老手當中，的確有一名年輕人。他的儀態絲毫不遜於周遭的其他人，顯得落落大方。

過了不久，一行人在領導者的號令下，在身後人群的歡呼聲中出發。

「那麼我們也要走了。如果你們決定挑戰地下城，我們說不定會在某個地方相遇。到時候請多指教。」

等到再也看不見【守護之劍】的人影後，約書亞他們便直接離開冒險者公會。

他們不會只是為了看【守護之劍】的成員而特地過來吧？還是碰巧離開地下城呢？

對話結束後，我深深吐出一口氣。

「空，難道你剛剛很緊張嗎？」

聽到米亞這麼說，我才首度意識到。

我剛剛很緊張？

試著回想一下，自己有多久沒和年紀相近的同性說交談了？最後一次是在王國的護衛任務時？最近好像只有和成人男性說過話……

「主人，我餓了。」

聽到光這麼一說，我才注意到——

我們去商業公會找房子，然後過來冒險者公會登記與確認資料。現在早已過了午餐時間。

走出冒險者公會的建築，一陣香味隨風飄來。

眼前是一排想做冒險者生意的路邊攤。

可能是熱門店吧？也有一些攤位前方充滿人潮。

在路邊攤前排隊購買食物的大人之間，也有小孩子——有的和光差不多大或是比她更小。其中有些孩子一起分享食物。因為食物分量很大，或許一個人吃不完吧。

「妳對那個很好奇嗎？」

光點頭回應我的問題。

光看中一個賣肉串的攤位。吸引她的不僅是那股濃郁的香味，還有拳頭尺寸的肉塊吧。體格健壯的男人們一個接一個購買肉串，豪邁地一口咬下。

當光踏著小碎步走向路邊攤把錢遞給老闆時，老闆露出驚訝的表情，不過還是順利買到肉串。這才高興地拿著肉串回來。不過可能是現點現烤的關係，她花了一些時間才回來。

我牽著光的手，尋找我們想吃的東西。光可能是忍耐不住先吃一口，告訴我味道很好吃。

可能是考慮到要賣給冒險者們，無論哪個攤子的食物分量都很多。然而卻能保持低廉的價格，是因為供過於求的關係嗎？

「米亞，怎麼了？」

我正在猶豫要買什麼時，注意到米亞的樣子不對勁。她似乎在注意什麼，不停瞄向某個地方。我也順著她的視線看過去，但是沒有看到什麼特別的事物。

「欸，大叔。」

米亞在購買人潮減少後，找光剛才買肉串的攤位老闆搭話。

因為光說肉串很好吃，讓她決定要買這個嗎？因為光的味覺不會說謊。

被稱呼大叔的攤位老闆臉上浮現非常驚訝的表情。一問之下，原來他才二十幾歲，但是長得比較老……不，是氣質成熟，所以看起來比實際年齡更大。

周圍的路邊攤老闆起鬨喊他大叔，但是老闆表示「我很年輕」拚命否認。

「大叔，這個真好吃。」

可是當光笑容滿面地稱讚肉串時，老闆顯得格外高興，看來似乎是接受了，於是就此認證為大叔。

「那個，我有點事想打聽……」

米亞再次詢問的是關於這裡的孩子們的事情。

現在他們離開路邊攤，走到廣場角落吃東西。人數比剛才看到的時候來得少，看來有些孩子已經去了別處。

看他們的衣服，有些孩子像冒險者一樣裝備防具，也有些孩子揹著大背包。但從外表來看，他們還沒達到可以註冊當冒險者的年齡。

「看你們都是生面孔，第一次來這裡嗎？」

聽到老闆這麼問，米亞點點頭並瞥了我一眼，於是我點了四人份的肉串。除了一串以外，其他都選小份。那個大肉串是留給希耶爾的。我當然已經徵得米亞和賽拉的許可。只要向他們購買東西，路邊攤的老闆就會變得很健談。

老闆一邊烤肉一邊開口。不同於外表，他細心地為我們說明。

那些看起來不像冒險者的孩子們，據說是孤兒。

會有很多像這樣的孩子，似乎與地下城的存在有關。

在地下城賺錢的人們……大部分會成為冒險者。他們生下孩子，有些人在進入地下城後一去不返。

因此被留下來的孩子們，有的會和境遇相似的人聚在一起，自己去挑戰地下城，有的會嘗試當個搬運工謀生。據說無法適應這種情況的人也為數不少。

「那些孩子們聚集在這裡，主要是在等待前去地下城的人僱用他們當搬運工。現在在這裡的人，可能大多工作結束後回來的。」

「去地下城嗎？」

米亞聽到那句話，露出驚訝的表情。

「是啊。要在地下城賺錢，不只要收集魔石，也要把素材帶回來。但是一邊搬運貨物一邊戰鬥，即使對老練的冒險者來說都很吃力，而且也有極限。所以就需要專門搬運貨物的人。如果能在自己人當中找到人手是最好，找不到人手的傢伙就會僱用那些小鬼當搬運工。因為在這裡的冒險者裡，也有人以前跟他們有同樣的境遇。」

原來是這麼回事。進行地下城登記時，職員的確沒有對光說些什麼，正常地完成登記。

在冒險者公會等地方註冊有年齡限制，這裡卻沒有。

這就是我看到聚集在大廳的那些人時，覺得有些不對勁的原因嗎？因為在冒險者公會裡，有很多年齡看起來無法註冊冒險者的小孩子。

「可是，那個，這樣不是很危險嗎？」

「嗯～我明白小姐想說什麼。但是為了活下去，這也沒辦法啊。」

「那個，沒有類似孤兒院之類的機構保護他們嗎？」

聆聽說明的米亞這麼詢問老闆。那股氣勢讓老闆有點退縮。

「我不是要為領主辯護，但是與其他城鎮相比，我覺得這裡的領主已經做得很好了。即使如此還是不足以解決問題。」

這個攤子的老闆表示他來到瑪喬利卡之前看過很多城鎮。有些城鎮裡有更多的孤兒。興建與維持孤兒院需要金錢。確保這筆支出的財源也有極限吧。

「對、對不起。這件事其實與你無關的。」

看到老闆為難的樣子，本來情緒有點激動的米亞也回過神來。慌慌張張道歉。

「沒關係、沒關係。我們也很關注這件事。只是我們也有自己的生活，真的很難辦啊。如果免費發送沒賣完的商品，他們就會期待還有類似的情況，下次就不會再購買了。」

所以他才會等到客人點了後再開始烤肉串嗎？

老闆的話告一段落時，肉串也烤好了。我們接過肉串離開攤位。

「……還有什麼讓妳在意的事情嗎？」

聽完說明的米亞表情依然消沉。她似乎還有其他在意的事。

「……嗯。我說，空。你那個讀取氣息？的技能，可以用來找人嗎？」

米亞像在說悄悄話一般低聲詢問我。

「雖然要找特定的人有困難……妳知道方向或人數嗎？」

「人數是兩個人，我想是在那個方向。」

我打開MAP使用察覺氣息，確認米亞指示的方向附近。

在MAP上有幾個團體，不過其中只有兩人的反應正在慢慢移動。

「有兩個人的反應……」

「空，帶我們去那兩個人所在的地方！」

聽到米亞著急的呼喊，我接過大家的肉串並收進道具箱，帶頭邁步前進。

追逐反應的訊號走進昏暗的小巷，途中經過路況糟糕得讓人猶豫是否要前進的道路，以及成年人難以通過的窄路，終於抵達反應顯示的地點。

我們突然出現讓眼前的少女一臉驚訝，另一個孩子則是連忙躲到少女背後。

在兩人的身後，有一間看起來隨時都會倒塌的小屋。

只是更令我驚訝的是少女的眼睛。她的雙眼失去光芒，顯得十分無神。

米亞走近那兩個人，跪下來跟他們說話——

「妳受傷了！」

如此說道的她使用治癒治療傷口。

被施予治癒的孩子……那名少女，露出驚訝的表情抬頭看著我們。

「沒事了嗎？」

聽到米亞的問題，那名少女點點頭。

我隔著米亞的肩膀再次看向他們，兩個孩子都是骯髒不堪。個子較高的少女亂糟糟的頭髮呈現暗紅色，較矮的孩子暗藍色的頭髮雜亂垂下，遮住他的眼睛，讓人看不清表情。

這個時候，一陣咕嚕聲響起。

就連我也看得出來，少女的臉蛋瞬間變得通紅。原本空洞的眼睛似乎恢復光芒與情緒。

「你們肚子餓了嗎？」

「……已經好幾天沒吃東西了……」

少女點點頭，用幾乎聽不見的音量說道。

米亞聞言看著我。儘管明白她想說什麼，總之……先換個地方。

「在這裡吃東西不太適合……我們換個地方吧？」

這裡實在稱不上乾淨，我對在這裡拿出料理來吃感到有些抗拒。

在那之後我們穿過後巷，沿著水渠前進，隨意找了個可以坐下的地方。

不過現在拿出料理還太早。

我對少女伸出手，施展洗淨魔法。使用了兩次之後，暗紅色的頭髮變成紅棕色。接著我對另一個孩子也使用洗淨魔法，暗藍色的頭髮變成鮮豔的藍色。正確來說，或許該說是頭髮恢復原本的顏色。

他們的衣服也變得乾淨，不過還是殘留一些變色的部分。

「總之，注意別吃得太急。」

我從道具箱拿出裝有溫和好消化的湯的容器，把湯盛進碗裡，遞給兩人。

他們接過以後，拿著湯碗，感覺不知所措——

「這個很美味，我們一起吃吧。」

但是聽到米亞溫柔的聲音，他們依照她的話慢慢開始喝湯。

他們是真的好幾天沒吃東西了吧。兩人接下來足足各添了三次湯。

「謝謝。」

少女低頭道謝，身旁的孩子也跟著低下頭。

確認他們已經平靜下來後，我詢問他們的情況。

少女名叫愛爾莎。她述說的經歷與我從路邊攤老闆那邊聽到的大致相同。

不過愛爾莎與另一個孩子——阿爾特的情況有一點不同。愛爾莎原本不是這個城鎮的人，她與身為冒險者的雙親及他們的同伴們一起在幾年前來到瑪喬利卡。

在那之後，她的雙親進入地下城，存了不少錢。

身體有點虛弱的愛爾莎無法自由外出，她最喜歡的就是當雙親和同伴們回來時，聽他們講述冒險故事。愛爾莎有點悲傷地如此說道。

然而有一天，她的雙親前往地下城後再也沒回來。他們本來最多隔二十天就會回來一趟，但是即使經過了二十天、三十天，甚至一百天，他們都沒有回來。

這段期間，愛爾莎一直待在旅館等待，用雙親留給她的緊急預備金支付開銷。

她在那時遇見阿爾特，他的雙親也是冒險者，但是同樣前往地下城後一去不返。

當阿爾特快被趕出旅館的時候，愛爾莎收留他，兩人相依為命等待雙親歸來。

然而她花光手頭的錢，最後兩人必須離開旅館。

「但是，旅館的人直到最後都對我們很親切。」

據說旅館人員也知道他們的情況，即使在她的錢花完付不出住宿費後，還讓他們繼續住了一段時間。

旅館人員表示因為有新客人入住，不能再讓他們住下去，即使沒有錯，還向他們道歉。

「因為我們本來就沒有出過門，不了解這裡的規矩，就這麼不知所措活下去。」

他們沒有熟識的朋友，也無法加入已經形成的社群，在不知所措之中度日，靠路邊攤不時施捨沒賣完的食物維生。

愛爾莎說著說著，淚水滑落眼眶。

阿爾特看到她落淚，緊緊擁抱愛爾莎，她又哭又笑地摸摸阿爾特的頭。

「謝謝你們對我們這麼好。我們很久沒像這樣吃飽了。」

那是她發自內心的真心話吧。

米亞緊緊抓住我的袖子。

我回頭與她對視，她開口想說些什麼，但是最後什麼也沒說。

可能是有所顧慮吧。她認為自己是奴隸這一點或許也有影響。

我明白米亞想說什麼，她的心地很善良。

可是助人並非易事。如果我要在這個地方定居，情況或許另當別論。

但是我的目的地並不是這裡，等到與盧莉卡和克莉絲會合後，我們就會啟程去另一個地方。

到時候……想到這裡，便不再繼續思考下去。

我不知道未來會發生什麼。那麼應該去做當下能做的事。

然後努力不讓自己的行動造成不負責任的結果就行了。

如果人數太多，我的確無法承擔，但是假如只有兩個人，應該還有辦法。

「好，那我們去購物吧。」

我回收大家用過的餐具，牽著愛爾莎和阿爾特的手站起來。兩人驚訝地（雖然阿爾特的表情被瀏海擋住）仰望著我。

「我想請你們為我工作。如果你們願意接受，我會提供膳宿與服裝喔。」

聽到這句話，愛爾莎即使感到困惑——

「我、我們要做什麼呢？」

依然如此問道。

「我們與賽拉的……這位獸人大姊姊的童年玩伴約好在這個城鎮碰頭。只是看來還需要一段時間才能重逢，我打算租房子。想請你們幫忙管理那棟房子。」

如果我們進入地下城，那段期間房子也需要有人管理。

雖然可能會使他們想起傷心的回憶，現在我能做的只有這件事。其他就是在有空的時候，想辦法幫助他們自立……比方說鍛鍊身體之類的？

「愛爾莎、阿爾特，你們要不要一起來？」

當米亞對仍然感到困惑的愛爾莎溫柔開口——

「好、好的。拜託你們了。」

愛爾莎紅著臉點點頭。

反應和面對我的時候不一樣啊。這就是聖女的力量嗎！

在那之後我們先幫愛爾莎他們買了幾套衣服，接著去逛武器防具店。這主要是為了光和賽拉，我讓她們挑選投擲用的小刀。武器還是要挑順手的才好。

可是賽拉，我覺得手斧不太妥當喔？小刀重量太輕所以不行？那就沒辦法了。

在這段期間，愛爾莎向米亞問了各種問題。主要好像是問我們的關係，以及我們是從事哪一行。當米亞向她介紹我是旅行商人時，她吃了一驚，我看起來有那麼不像旅行商人嗎？

逛過幾家商店後，我的感想是這裡的保存食品種類非常豐富。每家商店都有原創商品，甚至還有試吃區。

我試吃了幾種，味道有好有壞。希耶爾看起來也想嘗嘗，但是看到光表情扭曲的反應，就迅速躲起來了。

『希耶爾啊，妳已經忘了以前吃過超難吃的保存食品了嗎？』

妳說因為氣味不一樣，所以期待可能會好吃？

希耶爾的肢體語言水準每天都在進步，雖然不會說話，跟她溝通變得愈來愈容易，可以理解她想表達什麼。

而且即使對希耶爾這麼說，至少在我吃過的保存食品當中，這些是最好吃的。儘管好吃，但我不會主動去吃，這是真心話。因為我會做飯，也可以保存做好的食物，所以才會這樣想吧。

不過這種商品似乎還是有所需的，來店裡的客人看起來幾乎都是來購買那些保存食品。大部分保存食品類似可以直接食用的固體營養棒，不過好像也有泡熱水食用的款式。

「既然有這麼大的需求，如果能做出好吃的保存食品，豈不是能大賺一筆嗎？」

聽到我這麼說，光和希耶爾都有所反應。

不，我還沒決定喔？別用充滿期待的眼神看過來。

然後，我詢問米亞在意的事情。

「米亞，妳為什麼會知道愛爾莎他們的事情？」

「……嗯，在有路邊攤的那個廣場上，我看見愛爾莎他們從巷子裡看著我們。雖然他們馬上躲起來了，還是忘不了當時看到的那雙眼睛……」

那就是米亞樣子不對勁的原因嗎？的確，我到現在也忘不了第一次見面時愛爾莎的眼眸。

「然後我找攤位的大叔打聽，發現他們的服裝等與廣場上的孩子們完全不同，就想著他們可能是沒被接納的孩子。還有，空，對不起。我自作主張了。」

這就是米亞的溫柔吧。看著縮起身體的米亞，我不禁摸摸她的頭。但她的臉蛋都紅透了，身體更是縮成一團低下頭。

我照著稱讚光時的習慣，不小心也摸了米亞的頭，然而正值青春年華的米亞似乎覺得很害羞。嗯，面對這樣的反應，我也感到很害羞。

「最終下決定的人是我。而且我不懂得怎麼照顧小孩，所以會找妳商量。拜託嘍。」

當我為了掩飾害羞這麼說——

「……嗯，包在我身上！」

米亞露出笑容回答我。果然，她還是充滿活力的樣子最好。

事情都辦完後，我們回到旅館。

住宿是預定到明天為止，不過我們還需要討論租屋的事情，我想事先延長住宿時間。而且如果要讓愛爾莎和阿爾特住進來，還得更換房間才行。

我向老闆娘說明情況後，她幫我們換到剛好空出來的兩間三人房。其實我希望能住同一間房，不過大房間已經有客人預訂了，不能給我們住宿。

「我們想續住兩晚。」

總之我決定先訂好兩天的房間。接著看租屋的情況來決定要不要續住就行了。

房間的分配上則決定由米亞照顧愛爾莎和阿爾特，其餘的我們住一間。嗯，很恰當的判斷。

當我們六人聚集在房間裡討論今後的事情時，蕾拉和凱西在晚餐前突然來到旅館。

她們穿著的服裝，與我們在冒險者公會遇見的約書亞等人的制服相同。

「呃～這兩個孩子是？」

蕾拉開口第一句話就如此詢問，所以我說明了事情的經過。

「這樣啊……」

蕾拉有點沒精打采地回應。

「那麼妳們今天過來有什麼事呢？」

「啊，其實是爸爸問起聖王國的事，我告訴他以後，他說非常想見空一面。所以來問問你什麼時候有空。」

「我閒著沒事，隨時都可以。」

實際上，我沒有什麼急事要做。

「那麼，現在就去見他可以嗎？爸爸最近似乎很忙，他說今晚有空。本來我應該早上順道過來問你行程的，但是……」

蕾拉的表情顯得歉疚，我問她是否需要所有人一起前往，她回答我單獨過去就可以了。

這樣嗎……我單獨過去嗎……雖然有些不安，但是既然有愛爾莎和阿爾特，這也沒辦法。

我決定把後面的事交給米亞她們，和蕾拉及凱西一起前往蕾拉家。

儘管看到旅館門口停著馬車，蕾拉要我上馬車時還是很驚訝。

◇米亞視角・1

當我們回到旅館討論的時候，蕾拉等人來訪。據說是有什麼事情需要討論，空便跟著蕾拉她們一起出門了。

空似乎事先拜託老闆娘，留下來的我們一起在空他們的房間吃飯然後洗澡。

五個人一起進入女浴場時，首先令我吃驚的是阿爾特原來是男孩子。

看到我感到驚訝，小光和賽拉都露出意外的表情。咦？難道只有我沒看出來嗎？

雖然這裡是女浴場，不過他才五歲，讓他一個人獨處會人有點擔心，所以這也沒辦法吧？阿爾特黏著愛爾莎，硬要分開他們感覺也很可憐。

沖洗身體浸泡在浴池裡，他們兩人都舒服地呼出一口氣。

「米亞姊姊，空哥哥是個什麼樣的人呢？」

浸泡在熱水裡的愛爾莎過來問我。

雖然空已經告訴愛爾莎他是旅行商人，因為看到他使用魔法，似乎引起她的好奇。不過總覺得她的眼神轉變成看待憧憬對象的眼神……是情敵嗎？

我在可以分享的範圍內，說了一些關於空的事情。

然後意識到我對空也所知不多。

儘管他告訴我他是異世界人，其實沒聽過詳細的細節。空說他是從異世界……另一個世界被召喚過來，但我並不知道空以前在那個世界做了什麼。

總有一天他會告訴我嗎？

我一方面想更加深入地了解空，另一方面又突然想著自己有這個資格嗎？

現在的我對空說謊，依靠他的善意。

愛爾莎和阿爾特的事情也是如此。我幫不了他們，但覺得空一定會幫助他們。因為空是對像我這樣的女人也會伸出援手的善良好人。

因此，我的行動中無疑包含了算計。我不直接說出口，而是把事情交給空來處理，也是這種想法的表現。

另一個原因是丹樞機主教的來信。信上寫著只要我到教會辦理手續，就會發行我的身分證。

我告訴空，在解除契約後可能會看不見希耶爾，所以希望保持現狀。

但是，這個說法有一半是謊言。

我與希耶爾處得很好，不希望脫離奴隸身分後看不見她。

當然了，即使脫離奴隸身分，也未必就會變得看不見。空也說過不確定會怎麼樣。

然而我的真實想法是害怕失去與空的聯繫。

如果我獲得了自由，空會怎麼對待我？

我不敢問那個答案。如果他丟下我呢？那麼我該怎麼辦？

「米亞姊姊，妳沒事吧？」

聽見突然從旁邊傳來的聲音，我回過神。

看到愛爾莎一臉擔心的表情。她身旁的阿爾特似乎也在觀察我的情況。

「沒事，我只是因為泡澡太舒服，所以出神了。」

我面帶笑容再次撒謊。

沒有起疑的兩人於是回答：「的確很舒服呢。」

雖然感到心痛，但是不能說出真相。

只是我自己也很清楚，不能繼續這樣下去。

突然想起特麗莎在旅途中告訴我的事情。

特麗莎說，以前的她在入學後有很長一段時間無法使用魔法，什麼都做不了。即使如此，與她同寢室的約兒仍然鼓勵她，蕾拉也邀請什麼都不會的她加入血腥玫瑰。

她開始尋找自己能為大家做的事，學會神聖魔法，對於自己能夠幫助約兒她們感到很高興。

所以特麗莎告訴我，對她來說，神聖魔法是很特別也很重要的東西。

「那麼我也試著努力看看吧。」

我會用的神聖魔法只有兩種。問過特麗莎，她說在地下城裡可以使用的魔法有很多。

但是要怎麼做才能學會那些魔法呢？特麗莎說她很忙。

「或許我應該去教會……找丹樞機主教商量？」

不過如果去找樞機主教商量，可能必須告訴他理由。

如果我說要去地下城，他可能會要我別做危險的事情。因為他意外地愛操心……這一點從他和約兒的互動就可以清楚地看出來。

等空回來之後，和他商量看看吧？

◇◇◇

馬車駛向貴族街。

然後停在一棟大得約兒家難以比擬的巨大宅邸前方。

庭園也十分寬敞，我們直接搭乘馬車進入宅邸用地。

太陽已經下山，天色漸漸轉暗，不過庭園裡設置的燈籠映照著花草，營造出充滿幻想氣氛的空間。

「怎麼了嗎？」

「不，這裡真的是蕾拉的家嗎？」

回頭想想，我們去約兒家的時候，蕾拉她們面對氣派的宅邸也是打從一開始就毫不畏縮，這可能不僅是因為約兒是她們的學妹與朋友，也與眼前的這棟豪宅有關。她們已經習慣了。

希耶爾可能也被宅邸的規模所震撼，渾身發抖。

「那麼我來帶路。」

蕾拉帶頭走在前面，然後是我，接著是凱西跟隨在後。

看樣子無路可逃。不過我不會逃跑。

當我們走進宅邸，一位管家領頭，與站在後面的女僕們一起迎接我們。

「歡迎回來，大小姐。」

他們一絲不苟的動作有點嚇到我，這是祕密。

雖然約兒家也很驚人，但蕾拉家在規模和精緻程度上更勝一籌。

僕人引領我們前往的房間也十分豪華。端上桌的茶杯也華麗到只是拿起來就感到緊張。啊，就連我也知道，如果失手摔碎這個杯子就麻煩大了。

希耶爾直盯著放在盤子裡的烘焙糕點，可是不准吃喔？

如果有餘力，我會問問看能不能帶走點心當伴手禮。如果不行就打聽是哪間店販賣的。

「不必那麼緊張也沒關係。」

蕾拉笑著開口，舉止優雅地喝茶。

凱西並未坐下，靜靜地站在她背後待命。

我知道兩人在聖王國的相處方式，因此覺得這個場面看起來怪怪的，於是有所察覺的蕾拉為我解釋。

「小凱西的家族代代效忠於我家。她負責監視我喔。」

「大、大小姐，請叫我凱西。」

凱西馬上訂正蕾拉的稱呼方式，蕾拉聞言臉上浮現苦笑。

看來這是她們之間很常見的互動。

「我們是同一所學園的學生，我認為直到畢業前，一切照舊就可以了。」

「在外面的時候沒辦法，但是這點有必要區分清楚。」

蕾拉說了句：「真是不懂通融。」然而凱西的態度依然堅定不移。

我在聖王國時也看到凱西對蕾拉的關切，原來有這樣的緣故啊。

看著兩人的互動，我的緊張多少減輕了一些，能夠像平常一樣和蕾拉交談了。

我們聊的主要是分開後的經歷。我從租屋看房開始說起，再說到冒險者公會的事情，最後是關於愛爾莎和阿爾特的事。

蕾拉她們主要是在抱怨她們回到魔法學園後過得多麼忙碌。

不過那是自作自受吧？雖然她們的確因為魔物潮耽誤了歸期，但是丹大叔安排的馬車應該足以彌補延誤的時間。

「不過，無論身在何處，米亞都是米亞呢。」

蕾拉似乎也對孤兒的情況感到心痛。

聽說孤兒院的人手和經費都短缺，實際上蕾拉家也會派人白天過去孤兒院幫忙。

「話說回來，蕾拉家是做什麼的呢？我大概知道你是貴族。」

當我如此發問時，門口傳來敲門聲。凱西迅速過去開門，與對方簡短地講了一、兩句話後便走回來。

「大小姐，已經準備好了。」

「我知道了。空，這個問題你可以直接問爸爸。」

在她說完之後，這次換成凱西帶頭前往另一個房間。

「我的女兒似乎在聖王國受你的關照了。我是蕾拉的父親，名叫威爾·亞雷克西斯。擔任瑪喬利卡此地的領主。」

我猜想他應該有一定程度的身分地位，沒想到居然是這裡的最高負責人。

「初次見面。在下是旅行商人，名叫空。」

「哈哈，不用這麼正式的問候，先坐下來吧。」

我等到威爾坐下之後，才在沙發上坐下。蕾拉坐在我的旁邊，凱西則站在後面待命。

「大致的情況都從女兒那裡聽說了。蕾拉現在能安然無恙地坐在這裡，都是多虧了你。我想親自向你道謝。」

「這麼說未免太誇張了……」

畢竟蕾拉她們都很強，根本不需要我幫忙。實際上在面對魔物潮時，她們大顯身手的表現令人另眼相看。

「不，聽說你們遇到了歐克領主吧。我的確有耳聞蕾拉在學園裡的表現，實在不認為她的力量足以打倒那種怪物。所以她與歐克領主對峙還能平安歸來，毫無疑問都是多虧了你。」

「……只是運氣好罷了。也有部分原因是我的傳家寶魔道具碰巧派上用場。」

而且實際給予最後一擊的人是蕾拉。

「原來如此。那麼，我想要答謝你。女兒說過你對魔法學園感興趣，這是真的嗎？」

「是的，我的同伴很感興趣。」

多虧了漫步的技能，我本身可以學習魔法與技能，老實說不覺得有什麼必要去魔法學園。啊，不過我對異世界的學校是怎樣的地方有興趣。只從外面觀看所以不清楚詳細情況，但是說不定光是在學園內走走也會很愉快。

「……好吧。那麼我來安排你們入學。」

「爸爸，真的嗎！」

蕾拉比我還要高興。

對了，光聽到不能入學的消息時，看起來很傷心。

如果回去以後告訴她多虧蕾拉的幫助可以入學，她想必會很開心。

「不過，這只是讓你們能在學園裡學習而已。不管你們取得多優秀的成績，學園都無法讓你們畢業，這一點要記住。當然了，如果你們按照正規手續重新入學，那就可以畢業。」

無論如何，我們只會在這座城鎮待到與盧莉卡和克莉絲重逢為止。不會在這裡停留太久，所以沒有問題。

「啊，只是我的同伴……那個，身分是奴隸也不要緊嗎？」

我擔心奴隸能不能就讀學園，不過威爾似乎已經聽蕾拉提過，也知道這一點。他打包票說沒有問題。

「那麼爸爸，我還有一個請求……」

嗯？我覺得已經足夠了，蕾拉在說什麼呀。

這個請求對於威爾來說似乎也是出乎意料，他不禁看向我，但是我也不知情。於是只能搖搖頭表示我是無辜的。

蕾拉接著說出愛爾莎和阿爾特的事情。

「事情我知道了……讓小孩子單獨看家的確也令人擔心。好吧，從家裡派人過去吧。」

「……讓您如此費心，實在……」

正當我想要拒絕，威爾舉手制止了我，說出派遣人手的理由。

「我這麼做並非僅出於善意。而是想趁這個機會試著教他們學習管理家務，確認實際的結果會怎麼樣。如果這次的嘗試成功，就可以引導他們自立，未來若用同樣的方法教育其他孤兒，或許能解決人手不足的問題。這是對於未來的投資。」

雖然威爾這麼說，但是我覺得事情沒有那麼簡單。

即使如此，比起兩個孩子單獨看房子，有個成人的確更加讓人安心。

「謝謝您。」

所以我用言語表達謝意並低頭行禮。

在那之後，我們討論了細節，敲定那個人會住進來為我們工作。不知為何還說可以把基本的家務交給他，不過他不是為了教育而派來的人手嗎？

結果我們持續討論到深夜，那一天我在蕾拉家過夜。

……有必要問一下這張床使用的寢具在哪裡才能買到呢。

希耶爾看來起也很喜歡，在床上蹦蹦跳跳。

第3章

「主人，那是真的嗎？」

「嗯，下次見到蕾拉時，要向她道謝喔。」

我一回到旅館，就把進魔法學園的消息告訴光，她高興得跳起來。這是我第一次看到她情緒如此激動。雖然一直在忍耐，她還是很想去學園上學吧。

「我們三天後要去學園辦理入學手續。所以想在那之前找好房子。」

而且也需要修改居住人數。我們四個人以及盧莉卡與克莉絲，再加上愛爾莎和阿爾特，還有威爾派來指導他們的女僕，總共會有九個人入住。

另外，租屋的地點儘量離學園近一點比較方便吧。咦？這麼一來，選項豈不是只剩一個嗎？

我再次思考，發現符合條件的房子只剩下一間。

「那麼這是鑰匙。請問您要租多久呢？」

「先簽三十天的租約。還有，如果我想續租，但是在租約到期那天沒辦法前往付款的話，該怎麼做呢？」

「您有無法前來的原因嗎？」

「其實我要去學園讀書，可能會在研修時進入地下城，想知道若是遇到這種情況該怎麼做。」

「我想想……若是這樣，建議您辦理自動續租手續。想變更時只要聯絡我們，我們就會變更辦理手續。」

於是我得到一棟房子。雖然是租的！

「啊，不過在第一次自動續租後，請您務必在一百天內過來一趟。如果本人不方便前來，由代理人過來也可以。在那種情況下，請讓代理人攜帶授權書等證明身分的文件。如果沒有辦理這個手續，合約將會強制解除。」

我覺得這樣自動續租就沒有意義了，不過會有這種規定，是因為假如租客在有租約的狀態扔下房子不管，會導致房子損壞。的確，我也聽說過房子沒有人住就會毀損的說法。

結果我租下一棟有十個小房間的房子。據說這裡本來是旅館，被冒險者們改裝成氏族的宿舍。順便一提，以前的屋主們……聽說現在仍是活躍的冒險者。他們似乎跟著女人後面，把據點從這個城鎮轉移到另一個城鎮的地下城。

幸運的是房子有米亞想要的大廚房，也有庭院，可能是以前冒險者用來訓練的場地吧。房子本身有定期清掃，但是庭院可能沒有經過打理，雜草叢生。

「總之先到雜貨店買齊需要的物品吧。」

雖然房子裡有床，但是只有床架，沒有棉被與床墊等寢具。這些東西也需要購買，難得有機會，就買品質好的吧。我忘不了在蕾拉家躺過的床鋪有多舒適。

希耶爾在床墊上跳來跳去確認觸感，不可以玩耍喔？結果我的寢具是由希耶爾挑選。

另外也買了盤子和烹飪用具。

威爾介紹過來的女僕伊蘿哈是名妙齡女子，把一頭銀髮扎在後腦杓下方，似乎是為了避免妨礙工作。

伊蘿哈表示烹飪用具等物品只要挑選我們覺得好用的購買就可以了。

但是我們沒有人熟悉烹飪用具，所以決定由米亞和愛爾莎一邊與雜貨老闆商量一邊購買。我也買了露營用的鍋子等等，然而不知為何，米亞和賽拉問我：「你還需要更多鍋子嗎？」

我的確已經有將近十個鍋子，但是我正在挑戰新的口味，所以鍋子數量無論如何都會增加。

今後的目標是煮咖哩。雖然也想製作味噌和醬油，不過使用料理技能進行的各種嘗試完全沒有成果，所以暫停了這個計畫。

在那之後，我買了除草用的鐮刀和打掃用具，先過去租屋處一趟。

兩天後將要正式在這裡生活，需要在那之前打掃完畢。

試著使用洗淨魔法……嗯，環境變乾淨了。可是米亞她們對我發布洗淨魔法禁用令，禁止我幹活。她們說這是奴隸的工作。我告訴她們不必在意這種事，卻被推出房間。

雖然被排除在外有點寂寞，既然她們充滿幹勁，那麼我也無可奈何。如果我試圖幫忙，就會惹米亞生氣，愛爾莎則是不知為何露出悲傷的表情。

但是就算是客套話，我也不覺得她們的打掃效率有多好……好吧，我什麼也沒說。

於是我留下午餐的料理，獨自前往冒險者公會。正確來說，是為了調查地下城相關的資料，還有購買魔石。

看樣子希耶爾今天也會跟著我，但我不禁感到有點寂寞。

這或許代表我無法想像沒有她們的日常生活。

◇◇◇

「伊蘿哈小姐？」

我在傍晚回到租屋處……回家剛好遇到伊蘿哈。

她似乎正準備回去，剛好從房子裡走出來。

「空先生，歡迎回來。」

她一見到我，就彬彬有禮地向我鞠躬。

和伊蘿哈交談，不知為何會感到緊張。或許是因為端莊的舉止無懈可擊吧。她的情緒有點難以判讀，或者說幾乎面無表情，就像是平時的光。

「請問妳今天怎麼會過來這裡？發生了什麼事嗎？」

「……說話不需要這麼客氣。您用平常和蕾拉大小姐交談時的語氣說話就可以了。因為空先生是我的雇主。」

「……我沒有直接僱用妳喔？」

我根本沒有支付她的薪水。

她只是威爾出於善意派遣過來的人手。

「這方面請您不必在意，我已經從老爺那裡獲得報酬。還有我今日前來拜訪，是為了替兩位……即將擔任女僕的孩子們測量尺寸，製作工作服。」

「工作服？」

「是的，對我們而言是戰鬥服。」

從外形開始著手的確很重要……嗎？

「另外，如果可以的話，請您誇獎他們。因為大家都為了空先生全力以赴努力工作。」

如此說道的伊蘿哈突然露出笑容。

雖然笑容只出現一瞬間，我卻為此心跳加速。

完全措手不及。看起來不會笑的人露出微笑，帶給我更大的衝擊。

所以只能說聲：「知道了。」連我都能察覺自己臉紅了。

然後我們又說了幾句話。我有沒有好好說話呢？有點沒把握。

走進房子時，出乎意料的景象讓我大吃一驚。

「主人，怎麼樣？」

光搖搖擺擺走過來，有點得意地對我說道。

我擦掉她鼻尖的黑色汙漬，她好像覺得很癢，但又有點開心。

「變得很乾淨了，不是嗎？」

正如同我所說的，房間的打掃工作大有進展。原本骯髒的地板如今閃閃發光。

檢查庭院，那邊的雜草也割好了，露出先前看不到的地面。

雖然還有殘留的雜草，還是變得清爽許多。

「一開始打掃並不順利。後來有一位名叫伊蘿哈小姐的人指導我們該怎麼做。」

之後他們一邊接受伊蘿哈地指導一邊工作，回過神時，已經清理到現在這個樣子。

「這樣啊。妳們真的很努力。辛苦了。」

我向他們每個人表達謝意。

愛爾莎聞言高興地露出微笑，與米亞互相說著：「太好了。」分享這個喜悅。阿爾特依然黏著愛爾莎，不過賽拉告訴我，他非常努力工作。

「那麼今天先回旅館吧。而且照這個狀況來看，應該可以按照計畫在後天搬過來。」

正如那句話，第二天我也來幫忙，做完了搬家準備。不過我做的事情只是按照米亞他們的指示從道具箱裡拿出寢具和餐具，實在稱不上是幫忙。

◇◇◇

隔天早晨，我們向旅館老闆娘告別，前往租下的房子。從今天起，這裡會成為我們的據點。

「雖然昨天也見過面，請讓我重新問候您。從今天起要承蒙您關照了，我的名字是伊蘿哈。請多指教。」

伊蘿哈穿著連身長裙搭配圍裙的女僕裝，優雅地低下頭，一絲不苟地問候我。動作無懈可擊。真是專業。愛爾莎活潑地打招呼回應，至於阿爾特……躲在愛爾莎的背後。

阿爾特非常怕生，基本上只和愛爾莎說話。

但是當米亞找他攀談時，他會點頭給予反應。一方面大概是本來就性格內向，不過突然和一群年紀比他大的陌生人一起生活，會感到困惑或許也是無可厚非。

這方面只能讓他慢慢適應。

一大早與蕾拉一起過來的伊蘿哈——

「後面的事請交給我吧。」

如此說完便牽著愛爾莎和阿爾特的手走進房子裡。她夾在腋下的大袋子裡，似乎裝著之前說的工作服。

「那麼，我們也出發吧。」

於是我們在蕾拉的帶領下，前往魔法學園。

她會特地來接我們，似乎是因為威爾的要求。

我們跟在帶頭的蕾拉後面，凱西也跟隨在我們之後。

從家裡走到魔法學園，大約需要十分鐘。路上沿著牆邊往前走，就會看到側門。聽說大部分的學園生和教師都是走這個門。

側門前方站著看似守衛的人，在蕾拉說明後，他允許我們進入學園。守衛不時偷偷打量我們，是注意到奴隸的項圈了嗎？

前幾天覺得蕾拉家很大，但是魔法學園的規模比她家還要大好幾倍。通往最前方建築物的石板路經過精心的維護。

走在石板路上進入校舍，裡面除了進行講座等教學的教室外，好像還有圖書館等資料室，以及魔法學園的負責人校長與教師的辦公室。

首先，我們被帶往位於校舍頂樓的校長室。

校長是三十來歲的女性，坐在放滿文件的辦公桌後面。旁邊站著一位俐落地穿著類似西裝的服裝，眼神有點銳利的女性。她是祕書！這是我的猜想，不過看起來應該差不多。

談話時，主要由她向我們說明學園的相關事務。

雖然這麼說，大部分內容都和之前從蕾拉那裡得知的一樣。

有一點不同的是，她表示我們是以特例措施入學，因此不需要勉強參加通識課程，如果可以的話，她希望我們務必參加冒險者學程。

看樣子蕾拉把我們描述成高手了。我瞥了蕾拉一眼，正好與她對上眼神，她像在掩飾什麼一般別開視線。我們之後或許需要談一談。

好吧，冒險者學程可以學到關於地下城的知識，聽說還有學長姊帶隊，看來會有很多收穫，所以那是無妨。只是由於跟魔物戰鬥的機會很多，因此也有很多模擬戰鬥。

據說這也是為了確認彼此的實力，尋找組隊同伴。

「那麼請在不勉強的範圍內好好努力。」

校長最後如此勉勵我們，我們準備告退的時候，那個人出現了。

「副、副校長，突然闖進來是很失禮的。」

正如校長所說，那群男人沒有經過允許就走了進來。

那個額頭略寬，被稱為副校長的男人瞪了我們一眼，再次轉向校長說道：

「不，我耳聞有人獲准特例入學。我認為這麼做不太妥當。」

「副校長說得沒錯！我也認為打破這所有傳統的學園的規則十分不妥。更何況……居然讓奴隸入學……」

跟在副校長背後的肌肉壯漢高聲大喊。

「赫里歐老師，像這樣的發言……」

祕書表露不悅，但是赫里歐嗤之以鼻，然後瞪視我們。

校長等人看來並不在意奴隸的身分，也不反對她們入學，但是這兩個人不同。

「這是領主大人的意思。而且事情已經定案嘍？」

「……但是我可沒聽說要讓奴隸入學。這種事也沒有前例，學生們一定也會感到動搖。」

「副校長所言甚是！」

不要這麼快給出肯定的回答啊。

「……是呀。只是我也能理解在威爾大人面前是難以拒絕的。赫里歐老師。在這種情況下，你認為應該怎麼做才好？」

「學生中也有很多血氣方剛的人，如果看見奴隸一定會瞧不起他們。因此，我認為只要展示力量就行！」

他的回答無比流暢，就像是早已準備好這些話。

「原來如此、原來如此。怎麼樣？就讓這些人和學生試著進行模擬戰鬥。而且假如他們的戰鬥表現出色，一定就不會有人瞧不起，也會認同他們是一起學習的同伴吧？」

對於副校長的發言，校長雖然臉頰抽搐，但是沒有開口反駁。看來她也無法反駁。

「那麼赫里歐老師。對戰的對手就交給你挑選。在我看來……那邊的小姑娘和獸人是商人小弟的護衛吧？」

副校長指名的人似乎是光和賽拉。光是米亞沒有被選中就算是幸運了嗎？

我們被赫里歐帶到某個地方。在觀眾席圍繞的中央，正好有個舞台。

「唔！老師，這裡是……」

蕾拉非常激動地提出抗議，赫里歐卻充耳不聞。不只如此，就像已預料到情況會如此發展一般，可能是對戰對手的學生已經準備就緒。觀眾席上也有零星的人影。

「蕾拉，這裡是用來做什麼的地方？」

「……是格鬥場。」

她說這裡是可以進行等同於實戰的訓練，受到的傷害會以魔法轉換，避免造成致命傷的特別場地。

但是身體會清楚感受到疼痛，使用格鬥場也需要消耗許多魔石，所以不是經常使用的地方。

這裡是從瑪基亞斯魔法學園創校之初就存在的設施之一，其運作機制在經過數百年的現在仍然是個謎。雖然有人在日夜研究，但是好像完全沒有進展。

「那麼，你們打算怎麼做？即使落荒而逃也是一種勇氣喔！可是那樣的話，我就不能認可你們入學了！」

聽到豪邁發笑的赫里歐這麼說，在他背後待命的學生也不懷好意地笑著看向我們。

在這段期間，不知為何有學生持續進入觀眾席。我們仔細聆聽他們的對話——

「決鬥？」「我聽說是考試。」「聽說是蕾拉大人介紹的？」

可以聽到他們在談論這些事。

於對周圍的情況，赫里歐滿意地點點頭。看來他為了讓我們在眾多學生面前出醜，事先安排召集學生們過來。

「對不起，空。事情竟然變成這樣。」

「不，蕾拉沒有錯。更重要的是校長和副校長關係不好嗎？」

即便在電視劇看過權力鬥爭的情節，卻沒想到會在異世界的學校裡看到這種事情。

「硬要說的話，算是不好吧？」

蕾拉表示她也不時會看到副校長對校長提出意見。

「那麼，要從誰先上場呢？還是商人小弟要代為上場也可以！不過商人應該沒有戰鬥能力吧！最好還是躲在奴隸背後喔。」

這番話的侮辱意味很強，但我無法判斷他是出於本性，還是故意為了挑釁這麼說。

只不過有人對於他的謾罵發怒了。是光和米亞。

蕾拉連忙試圖阻止，然而光小步走到用言語攻擊我的赫里歐面前——

「向主人道歉。」

她生氣地鼓起腮幫子。

看到這一幕，一名學生走近光——

「妳是我的對手嗎？」

並以嗤之以鼻的態度輕蔑說道。

面對這種態度，蕾拉這次真的火冒三丈準備衝出去，我設法讓她冷靜下來。

「空，你不覺得不甘心嗎！」

雖然蕾拉質問我，但是在我看來，那個人並不是光的對手。

而且蕾拉應該也知道光有多強。還是說那名學生有無法用等級衡量的力量嗎？

不理會我的擔心，光他們挑選裝備展開對戰。

規則是戰鬥到對方投降或無法動彈為止。在這個舞台上戰鬥，累積一定程度以上的傷害後，就會變得無法動彈。

儘管這麼說，使用的武器並沒有開鋒。

對手選擇了劍，光則是依序拿起幾把短劍，從中挑了一把。

「妳打算拿那種東西當我的對手嗎？」

看到光拿起短劍，對手的學生一臉不悅。

他為什麼會擺出那種態度是個謎，但是對光來說，她只不過是選了最順手又最擅長的武器。

「沒、沒問題嗎？」

剛剛還一起生氣的米亞，既擔心又慌張地問我。

「沒問題。大概一下子就會分出勝負了吧？」

我之所以這麼冷靜，一方面是用鑑定看出對方的等級，另一方面是我知道光在與人對戰方面很強。

我一度因為漫步技能升級變得跟得上光的速度，但是經過坦斯村的那場歐克討伐戰之後，因為光的等級提升，又變得趕不上她。我認為這也跟原本的戰鬥經驗有關。

「哼，就讓妳見識力量的差距！」

對戰對手說得很有氣勢——

「那麼，雙方舉起武器……開始！」

隨著赫里歐發出開打的信號，戰鬥開始。

首先行動的是對手的男學生。他一邊揮劍一邊往前衝。

看到那個渾身充滿破綻的樣子，我心想「他是認真的嗎？」但是他一進入攻擊範圍便直接揮劍。沒有任何假動作，非常直來直往。

那一記銳利的斬擊引起歡呼聲，然而只劈到空氣。

不只如此，他在揮下那一劍之後似乎跟丟光的身影，東張西望看著周遭。

除了他本人的其他人都看見光迅速繞到他的背後，所以他的樣子在他們眼中或許很滑稽。

光不給對手時間反應，踢中他的膝窩迫使他跪下，用短劍抵住他的脖子看向赫里歐。

「還要繼續嗎？」

發生在轉瞬之間的情況，讓觀戰者們倒抽一口氣。

赫里歐應該也能理解力量的差距吧。雖然在規則上戰鬥還沒結束，他正準備說出結束對戰的宣言時，學生開始反擊。不，是光在學生正要行動時迅速地應對，這次給了他的脖子一記重擊，將他打昏。

儘管光用從容的態度應對，看樣子她的怒火並未平息。

如果不做無謂的抵抗就結束戰鬥，也就不用受罪了。翻白眼的學生口吐白沫地倒在舞台上。

希耶爾看到光的英姿，一邊靈巧地用耳朵鼓掌，一邊在光的周圍飛來飛去。

光滿足地看著她的反應點頭，輕快地小碎步走回來抱住我。

面無表情地仰望我，眼神像在說要我誇獎她。於是我摸摸她的頭，她便開心地害羞起來。

另一方面，雖然這個結果讓赫里歐臉頰抽搐，他還是振作精神準備下一場戰鬥。

真是學不乖。我心想他沒有放棄這個選擇嗎？或者說這是副校長的交代？

下一個登場的是個體格雖然不如赫里歐，依然很高大的大塊頭男子。全身裝備堅固的鎧甲，踏著堅定的步伐現身。

只是鑑定過後，發現他的等級比剛剛的男子還低。

【名字「弗里德」　職業「冒險者」　Lv「20」種族　「人類」　狀態「——」】

弗里德沒有說什麼挑釁的話，選了棍棒與盾牌後便站到開始線前。

至於賽拉則是雙手各持一把斧頭，也默默地走到指定的位置。

兩人散發的某種異樣氣氛讓周遭陷入沉默，靜靜等待戰鬥開始。

在聽到赫里歐發出開始信號的瞬間——

「啊！」

我忍不住發出聲音。

「怎麼了？」

聽到我的聲音，米亞驚訝地看過來。我也不禁將目光投向米亞。

下一瞬間，某種破碎的聲音響起，隨後是一道悶響。

把目光轉回舞台，那裡只有賽拉……和赫里歐。

順著賽拉的視線望去，只見慘不忍睹的弗里德。他的盾牌被打扁，身上的鎧甲也遭到破壞。

儘管魔法可以防止對肉體的傷害，看來無法保護到裝備。

他看起來意識清醒，也許是錯覺，我覺得他仰望賽拉的雙眼浮現恐懼。

首先，弗里德和賽拉之間就有三倍的等級差距。

所以我在鑑定後心想最好要手下留情，但是已經太遲了。結果正如眼前所見。

「賽拉姊太棒了。」

在讚不絕口的光身旁，希耶爾也跳起了讚美之舞？

「赫里歐老師，到此為止。」

祕書在這時現身，出面主持現場。

「他們四人短時間內特別過來學園學習。正如你們所見，他們的實力強勁，並且體驗過外面的世界。我認為可以從他們身上學到很多。請大家切磋琢磨，提升自己的實力。」

喔喔，觀戰的學生們都點頭贊同祕書所說的話。或許是因為我們展示了力量，感覺他們友善地接納我們。

雖然有部分人的表情顯得很複雜，他們似乎和對手那兩個人關係親近。

赫里歐還想說些什麼，但祕書以銳利的目光瞪了他一眼讓他閉嘴。嗯，那個冷漠的笑容有點可怕。

就連我在旁邊看著都覺得如此，正面迎接那道目光的赫里歐肯定感受到更強烈的恐懼。

之後我們前往更衣室。依男女分開，各自換上尺寸合身的制服。

「嗯，小光真可愛，米亞和賽拉也很適合。空……那副面具有點不搭吧？」

我也同意這個看法。剛才照鏡子確認，連自己也知道看起來非常突兀。

這所學園裡知道我的人應該極少，然而也有像約兒一樣從國外來上學的人，所以不能斷定絕對沒有。

就算在度過學園生活時摘下面具，進入地下城時也需要戴上，結果還是一樣。不過為了在學園內保持低調，或許把面具改成更不起眼的設計比較好。

光她們在格鬥場已經十分引人注目，現在才想到或許太晚了。

我們走來這裡的路上也被人盯著看。一開始以為原因是蕾拉，但是投向我們……特別是米亞

她們的目光很多。據說學園以前沒有奴隸入學的紀錄，又和戴著可疑面具的我在一起，可能更加引起關注。

再加上如果格鬥場的事情傳開，關注程度肯定會暴漲。

「妳們等一下。」

我從道具箱裡拿出需要的道具，用鍊金術製作一副眼鏡。對鏡片部分賦予偽裝技能，讓我的眼睛透過鏡片看到時的顏色呈現銀色。

「這樣如何？」

我戴上眼鏡問道。

「主人，你的眼睛顏色是銀色嗎？」

光以不可思議的模樣偏頭發問。

看來偽裝技能確實發揮效果。

「主人真是什麼都辦得到呢。」

賽拉用傻眼的聲音說道，另一方面，蕾拉和米亞沒有反應。

我看向兩人，她們正在凝視我，也許是錯覺，她們的臉頰泛著紅暈。

發現我看過去，她們慌忙避開目光。低下頭看不見表情，但是眼鏡有那麼不適合嗎？

「接下來有什麼計畫？」

「我來帶你們參觀學園一圈。」

我問起接下來的計畫，蕾拉似乎要繼續為我們介紹學園環境。遺憾的是她是維持別開臉龐的姿勢回答。

「沒關係嗎？蕾拉也很忙吧？」

腦海中浮現她在聖王國裡努力寫作業的身影。她之前請過長假，不去上課沒關係嗎？我不禁感到擔心。

「呵呵，我沒問題的。而且只要讓周圍的人留下你們跟我關係親近的印象，就不會有人糾纏你們。」

不過我覺得赫里歐帶來的學生似乎敵視我們喔？

在那之後，帶路的蕾拉向我們說明在哪裡可以上什麼課。教室門前有標示牌，也有導覽板，應該不會有問題吧？

蕾拉說那邊很危險，阻止我們靠近那棟我很好奇的塔樓建築物。從那棟建築物頂樓放眼望去的景色想必很壯觀，真是可惜。

另外我們還走到位於學園區域內的森林附近，她說明會在這裡舉行類似生存訓練的活動。順帶一提，聽說穿越森林後還有一座大湖。

此外還有種植藥草的地方，由研讀藥師學程的學生們管理。

「然後這裡就是餐廳。」

在蕾拉介紹過一遍環境後，最後來到餐廳。

由於我們繞路前往許多地方，抵達學生餐廳時早已過了午餐時間。

這一方面也有蕾拉想避開人潮的關係。

餐廳的料理種類豐富，也有類似每日定食的餐點。雖然沒有食物模型，不過菜單上有詳細標示，一看就知道使用了哪些材料。

可能考慮到是給成長期的孩子們吃的，每種料理在製作時都有顧及營養均衡。

餐廳不只供應午餐，為了住宿舍的學生，早上和晚上也可以在這裡用餐。

「……主人贏了。」

光吃完料理後如此說道，看起來卻很滿足。我的料理會獲勝，是因為餐廳的料理調味比較清淡吧。

相反地，希耶爾因為暫時不能吃而十分沮喪。這一點只能讓她忍耐了。作為回報，晚上我會準備希耶爾想吃的料理。

「那麼參觀了一天之後，你覺得如何？」

聽到蕾拉的話，我回顧今天一整天的經過。

首先是基礎學科學程——主要學習讀寫與計算。因為無法閱讀文字就無法自己調查資料，所以在剛入學時特別著重這方面。或許是學生們入學後已過一段時日，參加這個學程的學生不多。

基礎魔法學程——這個學程分為學科和實際演練兩部分，會學習魔法的基礎知識，並反覆進行實際的使用練習。我聽到有人發出呻吟聲，是在打起幹勁嗎？

等學生在這裡學會使用魔法後，就會轉到魔法科學程，學習更專門的知識。主流的學習方法是找到自己擅長的屬性，以該屬性為中心逐步擴展，由於魔物也有弱點，所以教學時似乎不會只特化一個方向。

主要的做法是朝當作靶子的魔道具施放魔法，不過也有在奔跑中施法等各種下了巧思的練習方法。的確，如果對手是魔物，有時會碰到一邊躲避攻擊一邊發射魔法的情況。

冒險者學程——這裡主要進行模擬戰鬥等戰鬥訓練。在這裡一起訓練，似乎也是順便尋找組隊的同伴。另外還有講座，聽說資料室裡關於地下城的資料也相當豐富。學生們在專用教室裡熱烈討論與魔物戰鬥的方法。

剛才提到的是主要學程，蕾拉還向我們介紹了其他各種學程。

藥師學程——這裡好像是以學習製作藥水為主。學生們用研缽磨碎藥草後，加水或加熱來製藥。喀啦喀啦的研磨聲仍在耳中迴響。

雖然身為以鍊金術製作藥水的人，我認為使用鍊金術來做更加簡單，但是由於鍊金術無法穩定製作藥水，鍊金術學程漸漸招募不到學生，只以研究會形式留下這個名義。原因之一似乎是製作藥水會獲得評分，還可以用銷售藥水的收入支付學費，這種穩健的方法受到支持。

生物學學程——這裡的目標是調查魔物生態，同時研究是否能使役魔物。在我們參觀時接待的老師表示他正在研究是否能應用奴隸契約來使役魔物。

咦？妳說剛才那一位不是老師，而是學生嗎？……一定是歲數增長以後才來學園讀書的人吧。

蕾拉最後介紹的是神聖魔法研究會。研究會和學程不同，由學生們自發聚集起來一起學習，類似以前世界的社團活動。不過要開設研究會，需要向學園提出申請並得到許可。

這是因為米亞非常想來這裡，特麗莎好像也拜託蕾拉務必要為我們介紹這個研究會。特麗莎高興地向研究會的同伴介紹米亞，米亞也低頭致意。

在那之後我們把學園參觀一遍，光會依照一開始的期望去學習魔法的基本魔法學程上課，賽拉也表示會充當監護人一起參加。賽拉這麼說時尾巴不斷起伏扭動，其實她也很期待吧。

米亞正如我所料，表示想在神聖魔法研究會學習。

那麼我要怎麼做呢？生物學學程有吸引我的東西，但是有個設施更讓我感興趣，如果可以，想儘量在那裡度過所有時間。雖然或許偶爾會去其他地方露個臉。

「你是認真的嗎？」

當我說出期望後，蕾拉感到很驚訝。

我想去的是類似圖書館的設施。那裡保管了各種歷史書籍中難以理解的資料，據說幾乎沒人使用。原因似乎是魔法等專門資料都由魔法科學程的老師與研究會保管，不需要特地去圖書館。至於地下城相關資料也一樣，冒險者學程開講座授課時使用的教室存放著同樣的資料。

歷史書籍不受歡迎的原因，似乎是大家普遍認為假如有時間閱讀歷史書籍，不如用來學習魔法或鍛鍊身體會更好。的確，這可能在生活當中派不上用場。

「既然這是空的希望，那倒是無妨。那邊姑且有人管理，只要打聲招呼就沒問題了。」

於是，我們的學園生活開始了。

順帶一提，對於我們上課的規定之所以很寬鬆，似乎是因為我們只是臨時就讀。

正常入學，以畢業為目標的人出缺席也受到嚴格的管理，如果出席天數不足就不能升級。不然也不會出那麼多作業給學生吧。

我一邊回想起在聖都為了作業苦苦煎熬的血腥玫瑰眾人們，一邊如此心想。

◇校長視角

「為什麼你要說那種話呢？」

我質問眼前的男子……副校長。

雖然他經常對我有意見，旁人以為我們關係不好，但是實際情況並非如此。

而且我也知道，他對於奴隸並未抱持負面感情。因為他的妻子也曾經是奴隸。

「……不滿是無處不在的。只是有必要消除那股情緒罷了。」

「即使你這麼說……」

「而且正如從蕾拉同學那裡聽說的一樣，他們拿下了壓倒性的勝利吧？我想這對赫里歐老師來說也是一帖良藥喔。」

其實我也想看商人空小弟和赫里歐老師交手呢。我沒有錯過他的這句喃喃自語。

這點的確令人好奇。

根據蕾拉小姐的說法，他們能夠討伐歐克領主都是多虧了他。

如果不是有來自公會的報告，我們也不會輕易聽信那番話吧。

不過這個人總是如此。

他會查出危險分子並加以處理。

看來這次被盯上的是赫里歐老師。

近來他的思想有些危險。特別是與他親近的學生中，看不起別人的學生慢慢增加了。

特別是第一個上場和光戰鬥的人，他總是敵視蕾拉小姐，想增加自己的發言分量。近來他在赫里歐老師的帶領下實力迅速進步，這點固然很好，但似乎朝著負面的方向失控了。

那種想法很危險。地下城會最先吞食這樣的人。因為地下城裡的敵人並非只有魔物。

只能期盼他會因為這件事改變想法。

本來由我能親自提醒他就好了，但我如果太過公開行動，就會有人抱怨我偏袒，所以無法隨心所欲。

「我個人希望校長能更有擔當一點就好了。因為我也有許多研究想做，時間實在不夠用。」

這算是挖苦吧？應該是挖苦吧。副校長一點都沒變。

比起權力鬥爭，他更喜歡投入研究。因為許多人不知道這點，心懷不滿的人才會捧他上台。

「我也不喜歡被妻子斥責。真是的……因為這樣，我覺得頭髮又因為壓力變得更稀疏了。」

嗯，他的妻子也是我的好友，她應該很擔心我吧。看來他還是被老婆管得死死的。

不過副校長，你的禿頭是遺傳，不是我害的喔？

毫無疑問地，你一天比一天更像你叔叔了。

◇◇◇

「主人，我們要進去了！」

如此宣告的光牽著米亞和賽拉的手走進教室。

穿著同款制服的米亞和賽拉看起來有點緊張。

實際上，三人一走進教室，許多目光就集中在她們身上。

我看到這一幕，決定還是陪她們上第一堂課。畢竟教導內容滿令人好奇的吧？

米亞其實想參加研究會，不過今天那邊好像休息，一方面也因為是第一天，所以她跟光她們一起行動。

我們一開始參加魔法課的講座。本來擔心完全沒學過的我們加入會不會妨礙其他人，不過授課內容主要是以複習加深理解，看來沒有問題。老師反倒會指定學生向我們說明，來確認學生是否有好好理解知識。

被點到的學生神情緊張地站在講台上，途中時而遭老師指出問題，仍然完成任務。

另外，我們在講座中學習詠唱使用魔法的咒語。這也讓我感到驚訝，不過老師說明，詠唱這些咒語是為了讓無法使用魔法的人也能夠使用魔法。

原本就有魔法天賦（技能）的人，可以不詠唱咒語直接使用魔法。

看來這就是我從未見過冒險者詠唱咒語的原因。不，我覺得其中有些人好像有詠唱，或許只是因為我很少組隊，所以才不太了解。因為我基本上都單獨行動。

但是與魔物戰鬥時每次都要詠唱咒語，不是很花時間，會造成危險嗎？我冒出這個想法，不過老師表示這只是入門階段，只要繼續訓練，即使是沒有天賦的人，也有可能練到不詠唱便直接使用魔法的程度。

「但是，我們也收到報告指出，進行詠唱會提升魔法的威力。有餘力的時候不必焦急，先詠唱咒語再使用魔法或許會更好。」

等到講座告一段落，我們休息過後，便到另一個地方進行實際演練。

實際演練主要是朝著專用靶子重覆發射魔法的反覆練習，學生們依序輪流施放魔法。

雖然這麼說，實際上能順利發動魔法的人連兩成都不到。

這個教室的學生進入學園已經有一段時間，即使如此，看來要學會使用魔法並不簡單。

「看來前途艱辛呢。」

「唔，我會努力。」

光似乎已經默背咒語，可惜沒辦法發動魔法。

我試著發動察覺魔力查看情況，發現原因出在她的魔力在詠唱階段很不穩定，半途就消散了。

實際發射魔法的學生們，魔力直到最後都保持穩定，那股穩定的魔力在他們喊出作為魔法發動關鍵字的魔法名稱時，化為魔法的形狀飛向靶子。

「啊，下一個輪到米亞姊姊了。」

我聽到光的聲音回過神來，一邊使用察覺魔力一邊觀察。

米亞似乎也默背咒語，流暢地唸誦出來。

可能是因為她有使用神聖魔法的經驗，魔力也很穩定。

然而，當她實際說出魔法名稱的瞬間，直到前一秒還保持穩定的魔力就像突然喪失一般消失。她失敗了。

「這個相當困難呢。」

雖然米亞如此說道，身為觀察魔力的人，我覺得那種不自然的魔力變動很不對勁。

「怎麼了嗎？」

「不，沒什麼。」

但是不知道原因是什麼，所以不能隨便說出來。

最後輪到我，正常地發射魔法。

大家都感到很驚訝，不過當我說自己有技能後，他們就理解了。不僅如此，學生們看待我的眼神也有所改變。

他們的視線隱約流露出嫉妒、羨慕等種種情緒。

雖然沒有約兒那麼激烈，或許因為這裡是魔法學園，大家對魔法的感情都很強烈。

「那麼，我要去圖書館了。」

魔法課結束後，我在這裡和光她們道別。

光她們現在要去上基礎學科學程的課。不過光和米亞都會讀寫與算數，所以是去陪賽拉。順帶一提，要說為什麼會以學習讀寫與算數為主，一部分原因似乎是有許多學生會成為冒險者，需要掌握基礎知識，以免受騙。

午餐之後有冒險者學程的課，我們約好在那裡會合。

「那麼，圖書館在哪裡呢？」

記得應該和校長辦公室一樣，在這棟校舍的頂樓。

希耶爾輕輕地坐在我的頭上，因為要移動到高處，飛行似乎相當困難。

我們穩穩地踩著地面往上走，所以並不在意，但是對於飛行的希耶爾來說，那就像在高空飛行一樣，會帶來負擔嗎？

登上樓梯來到頂樓，走在校長辦公室反方向的走廊上。走廊盡頭的右手邊就是圖書館。

聽說這裡有人負責管理，所以先試著敲敲門，但是沒有反應。我伸手推開門，門正常地打開了。看來沒有上鎖。

「打擾了。」

我開口呼喚，然而沒有得到回答。不過察覺氣息技能有反應，人應該在裡面。

正當猶豫該不該進去時，捕捉到從背後靠近的反應。

這種感覺……是蕾拉。

「你在做什麼？」

「不，我正在考慮擅自進去好不好。」

「賽莉絲小姐不在嗎？」

那似乎是管理這間圖書館的人的名字。

「這表示……她說不定又睡著了。」

蕾拉說完便大步走了進去。

我也跟在後面走進去，整齊排放的書籍映入眼簾。

從整體來看，大部分書籍的書背都不厚，這或許與紙張在這個世界很珍貴有關。

即使如此，排滿的書架上沒有空隙，證明這裡收藏了大量的書籍。

「果然在這裡。」

我的注意力被書吸引，跟丟了蕾拉的身影。不過往聲音傳來的方向走去，馬上找到她。

「呃～這位是？」

我會忍不住這麼問也沒辦法。

在陽光照射的窗邊，一名女子舒服地發出睡著的呼吸聲。

一頭波浪狀金髮披在背後，閃閃發亮反射陽光。看著她安寧的睡臉，讓人覺得不該打擾。那張端正的臉蛋，即使在睡著時也看得出來是個美人。

「賽莉絲小姐，請別在這種地方睡覺。還有，請起來工作吧。」

但是蕾拉搖了搖她，要她醒來。

身體被大幅搖晃了兩、三下後，賽莉絲——

「蕾拉好過分～」

大大地伸個懶腰，打著哈欠。

她只聽聲音就能判斷來者是誰，或許代表這種互動可能已經重複上演過許多次。

然後她睜開的眼睛捕捉到我，停下動作。隔著眼鏡看到賽莉絲的眼睛，顏色像血一樣殷紅。

賽莉絲露出驚訝的表情，但是瞬間便回復正常。

「唔～請問你是誰～？」

我不禁對她歪著頭的模樣看得入神，蕾拉不知為何對我微笑。可是她的眼睛沒有笑意。我聽見「晚點我會向米亞報告」這句令人不安的話，不過那一定是錯覺。

「他是空，他想使用這裡。」

「嗯～第一次見到耶～？」

「他最近才入學。」

「原來是這樣呀……不過因為沒什麼人會使用這裡～我本來就不認識絕大多數的學生～」

我覺得這句話不太妥當，但是她似乎只管理這裡，並沒有教課，所以跟學生幾乎沒有接觸。

不過她長得很漂亮，應該會受到男學生歡迎……

「空，你該不會在想奇怪的事情吧？」

沒有這回事喔？儘管瞬間以為蕾拉看穿我的想法，嚇得心頭一震。

「……那麼，我想使用這裡，可以嗎？」

「請便、請便～請自由使用吧～至於使用方式～沒有特別規定，所以請問蕾拉吧～」

那句話讓蕾拉煩惱地抱住頭。

「少來了～妳其實很高興吧～啊，看完的書請放回原位喔～」

啊，結果還是會告訴我規定啊。

我向蕾拉打聽，基本規定是看完的書要放回原位，如果弄壞書要立刻報告。在這個世界紙很珍貴吧？規定就這麼簡單沒關係嗎？

賽莉絲起身從我旁邊走過，然後坐在門口附近的椅子上開始看書。

她的桌上有一個擺設，上面的紙張寫著「有事請說一聲！」與「請保持安靜～」

當她經過我身邊時，感覺她用以眼神觀察我，因為我是無人使用的圖書館的少見訪客嗎？

「那麼，空是來看哪種書的呢？」

「先看歷史書籍吧？」

「為什麼會是問句呀？」

雖然被蕾拉取笑，我根本不知道這裡有什麼樣的書。認為會有歷史書籍，只是因為蕾拉前幾天告訴過我，心想這裡應該有才會這麼說。當然也是因為我對這個世界的歷史感興趣。

「歷史書籍嗎？賽莉絲小姐，歷史相關的書放在哪裡呢？」

「窗邊的第二個書架，第三層以下喔～」

賽莉絲立刻回答蕾拉的問題，歷史書籍的確放在她所說的位置。

「蕾拉幫了大忙。謝謝。」

我馬上從角落抽出大約五本書，放在桌上正準備開始閱讀，發現蕾拉還站在原地不動。

「妳不看書嗎？」

「我有點事情要辦，所以要走了。今天一整天空都會待在這裡嗎？」

「大概待到中午吧？我準備之後要與光她們會合。」

因為我們約好要一起上冒險者學程的課。

但是，蕾拉沒有事情要辦卻來圖書館嗎……難道她是因為擔心我才過來的？

在那之後，我專心地看書。明明不會速讀，但是多虧平行思考，閱讀的速度變快了。由於書本身並不厚，看完的書接連堆疊起來。

我愈是專注，希耶爾似乎就愈覺得無聊，一開始她很感興趣地跟我一起探頭看書，但是現在可能已經厭倦了，正躺在書上睡覺。

關於這些歷史書籍，主題大都是講述戰爭、魔王、國家的建立與發展等內容。

其中特別引起我關注的還是有關魔王的內容。但不可思議的是書中沒有描述任何關於討伐魔王的英雄。大部分只是記載「由於艾雷吉亞王國的活躍」等文字而已。

書上沒有提及像我們這樣的異世界人，代表他們刻意隱藏情報嗎？根據光的說法，如果我說了不該說的話，她被命令要把聽到的人滅口，所以與異世界人相關的事情可能是最高機密。

若是這樣，我覺得這與放任我自由行動的理由互相矛盾，莫非有什麼企圖嗎？

「思考這些也沒用嗎……」

「什麼沒用呢～？」

合上書本伸手要拿下一本書時，突然有人對我說道。

我看過去，賽莉絲拿著書站在桌子旁邊。

雖然我在專心看書，完全沒有察覺她靠近。不過沒使用察覺氣息時，可能就是這樣吧。

「比起這個，你看了很多本書呢～你喜歡書嗎～？」

「是呀。認識自己不知道的事情很愉快。」

「……那麼，我推薦你這本書～」

如此說道的賽莉絲遞給我拿在她手中的黑色書籍。

我不禁看了兩次書名。

上面寫著《如何製作咖哩》。

我彷彿被吸引般翻開書頁。

上面記載了使用在這個世界獲得的辛香料製作的各種咖哩食譜。

特別有趣的是還附帶在食譜完成前的失敗經歷。內容寫得非常有趣，就像寫小說一樣。

看著那些甘苦談，我忍不住幾乎要流淚，看到食譜完成的橋段時，不禁想要鼓掌了。

「怎麼了～？」

賽莉絲還說了些什麼，但是我的手停不下來。對那本書的內容著迷到沒有餘力回答她。

然後一口氣讀完整本書。心中充滿對可以完成未完成咖哩的喜悅，以及對光她們吃到後會有什麼反應的期待。

當然了，作者對咖哩的熱情也令我感動。

「喔～是這樣啊～」

直到聽見賽莉絲的下一句話為止。

「你是空對吧……原來你是異世界人。」

還以為時間停止了。

「妳、妳說什麼？」

我的聲音變調了。看向賽莉絲，希望她沒有發現我正在動搖，卻對上她彷彿看穿我內心的銳利眼神。

我感到難以形容的恐懼，立刻使用人物鑑定。

那個結果再度令我心頭一驚。

【名字「賽莉絲」　職業「圖書館館員」　Lv「無法測量」　種族「尖耳妖精」　狀態「——」】

她的種族是尖耳妖精，自從來到異世界後，第一次看到這個種族。還有另一點，等級顯示無法測量也令我在意。

我的確覺得她是五官端正的美人，沒想到居然是尖耳妖精。據說尖耳妖精的耳朵是尖的，不過賽莉絲的耳朵被頭髮遮住看不見，從外表上看不出來。

或許她是為了隱藏真實身分故意遮住的。

「你這次用了鑑定嗎？」

被她猜個正著，連我自己都知道臉上露出動搖的神色。

「啊，我沒有打算要對你怎麼樣。只是有點好奇呢。」

賽莉絲緩緩走過來，抱起睡得很香的希耶爾，以充滿慈愛的表情撫摸希耶爾的身體。

「對於和精靈一起行動的你感到好奇呢。」

現在希耶爾處在身體脫力的狀態，靜靜地待在賽莉絲的懷裡。

希耶爾醒來後對自己身處的狀況吃了一驚，忍不住亂動掙扎，但是當賽莉絲溫柔地撫摸希耶爾的下半部……肚子？就讓她放棄所有抗拒，任由賽莉絲安撫。耳朵無力地垂下來。

希耶爾現在的表情，坦白說就是澈底放鬆。哎呀，我還滿常看到那種表情，比方說在她吃得很心滿意足的時候等等。

「……尖耳妖精果然能認知到精靈嗎？」

「哎呀～你用和蕾拉交談時的語意也可以喔～？」

剛剛那種嚴肅的語氣口吻彷彿沒出現，她那缺乏緊張感，拖長音調的聲音讓我放鬆力氣。妳自己也是一樣吧？我勉強把這句話吞回去。真是打亂我的步調。

而且對於長輩需要表示尊重。嗯，我感到背脊掠過一絲寒意。別思考年齡的事情吧。

「嗯～那麼你為什麼認為尖耳妖精能認知到精靈呢～？」

「以前與知道精靈的人談過，她說她從奶奶那裡學到了很多事情。」

我一邊回想起克莉絲，一邊告訴她。

賽莉絲似乎在思考什麼，不過她細心地回答我的問題。

「這個嘛～即使是尖耳妖精，也不一定看得見精靈～雖然契合度也有影響～但是必須有能看見的天賦才行。」

「那麼賽莉絲小姐有這種天賦嗎？」

「嗯～我算普通吧～？看見和我締結契約的精靈沒有問題～但是對於其他人的精靈，本來是看不見也摸不到的～」

我覺得那句話不對勁。因為賽莉絲看得見也摸得到希耶爾。

我的態度讓賽莉絲浮現得意的笑容——

「鏘鏘～就是靠這個～」

她摘下眼鏡，高高地舉起來。

「這個是～名叫艾麗安娜之瞳的魔道具～有了它就可以看見精靈～」

賽莉絲自信滿滿地抬頭挺胸，我對她手中的東西使用鑑定。

【艾麗安娜之瞳】具有提升與精靈親和力的效果，能讓人看見精靈？或許也摸得到喔？

我對效果的說明文字非常在意，但是現在有比起這個更重要的事。

我想要它。這句話是最先浮現的念頭。

「請把這個給我吧！」

我不禁握住賽莉絲的手懇求，只見她雙頰緋紅，逃也似的往後跳。

「啊，嚇了我一跳。不、不可以突然握住女性的手喔？」

賽莉絲說得沒錯。我向她道歉，說了聲對不起。

「還有我不能把這個讓給你。因為這對我來說是非常重要的東西。」

看到她珍惜地拿著它的模樣，我沒辦法再多說什麼。

不過可以問問她是在哪裡得到的吧。應該可以吧？

「妳是在哪裡得到它的？還是說，這是某個人製作的東西嗎？」

據說在地下城裡會發現道具箱等稀有的魔道具。難道這是在地下城裡發現的東西嗎？

「……這個是……某個人轉讓給我的。只是，我想想……記得問過製作這個的材料。雖然記憶有點模糊了……」

如此說道的賽莉絲告訴我魔物的素材名稱。

不過她也有說，這些可能並非全部的材料。

全都是第一次聽說的魔物名稱。

看來需要去一趟公會，調查取得方法……調查牠們是在哪裡出現的魔物。

乾脆像我在聖都的冒險者公會看到的那樣，由我申請發布委託也是個辦法？不過要這麼做，還需要調查那些素材的大約價值是多少。

而且從我聽完她的話，鍊金術清單也沒有更新的情況來看，這個可能是鍊金術無法製作的東西。如果真是這樣……

「喂～你有在聽嗎～？」

呼喚聲讓我回過神來，賽莉絲由下往上仰望我的臉龐就在眼前。

而且沒料到她靠得近在咫尺，不由得往後仰，賽莉絲看到我的反應，帶著得意的笑容看過來。

她肯定是在享受我的反應。我也覺得臉有點發燙。這是在回敬我剛才的舉動嗎？

「還想問妳一件事，可以嗎？」

平常心，平常心。

「嗯～是什麼呢～？」

雖然看來沒辦法掌握主導權，這件事非問不可。

「妳為什麼知道我是異世界人呢？」

根據她的話來看，她似乎沒有鑑定技能，我認為最好知道她判斷我是異世界人的理由。如果是尖耳妖精固有的能力，那也無計可施就是了。

「啊～那是因為這個喔～」

如此說道的賽莉絲拿起堆在桌上的其中一本書，和剛才那本記載咖哩食譜的烹飪書。

「你一臉不明白的樣子呢～簡單說明一下～這本歷史書籍是用一種我無法閱讀，據說已經失傳的古代語言寫的～還有這一本～好像是用一種叫做『日語』的語言寫的～」

聽完賽莉絲的解釋後，我總算是理解了。因為來到這個世界後，語言會自然地轉換成日語，所以在對話上沒有障礙，也能閱讀文字。

因此我認為理所當然做得到的事，從賽莉絲的角度來說便是足以讓她感到不對勁的因素。這裡是圖書館，有用各種語言寫成的書籍，所以她才會發現這一點吧，不過我最好記住這個教訓。

「啊～但是，我的確聽人說過，如果使用鑑定技能～就可以查出書籍是用什麼語言寫的～」

這個人，真的是在一點一滴透露情報。難不成她在戲弄我？

啊，她看著我的反應，顯得有點開心。

我按照她的話對文字使用鑑定，出現了關於這是哪種語言的說明。嗯，以後在閱讀之前事先檢查一下。

「那麼～雖然有很多事想說～不過我餓了，我們去吃飯吧～」

聽到那句話，希耶爾迅速地爬起來。是對吃飯這兩個字產生反應了吧。

「嗯～？她叫希耶爾嗎～？這孩子會吃飯嗎～？」

我懂妳的疑惑，因為精靈並不需要吃飯。不過我家孩子會吃飯喔。她可是大胃王喔。

聽到我如此說道，她非常驚訝。據說與賽莉絲訂契約的精靈完全不進食。

「首先～他們從來沒對我說過想吃東西～」

「照這個說法聽起來，賽莉絲小姐能夠和精靈交談嗎？」

「只有一點點～」

讓人有點羨慕呢。如果希耶爾會說話，旅程一定會變得更加有趣。啊，不過她也有可能會催著我準備食物，特地搞得很吵？

「吃飯。」「吃飯！」「吃飯～！」

可以輕易想像希耶爾如此反覆呼喊的樣子。

「那麼～空你們要去餐廳嗎～？」

餐廳啊。可是如果去那裡，希耶爾就不能吃東西了。

希耶爾，即使妳露出那麼悲傷的表情我也很為難喔。

不過假如吃放在道具箱裡的食物，就不需要特地去餐廳。

那麼先來確認一件事吧。

「在學園裡用餐時，在餐廳以外的地方吃也沒問題嗎？」

我問過賽莉絲，她說沒有問題。

由於有些課程在距離餐廳較遠的地方上課，有些學生不喜歡移動。另外餐廳的規模難以一次容納所有學生也是一個原因。

賽莉絲表示出於這樣的原因，有些學生會請餐廳做便當，然後在教室裡吃。還有情侶會兩個人悄悄享受用餐時光。

「那麼我們在這裡吃也不要緊對吧。」

「是呀～不過你有帶便當嗎～？」

比起說明，直接展示給她看更快吧。

我先環顧四周，確認除了賽莉絲之外沒有人在場後，從道具箱中取出幾道料理擺在桌上。

「賽莉絲小姐要一起吃嗎？」

「……我也吃一點好了～？我也會把我做的便當分給你們～」

聽到她的回答，我將食物分給她。

希耶爾一看到食物放在面前，便迫不及待吃了起來。她肚子餓了嗎？

賽莉絲看到這一幕顯得很驚訝，但是在她吃了一口我的料理後，突然停下動作。

是不合胃口嗎？看到她的反應後，我不禁如此心想。因為每個人的口味各不相同。

我一邊側眼看著她，一邊吃起漢堡排。

這是主要用狼肉製作的料理，我像使用攪拌機一樣操作風魔法，把肉做成絞肉。醬汁之所以是番茄口味，是因為材料方面還只能做出這一種。如果至少能重現醬油的話……

「空……這是你做的嗎？」

「對呀，是我做的。」

「從明天起你也要來這裡！」

賽莉絲緊緊抓住我的肩膀，逼近過來。

我被那股衝勁壓倒，幾乎就要往後仰，但是身體被她用力抓住，無法動彈。

從她認真的眼神當中，感受到不容拒絕的壓力。

『希耶爾，救救我！』

我不禁發出心電感應，但是希耶爾似乎沒有收到。是因為她正專注吃東西嗎？還是她判斷這件事不該插手？

「而且你不覺得在這裡，希耶爾也可以自由用餐嗎？」

那句話使希耶爾抬起頭來。那對耳朵似乎只有在事情對她有利的時候才聽得見。

她完全清除了外圍的障礙！

而且輕易拉攏希耶爾。

她先是用力點頭表示同意。

「不愧是希耶爾！真明理～」

獲得誇獎的希耶爾，露出頗為受用的表情。

結果從明天開始要在這裡用餐的事情已成定局。我似乎沒有拒絕權。

啊，這下該怎麼對光她們解釋才好……從積極的角度思考，能夠有個讓希耶爾自由用餐的地方，也不全是壞事吧？

「對了，賽莉絲小姐的精靈是什麼樣的孩子呢？果然一般情況看不見他們嗎？」

在喝餐後茶時的我突然感到好奇，試著詢問她。

「嗯～平常他們待在別的地方～如果有機會，到時候再向你介紹。不過我不知道你能不能看見他們～」

結果那一天我們直到回家前都待在圖書館。

我在光她們來接我的時候才注意到時間，被她們斥責了一頓。

喔，對了，我們約好下午要一起上冒險者學程的課。我沉浸在書籍和賽莉絲的故事中，完全忘了這件事。

賽莉絲笑吟吟地目送我們離開圖書館，但是我們之間的氣氛十分沉重。光和賽拉在我道歉後原諒了我，可是米亞感覺還有一點生氣。

我不經意地找她說話，卻只得到冷淡的回答，態度十分冰冷。

不過沒遵守約定的人是我……按照賽拉的建議，現在讓她靜一靜是最好的辦法嗎？

◇◇◇

「歡迎回來！」

「……歡迎回來。」

回到家後，愛爾莎和阿爾特兩人迎接我們。

愛爾莎露出活力四射的笑容，阿爾特則是模仿愛爾莎，努力地打招呼。

儘管伊蘿哈的指導才剛開始，還是出現了許多改變。

首先，愛爾莎原本蓬亂的頭髮已經過修剪，綁成辮子。阿爾特遮住眼睛的瀏海也剪短了，清爽地露出臉龐。身上穿的不是和我們一起買的衣服，而是伊蘿哈準備的工作服……女僕裝。

第一眼看到他們的打扮時，我不禁看向伊蘿哈。阿爾特穿女僕裝？

當我詢問伊蘿哈時，她一臉認真地反問：「這樣很奇怪嗎？」

不，雖然不奇怪，也很適合他……可是阿爾特是男孩子吧？

看起來沒有人在意這一點。讓我不禁擔心不對勁的人是不是我。既然他本人沒說什麼，那麼也許沒問題。

一問之下，阿爾特表示他很高興能跟愛爾莎穿同款的衣服。這樣真的好嗎？

雖然他似乎還有許多不習慣的地方，有時會感到困惑，但能感覺到他正在拚命努力，希望他保持這種狀態繼續努力。

「那麼，空。你剛才看起來很開心啊，你們都談了些什麼？」

等到吃完飯後，米亞才如此問道。她所說的剛才，是指在圖書館的事情吧。

雖然我問了許多問題，但是並沒有……或許是滿開心的，但絕不是在玩樂喔？我的確沒有遵守約定，對此覺得很抱歉。我正在反省。

我隱瞞了賽莉絲是尖耳妖精這件事，講述從賽莉絲那裡聽來的各種故事。

賽莉絲說她在來瑪喬利卡定居前，曾四處旅行去過許多地方。拜訪了許多城鎮和村莊，在旅程中也挑戰過地下城。

她說由於尖耳妖精長壽的特點，遇見了許多同伴，也與許多同伴告別。當時賽莉絲露出的表情充滿懷念，又充滿寂寞。

賽莉絲所說的故事是扣人心弦的冒險故事，不只是我，希耶爾也在認真傾聽。

米亞她們聽我講述賽莉絲的故事時似乎也一樣，不知不覺間，就連正在收拾餐桌的愛爾莎他們都停下手頭的動作專心聆聽。

「主人，好奸詐。我也想聽。」

雖然光在最後對我這麼說。

「聽到這樣的故事，聽得入迷也無可厚非呢。」

米亞的心情似乎稍有好轉，然而——

「但是你讓我們等了很久……所、所以必須受罰！」

我問她處罰的內容是什麼，她說希望我教她做菜。

米亞在租屋時會要求房子有寬敞的廚房，似乎也是因為想向我學習做菜，以及這樣我們就可以一起下廚。這個理由也太可愛了吧。

我覺得這個不能算是處罰，但如果這麼做能讓米亞消氣，就坦率地答應吧。

只要她直接提出來，本來就會教她，不過或許是因為奴隸的身分而有所顧慮。

「那麼妳要什麼時候學呢？」

面對我的問題，她回答就從現在開始。

雖然還有些事情想確認一下，一方面由於最近沒有做菜，道具箱裡的自製料理庫存不太夠，於是決定開始動手。嗯，食材倒是還有。

米亞穿上烹飪用圍裙後，我們馬上開始做菜。

伊蘿哈他們不知為何也顯得感興趣，正在一旁看著我們。

首先，從切各種食材開始。

米亞用戰戰兢兢的手法謹慎切著食材，但是偶爾會割傷自己的手指。

我姑且教了她切菜的方法，利器始終是很可怕的。

不，即使妳笑著說有治癒魔法所以沒問題，我還是會怕喔？

我放棄實際示範與口頭講解，繞到米亞背後，像表演雙簧戲一樣握住她的手慢慢教導。

看到她整張臉都紅透了，我也會感到緊張。要保持平常心、平常心。在切完以後，我的心跳還持續加速跳了一會兒，這是祕密。

做完所有事前準備工作後，我準備了調味料，決定這次要煮番茄基底的湯。因為這種湯很受歡迎，庫存愈來愈少了！

「空真厲害呢。」

米亞坦率地稱讚我，不過這一切都是拜料理技能的功勞。無論是火候控制或是添加調味料的時機，技能都會告訴我。

當然了，那是在剛開始的時候，現在即使沒有技能的輔助，我也會做菜。

「到頭來做菜是透過反覆練習來學習的，所以米亞也是很快就能學會。」

沒錯，一次又一次做菜的結果，身體會學會如何去做。

最後今天的做菜時間變成切食材的練習，我覺得度過一段充實的時光。

她切好的食材由我保管，不會浪費。

在那之後，我們輪流去洗澡，我在睡前準備食物給希耶爾。她洗澡時通常都和光她們一起，但是睡前一定會回到我身邊。嗯，雖然主要是為了吃。

曾聽說在睡前吃東西不太好，對於精靈來說沒問題嗎？

我一邊看著希耶爾高興地大吃特吃，一邊打開狀態值面板。

姓名「藤宮空」　職業「魔術士」　種族「異世界人」　無等級
ＨＰ430／430　ＭＰ430／430（＋100）　ＳＰ430／430
力量……420（＋0）　體力……420（＋0）　速度……420（＋0）
魔力……420（＋100）　敏捷……420（＋0）　幸運……420（＋0）

技能「漫步Ｌｖ42」
效果「不管走多少路也不會累（每走一步就會獲得1點經驗值）」
經驗值計數器　６８００７０／７３００００
技能點數　５

漫步技能升級了，現在可用的技能點數為5點。看來再過不久漫步還會再次升級，就算使用技能點數也不成問題。

只是問題在於有沒有想學的技能。我想學習類似鍊金術高階版的技能，但鍊金術達到ＭＡＸ後出現的技能是賦予術，這代表不把賦予術的等級提升到ＭＡＸ，就不會出現下一個技能嗎？

試著想想，因為米亞的暗殺事件和魔物潮等狀況，最近我都沒辦法靜下來查看自己有哪些技能。雖然由於各種因素擴展了可能性，但是技能的數量太多沒有完全掌握，這是目前的狀況。

說不定忽略了某些技能，就趁這個機會仔細檢查一下吧。

我躺在床上看著技能一覽表。真希望有搜尋功能啊。

看著技能名稱，確認效果。這在某種意義上是需要持之以恆的工作。不知道自己確認了多少技能，不過當睡意開始湧現時，找到了那個。

NEW

【創造Lv1】

技能效果是可以創造武器、防具、道具等各種東西。

這跟鍊金術有什麼差異？儘管有這樣的疑問，不過學習這項技能消耗的技能點數是2點。根據至今的趨勢來看，這無疑是高階技能。

在學習之後得知這個技能可以創造鍊金術無法製作的東西。更值得關注的是即使沒有必要的素材，也可以創造物品。

我姑且發動創造技能，一邊回想賽莉絲的話一邊想像艾麗亞娜之瞳，嘗試能不能製作出來。

那個瞬間，我的身體漸漸失去力氣，意識墜入黑暗之中。

第4章

「空！空！」

呼喚我的聲音傳來。是誰？

下沉的意識，彷彿受到那個聲音牽引般逐漸浮升。

當我睜開眼睛，看到米亞焦急的臉龐。她的右邊眼角閃著淚光。

「米亞，怎麼了？」

我的聲音讓米亞睜大眼睛，撲過來抱住我，同時突然哭出聲來，老實說我大吃一驚。

不明白發生了什麼事，像是求助一般環顧四周。

旁邊有光和賽拉以及希耶爾，大家都一臉擔心的表情。特別是希耶爾，她垂下耳朵，悶悶不樂地看著我。

「主人，你還好嗎？」

「我們很擔心。不管米亞呼喚你多少次，你都沒醒過來。」

根據兩人的說法，我似乎有很長一段時間沉睡不醒，對米亞的呼喊沒有任何反應。

我摸摸米亞的頭讓她冷靜下來，然後坐起身來。

感覺身體有點沉重，我對這種感覺有印象。和之前過度使用技能，耗盡ＭＰ和ＳＰ時一樣。

回想起昨晚的事情，我在使用創造的瞬間失去意識。

雖然知道原因，我現在該做的事是向她們說明。

再次與米亞面對面，她可能是對自己哭了感到尷尬，面紅耳赤地低下頭。

很高興她如此擔心我，不過這點要保密。

「其實我昨晚在睡前……」

我告訴她們我在使用技能後耗盡ＭＰ，直接失去意識。關於創造技能的事情，現在不要提及會比較好吧？

「原來是這樣。但是不要勉強自己喔。」

因為米亞知道我以前使用鍊金術後面露痛苦的樣子。

啊，不過米亞之前拒絕脫離奴隸身分，是因為會變得看不見希耶爾，或許告訴她關於艾麗安娜之瞳的事情比較好。

當我說出這件事，她反倒露出複雜的表情。嗯，這是因為我嘗試失敗而昏倒的關係嗎？

「你看起來還有點不舒服。主人，今天最好休息。」

結果那天我被大家勸阻，決定休息一天。

雖然我覺得ＭＰ等都已經回復，應該不要緊，但她們都叫我要慎重起見。即使沒有自覺，我的臉色似乎有點差。

光她們也討論過是否休息一天，不過蕾拉今天也來接我們，所以她們還是決定去學園。

「回來以後，再把今天的事情說給我聽吧。」

我的這句話似乎也發揮了作用。

希耶爾會留下來監視我，但是妳在睡覺吧？妳受到光的請託，這樣做好嗎？

我一邊看著她的樣子，一邊決定在睡夢中進行驗證。

雖然要進行驗證，我不會輕易使用創造技能。如果再次發生同樣的情況就麻煩了。

首先要調查的是為什麼我會在發動創造時失去意識。

如果創造和鍊金術屬於同一系統，使用技能應該會消耗ＭＰ，但是現在我的ＭＰ最大值加上職業補正後有五百三十。

「如果有什麼說明就好了。」

打開狀態值面板，望著創造兩字思考。

在聖都發生魔物潮時，曾經多次看到其他魔法師冒險者施展魔法。

我覺得自己的ＭＰ比他們更多，但仍然無法使用創造技能。

是發動創造技能需要消耗大量ＭＰ，還是有其他因素呢？

我深吸一口氣，首先選擇創造技能。然後就像鍊金術一樣顯示清單。

我昨晚好像在沒有顯示與選擇清單的情況下，直接使用了技能？

正當我這麼思考時，各種情報湧入腦海。

那些情報似乎是創造技能的使用方法……規則。

為什麼現在才傳過來？

雖然感到疑惑，先來整理一下現在接收到的情報。

首先，使用這個創造技能所需的ＭＰ統一為十。比鍊金術更低。另外在完全沒有素材的狀態下也能創造道具，不過在這種情況下就需要耗費大量的ＭＰ。

舉例來說，如果原本創造道具需要五種素材，即使只收集到其中三種，也可以創造道具。只是缺少素材會使得ＭＰ的消耗量大幅增加。

根據說明，例如我想製作的艾麗安娜之瞳——

【艾麗安娜之瞳】
所需素材——巨人之瞳。樹妖的樹枝。＊＊＊。巨人的魔石。樹妖的魔石。魔石。

共需要六種素材。

在這種情況下。因為我現在只有魔石一種素材，如果直接使用技能，每缺少一個素材就會受到十倍的ＭＰ懲罰。

計算方式是基本的ＭＰ十乘以十的五次方（缺少的素材五個分），變成需要一百萬ＭＰ。

……難怪我會耗盡ＭＰ昏倒。

依照我現在的ＭＰ，如果只缺少一個素材，可以毫無問題使用技能。

順便一提，顯示的＊＊＊，是因為不知道那是什麼素材。

不過當我取得符合的素材，或是透過調查等方式獲得知識後，內容就會自動更新，這個設定很貼心。

實際上艾麗安娜之瞳所顯示的五種素材，好像就是因為從賽莉絲那裡得知所以顯示出來。

就像要證明這一點，清單上的其他道具中，也有已知所需素材的道具。

「原來如此……雖然在鍊金術方面遇到困難，如果換成創造似乎行得通。」

另外，在能製作的東西當中也有實用的東西。

會讓我這麼想的，是關於各種調味料。我不斷摸索，試圖用鍊金術製作醬油和味噌，但假如使用創造，只要備齊需要的素材，看來就可以輕易製作。不過問題在於味道。

只是在我查看清單，注意到以創造技能製作東西時，有一種共通的必要素材。那就是魔石。無論是製作武器或調味料，似乎都必須準備魔石。

而且魔石的品質愈高，成功率和成品的重現度也會隨之提升。這似乎也適用於素材的有無。

順帶一提，查看過一遍之後，我試著思考規則後來才浮現在腦中的理由，想到這是因為看見創造技能可製作道具一覽表的清單。

因為一開始我沒有開啟清單，就突然試圖創造艾麗安娜之瞳……

◇◇◇

隔天我們全員到齊，一起去上學。

今天也是上午有冒險者學程的講座，下午有模擬戰鬥等活動身體的課程。

光和賽拉昨天也參加了這些課程，不過米亞似乎去了研究會，在那邊度過一天。

昨天聽光說過明天魔法學園放假，收假之後就要去地下城。

這次前進地下城僅限有意願者參加，而且許多人是第一次去，因此會由有經驗的人帶領。

「主人，我們要怎麼做？」

這次去地下城，目的似乎是讓學生們在第一層與第二層四處走走，經歷在地下城裡的需注意之處以及與魔物實戰。

「我們也參加吧。」

經過確認，看起來我們想要參加沒有問題。由於要在現場集合，老師交代我們不要遲到。

順帶一提，參加時要注意穿著制服與準備武器。如果沒有武器，學園也會提供出借。還有，屆時會在地下城裡吃午餐，老師交代我們要各自準備食物，飲水似乎也包含在內。

「喔～你們要去地下城～？」

我們上完講座後，前去圖書館吃午餐。

賽莉絲回答得漫不經心，因為她有點生氣。

她才對我說：「你明天也要過來。」第二天我就休息沒有來，也難怪她會生氣。

但是我身體不舒服，所以也是無可奈何。大家都懇求我休息。

順道一提，我已經說明賽莉絲能看得見希耶爾的事。她們一開始半信半疑，不過看到賽莉絲和希耶爾玩耍後，似乎也相信了。我提到艾麗安娜之瞳這種魔道具也是一大原因。畢竟不能透露賽莉絲是尖耳妖精。

看到希耶爾享用著賽莉絲遞給她的肉串，光也不甘示弱。希耶爾則是對於有很多食物可吃感到心滿意足。

「可是～不要緊嗎～？」

賽莉絲的視線看向米亞。

她似乎並不擔心光和賽拉。身為一名前冒險者，她或許看出兩人的實力。

「嗯～空要好好保護她喔～還有要好好聽從帶隊的人的話～」

她提供了許多建議。

一開始感覺米亞對賽莉絲抱持戒心，但是到了吃完飯時，她們看起來已打成一片。我目擊兩人把臉湊在一起說話的身影。拜託，請不要教米亞什麼奇怪的事情。

本來午餐後想在圖書館看書，但是我決定參加冒險者學程下午的課程。

因為聽說帶隊的人會露面。

雖然想去地下城，可是帶隊者如果是在格鬥場跟我們交過手的人，那就需要重新考慮。

「喔？這不是空先生嗎！」

不顧我的擔憂，出現的人是我們前陣子在公會遇見的約書亞。

約書亞一看到我們顯得很驚訝。

我的反應也一樣。

沒想到會像這樣遇見在學園生中為數不多的熟人。

「原來空先生你們也在這次的參加者裡。」

「嗯，我們是第一次參加，請多指教。」

簡單打過招呼後，我與約書亞交談，知道了一些事。他的年紀十六歲。本來以為他比我大一歲，但是我察覺一件事。

我被召喚到異世界——這個世界後已經超過兩百天。我認為超過了。

這代表我應該也十六歲了。也就是說我們同齡嗎？

當我告訴約書亞這件事，他提議既然我們同齡，那就像朋友一樣隨意一點吧。所以我改用和米亞她們交談時的語氣說話。雖然是這樣，提議的約書亞卻沒有改變說話語氣。啊，他改成直呼我的名字了。

「不過真沒想到傳聞中的學生就是你們。」

「傳聞？」

「對呀，你們在格鬥場與赫里歐老師交手了吧？」

正確來說是與赫里歐的學生們交手。

「為了他們的名譽，我要聲明一下，他們在學園裡也是成績名列前茅的學生。你們輕鬆地擊敗他們引起了很大的傳聞喔。可能還會有人說，奴隸當中有很多實力堅強的人。」

「是、是嗎？」

雖然覺得最後那個部分有點不準確，只要沒被人用奇怪的眼光看待，我就放心了。

「對了，聽說約書亞你們會帶隊，你們到了地下城的第幾層呢？」

「我們好不容易才剛攻略第十五層。」

「順便問一下，這樣算很厲害嗎？」

因為不清楚基準，決定問問他。

「這個嘛……我認為在學園當中能夠列入優秀的範圍。」

「太謙虛了。我覺得你可以更有自信。」

突然有人插嘴更正約書亞的回答。

我看過去，只見蕾拉露出傻眼的表情。

「是蕾拉嗎？」「蕾拉大人！」

我們兩人的聲音重疊在一塊。我看向約書亞，他正露出驚訝的表情。是對蕾拉突然出現感到驚訝嗎？

血腥玫瑰的其他成員們也都到齊了。特麗莎馬上跑去找米亞搭話。

「妳怎麼會在這裡？」

「沒什麼，聽說空你們要去地下城，所以過來看看情況！」

「……妳閒著沒事嗎？」

「才、才沒有這回事。我只是……那個，碰巧、碰巧手邊沒事，所以過來看看情況。絕對不是因為閒著沒事喔？」

雖然那副著急的態度讓我感到可疑，不過蕾拉很會照顧人。其實是擔心我們才過來看看的吧。圖書館那時候也是這樣。

「回到剛才的話題，攻略十五層是很厲害的事嗎？」

「是呀，在約書亞同學他們這個年紀能突破十五層，實力已經夠強了。因為大部分學園生都卡在攻略第十層的階段。」

原因在於進入頭目房間後，在打倒頭目前都無法離開。

既然不允許撤退，如果學生沒有能確實打倒頭目的實力，學園也會加以勸阻。

不過如果只是要通過頭目房間，可以抄捷徑僱用冒險者就行。但是在這種情況下，最終不會留下已攻略第十層的成績，還要花一筆錢聘用冒險者，因此大部分學生不會這麼做，然而每年都會有幾個小隊使用這種方法。原因之一在於下方樓層可以賺到更多錢。

另外還可以找有攻略第十層經驗的學生或老師同行，一起挑戰頭目房間。這個方法是事先以自己的力量嘗試，如果不行，再請人幫忙打倒頭目。當然了，如果請人幫忙打倒頭目，卡片上會記錄已突破第十層，但在成績方面不會被視為突破。

儘管如此，許多學生都選擇這種方法來挑戰頭目房間，已成為一般的做法。

因為這麼做有一定的優點。首先，即使實力不足也能請人幫忙打倒頭目，因此可以離開頭目房間。還能學習實際上要如何與頭目戰鬥的應戰方法。

相反的，這個方法也有缺點，由於頭目房間有人數限制，找幫手就得相對減少小隊的人數與戰力。而且這個方法很熱門，所以需要排隊等待。

在學園裡基本上建議組成四到六人的小隊。一方面是因為許多冒險者都以這個人數進行活動，也單純是因為地下城上層的通道寬度狹窄，人多反倒會礙事。其他原因還有小隊人數一多，就會有愈多人放鬆警惕。

由於這只是建議，即使以多人組隊也無所謂。另外，在實際挑戰頭目房間時，學園也建議與其他小隊合作進行。

「還有就是，不知道是不是真的，我還聽說如果以少數人挑戰頭目房間並打倒頭目，寶箱的出現率會比較高。」

約書亞向我強調這只是傳聞。

記得聽說在頭目房間裡獲得的寶箱會出現貴重物品。據說其中之一就是道具袋……不過道具袋其實可以直接製作吧。據說還可以獲得立刻從地下城返回外面的道具，但是不能用來逃離頭目房間。就算如此，看起來還是相當方便。

如果要去地下城，我想讓她們三人攜帶袋子型而非背包型道具袋，但是這樣可能太顯眼嗎？

「請、請問，蕾拉大人，如果可以，能請您與我較量一場嗎？」

「……好呀。我來看看你與以前相比成長了多少！」

當我在思考各種事情時，蕾拉也有參與的模擬戰鬥突然開始了。

在其他地方，血腥玫瑰的成員們和約書亞的小隊成員們也正在進行模擬戰鬥與類似學習會的活動，不過蕾拉要進行模擬戰鬥，於是大家都停下手頭的動作關注他們。

在眾人的目光匯聚之下，兩人的模擬戰鬥開始了。當然了，他們拿的是未開鋒的刀。

先行動的人是約書亞。他拉近距離積極地發動攻擊。蕾拉則是在原地等待，化解了他所有的攻擊。

然後她抓準連續攻擊停歇的瞬間精確發動攻擊，就此分出勝負。

「蕾拉大人果然很強。本來以為自己成長不少，但差距反倒拉得更大了。」約書亞興奮地走回來。

雖然完全不是她的對手，他看來對此並不覺得不甘心，還不斷稱讚著：「真不愧是蕾拉大人。」

在那之後，還有好幾名學生找蕾拉進行模擬戰鬥。凱西和塔莉亞她們似乎也收到模擬戰鬥的邀請，身邊環繞著許多學生。

等到模擬戰鬥全部告一段落後，蕾拉和約書亞他們講起了在地下城的經驗談。看到學生們認真聆聽的模樣，老師有點眼角泛淚。

嗯，在上午的講座中，我也不曾看到他們如此專注、安靜地聽講……雖然或許只是巧合。

「主人，要去購物嗎？」

「嗯，明天要去地下城，今天得先做準備呢。」

「那、那個，大哥哥。我們也可以一起去嗎？」

發問的人是愛爾莎。她今天穿著的不是女僕裝，而是便服。我們當然也一樣換上休閒服，而非最近常穿的制服。

「我已經徵得伊蘿哈小姐的許可，所以沒問題。而且你們不常在這邊走動吧？」

我說的這邊指的是學生街。由於剛搬來沒多久，他們和伊蘿哈一起出門購物時只會在附近，所以對這一帶的認知應該不多。

雖然我說得好像很了不起，其實我們也不太熟悉這裡。所以今天打算大家一起開心地逛逛城鎮。當然了，要為地下城之行做準備也是真的。

昨天我和蕾拉商量的是在地下城的飲食問題。雖然計劃當天回來，至少也會吃個一餐。我問她在地下城裡能不能做菜。

「我認為沒時間做菜，基本上應該是吃保存食品……不過如果有帶道具袋，也可以帶便當。只是這樣的話，提議想一起組隊的人可能會增加。」

說實話，這樣會令人困擾嗎？

只不過，保存食品……回想起光聽到這個消息時的表情，便難以開口說要吃保存食品。

當然了，只要我提議，她應該會忍受，但是我也不太想吃。

所以以角色定位來說，由我搬運行李帶著背架就可以了吧？讓三名奴隸戰鬥，專注於搬運行李的商人……可以吧。應該可以吧？

「大哥哥，光姊姊她……」

當我在考慮這些事情時，聽見愛爾莎悲痛的叫聲。

這才發現雙手拿著大肉串的光，正要把其中一根遞給阿爾特。

那個肉串的大小看得阿爾特瞪大眼睛。

「這個給你吃。很好吃。」

聽到光的說明，小吃攤的老闆露出笑容。

對了，這裡是我們來到瑪喬利卡後去的第一間小吃攤。當我與老闆四目交會，他似乎還記得我們，於是開口找我們攀談。

這下子不買東西可不行。真會做生意。不過我也不會輸給他。要一次購買大量肉串，所以好好地殺了價。沒吃的就收進道具箱裡。

「這是愛爾莎的。」

大家各分到一根肉串，我們慢慢邊走邊吃。

「怎麼樣？還習慣這樣的生活嗎？」

「呃……那個，是的。雖然我還有很多做不到的事情……」

「沒關係的，愛爾莎。沒有人從一開始就什麼都會。一點一點慢慢學吧。」

米亞完全是姊姊的樣子，鼓勵著垂頭喪氣的愛爾莎。至於阿爾特……現在正在和肉串搏鬥嗎？因為光買了大塊的肉串，阿爾特的嘴巴小，看起來吃得很辛苦。

「吃得香的孩子長得好！」

在另一個世界有句諺語叫睡得好的孩子長得好，但是在這個世界的說法是吃得香的孩子長得好嗎？

不過，光也把姊姊的角色扮演得很好。阿爾特也愈來愈親近光了。

「再說，吃飽也很重要。」

光直盯著正在啃肉串的阿爾特。

「那麼主人，接下來要去哪裡？」

「我說過有想買的東西吧。要去買那樣東西。」

我們時而逛逛攤販，時而在水渠邊乘涼，隨興散步享受城鎮的景色。

可能是因為水源豐富，這裡有豐饒的大自然，經常可以看到許多人在樹蔭下談天說笑。

我們走在這樣的環境中，抵達一間防具店。其實這是我找約書亞商量後，他推薦的地方。

走進店裡，長相凶惡的老闆瞪著我們。愛爾莎見狀渾身僵硬，阿爾特立刻躲在她背後。

下一瞬間，輕快的匡啷聲響起。

「你瞪什麼瞪！」

同樣的聲音再度響起，老闆摀著頭趴在櫃檯上。

身旁站著一位體格壯碩的女子。

「不好意思，這個人態度不太好。那麼今天你們有什麼事呢？」

一名男子，三名女奴隸，再加上兩個小孩。這種組合或許的確會讓人感到不解。

「我們正在找初學者也能用得順手的盾牌。我找瑪基亞斯魔法學園的約書亞商量後，他介紹了這間店。」

「怎麼，原來你們是小約的熟人呀。你也是學園生嗎？」

「是的，我們打算明天去地下城。」

聽到我的話，那位女子皺起眉頭。

「明天就要去，現在才在準備裝備嗎？」

「啊，不是的。盾牌不是用在明天探索時。我聽說下方樓層的情況，覺得可能會用到，趁著來到附近時過來購買。」

這些話有一半是實話。聽說隨著深入地下城，也會出現使用遠距離攻擊的魔物。用劍擊落也有所限度，使用盾牌的確更容易防禦。我在魔物潮時切身體認到這一點。特別是要保護某個人的時候，果然還是需要盾牌。

「還有就是有米亞……她能使用的盾牌嗎？希望是重量盡可能輕一點的。」

以及尋找米亞用的裝備。

因為執教冒險者學程的老師說過，如果主要以是魔法戰鬥，建議學習如何使用盾牌當作自衛的手段之一。

約兒和特麗莎雖然現在不使用盾牌，聽說在確立現在的戰鬥風格前，偶爾也會用盾牌。

「我想想。這些盾牌的價格都滿優惠的。」

女子瞥了米亞一眼，拿了幾面盾牌過來。

我一一確認，但是感覺略嫌太重。因為只靠我沒辦法判斷，於是也讓米亞和……愛爾莎進行確認。

米亞說這個重量不成問題，但是愛爾莎覺得每一面盾牌都很重。

「那邊的怎麼樣？」

我指向掛在後方架子上的盾牌。

「那個的確比較輕，但是很貴喔？」

詢問價格，的確比她一開始拿來的盾牌高了十倍以上。

我請她把那面盾牌拿過來，讓米亞和愛爾莎也進行確認。

「好厲害。非常輕。」
愛爾莎真心感到驚訝的模樣看起來讓人不禁露出微笑。不過她似乎有點興奮過頭了？
「米亞覺得如何？哪一個最順手？」
相對的，米亞顯得猶豫不決。不如說是有所顧慮吧。
「米亞，別在乎價錢。如果買下這面盾牌能讓妳保護自己，我們才能安心戰鬥。」
聽到我這麼說，光和賽拉都點點頭表示同意。
看到我們表態之後，米亞之前顧慮的態度彷彿不存在一般，一臉認真地拿起盾牌確認。
「……這個吧。」
她最後選中的是價格第二貴的盾牌。盾牌的板子如漩渦般層層相疊，設計十分奇特。

【福特拉之盾】施加了減輕重量魔法的盾牌。透過注入魔力能發揮隱藏的能力。

功能還不錯。有隱藏的能力，價格卻這麼便宜，或許是因為注入魔力這種做法並不常見。如果沒有鑑定能力，就無法閱讀道具本身的說明，所以更有可能是不知道盾牌的效果。
「那麼我要購買兩面初學者用的盾牌，還有這面盾牌。」
於是我付了錢，先把盾牌收進道具箱。
可是老闆直到最後都沒有存在感呢。啊，也有可能這位女子才是老闆？
在那之後我們購買了一點食材，在日落前回家。因為還要準備晚餐。

愛爾莎和阿爾特兩個人，再加上米亞，三個人一起在伊蘿哈指導下做晚餐。

光和賽拉與我打了一下模擬戰鬥。當然也檢查了福特拉之盾的功能。

「變大了？」

正如同光所說，我將魔力注入盾牌，使得盾牌的面積增加。原本重疊的板子延伸出來，變成一片板子。

「主人，好厲害！怎麼做到的！」

光充滿興趣地發問，所以我教導她這個機關的訣竅。

「主人，我也想試試看！」

光聽完說明後，也拿起盾牌輸入魔力。

雖然沒有我動手的時候那麼順利，盾牌的板子依然緩緩擴展。

擴大之後的盾牌足以完全遮住她的上半身。

光拿著盾牌做出各種動作，然而盾牌慢慢恢復原狀。

「主人，好難。」

光的看法似乎是這樣。

要維持盾牌變大的狀態，必須持續注入魔力。為此得具備專注力和魔力量。特別是魔力量，比平常把魔力注入劍身的消耗更大，這是我嘗試過後的感想。雖然只是感覺而已。

所以我認為除非魔力操作達到如呼吸般自然的水準，否則要像光這樣一邊迅速移動一邊使用可能會很困難。

「不過妳輸入魔力的方式進步了。現在也還在練習嗎？」

「嗯，我每天睡前都會和米亞姊姊與賽拉姊姊一起練習。」

這是每天努力的成果嗎？

我摸摸光的頭，光有點高興地露出微笑。

◇◇◇

「主人，你在做什麼？」

一陣腳步聲響起，光探頭看了過來。

「小光，妳的頭髮還是濕的。」

拿著浴巾的米亞接著出現，幫光擦乾頭髮。

光看起來覺得有點癢，但是她任由米亞擦拭，沒有抗拒。

「我正在做明天的便當喔。」

「便當？」

「妳們不想吃保存食品吧？」

聽到我這麼問，不只是光，米亞也坦率地點點頭。

我正在做簡單的三明治。

校方交代大家要各自考慮及準備明天攜帶的物品。

雖然這樣比起攜帶保存食品會稍微增加行李，但這不成問題。除了水和裝備外，這個是最低限度要準備的東西。

其他需要的東西還是背包吧。第一層出現的魔物是哥布林。基本上要回收的是魔石與當作討伐證明的部位。實際上在地下城裡即使不帶回當作討伐證明的部位，地下城卡上也會記錄已討伐的魔物，所以並不需要帶回去，不過考慮到大家也會在地下城以外的地方活動，所以還是建議帶回去。

問題在於第二層的魔物。這裡會出現的狼相關素材需求很大，幾乎沒有可丟棄的部分，不如說都能賣錢。魔石、爪子、牙齒、毛皮與肉，除了部分內臟和血液外，都會有人收購。

所以狩獵的量愈多，行李就會增加愈多。

明天去地下城，除了帶隊的約書亞小隊外，包含我們在內會有三組新人小隊參加。行動方針似乎是輪流更換排列順序往前走。

基本上是由我們自己走，約書亞他們在有必要的時候提供建議嗎？

「主人，明天不用道具袋之類的東西嗎？」

「啊，真是的，賽拉，我不是說過不能穿得那麼少嗎？」

當我看著剛洗完澡穿得很少的賽拉，米亞便慌張地用身體擋住我的視線。

雖然很養眼，如果我盯著看太久米亞就會瞪我，所以馬上轉開目光。即使那個景象已經烙印在眼皮底下……這是不可抗力吧？

賽拉長時間經歷奴隸生活，在這方面缺乏羞恥心。我認為她根本沒把我當成異性看待。還有希望她小心不要感冒了。

「我明天不打算用。如果素材實在太多，到時候再考慮要不要用。」

我向她們解釋過自己身為旅行商人巡迴於各國之間。即使有道具袋也不會引起懷疑吧。因為尚未明確說過我有道具袋，除了蕾拉她們以外的人都不知道。

「啊，還有明天禁止使用我施過賦予術的武器喔。」

假如投擲出去的小刀突然爆炸，其他人都會很驚訝吧。

那本來就不是用來對付哥布林或狼的道具。就算沒有這些，我們的實力也足以打倒牠們。

「那麼明天是在現場集合，要比平常早出門。別熬夜，早點睡覺。」

我主要是看著米亞開口。

根據光的情報，她有時候會練習魔力操作直到深夜。因為她們偶爾會在同一個房間睡覺，所以光知道這件事。

我為了明天做準備而躺在床上，並且思考了一下。

盾牌已經買好。儘管當然不是為了明天使用而買，但是遲早會用到。那麼我覺得可以學習技能了。

NEW
【盾牌術Lv1】

效果簡單來說是劍術的盾牌版。提升盾牌的使用技巧。
我花費1點技能點數學習盾牌術技能。雖然是直接上場，但對手是哥布林，用來試試盾牌術技能或許正好適合。
「開啟狀態。」
順便在睡前為了明天的地下城之行，確認技能與狀態值。

姓名「藤宮空」　職業「探子」　種族「異世界人」　無等級
HP440／440　MP440／440　SP440／440（＋100）
力量……430（＋0）　體力……430（＋0）　速度……430（＋100）
魔力……430（＋0）　敏捷……430（＋0）　幸運……430（＋100）
技能「漫步Lv43」
效果「不管走多少路也不會累（每走一步就會獲得1點經驗值）」
經驗值計數器　43391／770000
技能點數　3

已習得技能
【鑑定LvMAX】【阻礙鑑定Lv3】【身體強化Lv9】【魔力操作LvMAX】【生

活魔法ＬｖＭＡＸ】【察覺氣息ＬｖＭＡＸ】【劍術ＬｖＭＡＸ】【空間魔法ＬｖＭＡＸ】【平行思考Ｌｖ８】【提升自然回復Ｌｖ９】【遮蔽氣息Ｌｖ８】【鍊金術ＬｖＭＡＸ】【烹飪ＬｖＭＡＸ】【投擲・射擊Ｌｖ６】【火魔法ＬｖＭＡＸ】【水魔法Ｌｖ６】【心電感應Ｌｖ８】【夜視Ｌｖ９】【劍技Ｌｖ５】【異常狀態抗性Ｌｖ５】【土魔法Ｌｖ９】【風魔法Ｌｖ６】【偽裝Ｌｖ７】【土木・建築Ｌｖ８】【盾牌術Ｌｖ１】

高階技能

【人物鑑定Ｌｖ８】【察覺魔力Ｌｖ７】【賦予術Ｌｖ７】【創造Ｌｖ２】

契約技能

【神聖魔法Ｌｖ３】

稱號

【與精靈締結契約之人】

為了地下城之行，我把職業從魔術士更換為探子。

即使在學習盾牌術後，技能點數也還有３點，不過在探索地下城時或許會想學新的技能，所以決定暫且保留點數。

技能等級整體而言並未上升，這單純是因為沒有使用技能。

自從來到瑪喬利卡後，我閱讀書籍和資料的時間增加了。不想高調地使用魔法引人注目也是原因之一。

「地下城嗎……」

我的喃喃自語讓原本閉上眼睛的希耶爾睜開眼睛看了過來。

「沒什麼。明天加油吧。」

希耶爾輕輕點頭回應我的話，再次閉上眼睛。

我做完準備後也閉起眼睛，卻遲遲無法入睡。原因顯而易見，因為很興奮。

總覺得這就像遠足或旅行的前一天充滿期待的感覺。雖然要去的是危險的地方。

忽然覺得好笑，不禁笑了出來，或許是因為肩上的壓力適度放鬆下來，就這麼睡著了。

◇◇◇

「大家都準時到了呢。呃，空，那個是什麼？」

在大家都身著輕裝的狀態，只有我揹著大背包搭配背架。的確感覺得到來自其他人的視線。

再加上還拿著至今都沒用過的盾牌，可能因此更加顯眼了。

原本悠哉地坐在背包上的希耶爾，似乎對眾人集中的目光感到驚訝。他們不是盯著妳看啦。

還有，希耶爾會坐在背包上，是因為瑪基亞斯魔法學園指定的斗篷沒有兜帽。

「我是為了帶回魔物的素材而準備的呀？不可以嗎？」

「不，進入地下城時，有時候帶回來的素材的確會很多。準備大背包是無妨，但是請記住，這樣相對會有妨礙行動的風險。」

「約書亞學長。遇到這種情況，是不是僱用搬運工比較好？」

其中一名新人迅速地發問。

「這有點難說呢。僱搬運工的確能帶回許多素材。但是也會產生保護搬運工的義務。」

基本上搬運工沒有戰鬥能力，如果發生混戰，有時需要一邊保護他們一邊戰鬥。其中當然也有能戰鬥的搬運工，但是那些人很搶手，已經有固定的客戶，想僱用他們可能很難。這是約書亞的說法。還說他們的工資也很高。

「這方面的事情，只要經歷幾次以後自然就會漸漸明白。那麼我們出發吧。」

約書亞帶領我們走在冒險者公會裡。

即使時間是一大清早，公會裡卻很熱鬧。有人煩躁地等人，也有人大喊：「去喝一杯吧～」勾肩搭背走出公會。還有人在收購素材的櫃檯窗口進行交涉。

「不管什麼時候過來，這裡都很熱鬧喔。」

約書亞表示不管什麼時候過來，這裡都會有人，是個不眠的城鎮。

我們穿越公會的建築來到開合橋，過橋前往四面環水的島嶼。

那座島上以石板朝著島中央鋪設道路，終點處聳立著一座祠堂。祠堂的周圍樹木茂密，讓我回想起神社境內。

在那座祠堂的前方有一塊像是石碑的物體，據說只要把卡靠近，就可以進行各種操作。

但是這是什麼？我從那座祠堂感受到某種魔力。即使沒使用察覺魔力技能也能感覺得到。

重新使用察覺魔力技能，發現祠堂裡正在湧出濃密的魔力，簡直就像祠堂本身圍繞著魔力，感覺非常危險。

「這次由我來組成小隊。」

等約書亞他們完成小隊的加入登記後，終於要進入地下城了。我的身體自然地開始顫抖。這是面對戰鬥時的緊張震顫。

「那麼我們三個人先進去，然後請你們一個一個按順序進來。」

當約書亞靠近祠堂，他的前方突然出現一片黑暗，就這麼被吸了進去。不，正確來說是他主動進入那片黑暗。

不久之後，其他學生也都依照事先決定的順序進入黑暗，終於輪到我們。

「我們走吧。」

當我接近祠堂時，同樣出現一片黑暗。

我毫不畏懼地邁步踏入其中，周圍的景象突然產生變化。

現在站在樓梯上。樓梯往下延伸。

往下走個一、兩步，便能看見樓梯的盡頭。

那就是之前聽過說明的跨越樓層的分界線吧。

在上課時學到在地下城裡最需要注意的，是樓層間的移動。

原因是在分界線上呈現的景象，與越過分界線的瞬間所看見的景象截然不同。

因此如果魔物在樓梯附近，有可能會突然發動偷襲。雖然機率不高，據說每年都會有少數受害案例。

通過分界線後，約書亞等先出發的學園生們都在那裡。

儘管他們就在很近的地方，我在越過樓層分界線前完全看不見他們。

希耶爾在越過分界線時身體發抖，對於突然改變的景象好奇地東張西望。

「這下子所有人都到齊了。大家像剛剛那樣跨越樓層時請多小心。或許事先討論一下要怎麼做會比較好。」

聽到約書亞的話，所有人都一臉緊張地點點頭。

我也有點緊張。米亞可能也感到不安，伸出手抓住我的袖子。

地下城內的天花板、地板與牆壁都是石造的，寬度及高度也只有三公尺左右，以這個人數聚在一起有種壓迫感。雖然可以兩個人並排前進，然而說實話，這個空間要揮動武器太狹窄了。

「啊，空。這裡是沒問題，但請注意不要隨便觸摸牆壁等地方。」

我伸手想確認地下城的牆壁是什麼感覺，就被人提醒了。因為鑑定後——

【不明】

顯示這樣的鑑定結果，所以很好奇。

約書亞會提醒我，是因為從地下城第十一層開始會有陷阱吧。

記得造訪冒險者公會那一天，在資料室看過這類記載。

「那麼由第一組帶頭前進吧。行進路線交給第一組決定。第三組請留意來自後方的襲擊。」

約書亞他們的小隊各分成兩半，隔著第二組前後排列。這樣的布署是為了在第一組或第三組其中一方隊形潰散時，也能立刻提供支援吧。

我們是第二組，所以應該不會即刻進入戰鬥。

我先使用察覺氣息技能確認周圍有沒有魔物，同時開啟ＭＡＰ……因為太過驚訝而瞬間停止思考。

希耶爾近距離看到我的樣子，她看著我像是在問怎麼了？

『沒什麼。』

所以我用心電感應回答，讓她安心。

不過，其實有事。

因為一使用ＭＡＰ，第一層的情況便一目了然。我已經看出來了。

聽說地下城愈往下愈寬闊，但是第一層看來沒有多大。察覺氣息技能不僅顯示了魔物，甚至知道哪裡有哥布林。

如果使用這個，完全有可能避開魔物朝樓梯前進。

不，儘管的確可以前進，但是不狩獵魔物就賺不到錢。因為這裡並非抵達某個樓層就能獲得獎金的系統。

不過只要知道位置，代表可以先製造有利的情況後再與魔物戰鬥。相反的在處於快被包圍的不利狀況時，也能思考該如何迴避戰鬥。看來有許多應用方式。

我在ＭＡＰ上看到帶頭小隊走到十字路口後停止行動。把視線從ＭＡＰ轉往前方，看到帶頭的兩個人正戰戰兢兢地張望左右的通道。

這種情況重複了好幾次，隊伍遲遲沒有前進，光慢慢感到厭倦。不只是光，其他參加者也是如此。他們的注意力正在逐漸下降。不過光會覺得厭倦，大概是因為她明知道沒有魔物，他們卻遲遲不肯前進吧。

約書亞等人不愧是老手，注意力沒有下降，反倒正在觀察我們的反應。相反的，米亞一直處於緊張狀態。

「光，要忍耐。米亞也最好稍微放鬆肩膀的力道喔。」

我對兩人提出建議，她們都點點頭。

希耶爾似乎已經徹底厭倦了，在我的頭上打瞌睡。

在某種意義上，真虧她沒有摔下來，平衡感好得令人佩服。

◇◇◇

我們到目前為止遇到的魔物，也就是哥布林的數量總計為四隻。學生們戰鬥得十分吃力。

可能是因為不同於模擬戰鬥的賭上性命的緊張感，他們顯得身體僵硬，沒辦法像平常那樣活動自如。

第二個帶頭前進的小隊也是如此，他們採取包圍哥布林消耗其體力的戰術，好不容易才打倒牠。包圍這個策略是不錯，但是由於空間狹窄，無法隨心所欲地揮舞劍，似乎也影響了戰況。

當第一層走了大約一半的時候，輪到我們。

帶頭的光毫不猶豫地迅速向前走，連帶隊的約書亞他們都感到驚訝。

「沒、沒問題嗎？」

「嗯，因為沒有魔物。」

光遇到十字路口也毫不畏懼地前進，反倒認真地煩惱該走哪一條路。

即使哥布林出現在眼前，她也會等待對方發動攻擊，在哥布林進入攻擊範圍後瞬間靠近並一擊解決牠。

不單是新手，連約書亞他們也對她精湛的戰鬥方式發出感嘆。

「光，下一次可以讓我來戰鬥嗎？」

我要確認盾牌術技能的功能。

一邊看ＭＡＰ一邊尋找魔物，朝有哥布林的方向前進。

哥布林發現我們之後可能什麼也沒想，揮起武器就衝過來。

我用盾牌擋住哥布林揮下的一擊，牠毫不在乎地一再發動攻擊，但我使用盾牌完美地擋了下來。不久後哥布林開始顯露疲態，我用盾牌彈開牠的攻擊，用劍解決失去平衡的哥布林。

戰鬥過程沒有多餘的動作，我感覺自己完美地打倒了哥布林。

「呃，我第一次看到空用盾牌。你本來就有用過嗎？」

我在至今的模擬戰鬥確實只用過劍，他會這麼認為也沒辦法。

反過來說，這代表即使看在約書亞眼中，我也不像是第一次使用盾牌。

「我很擅長自衛。」

因此以暗示本來就用過盾的語氣回答。

在那之後，我回收了討伐部位和魔石，再度與光交換帶頭的位置。

「嗯，有什麼東西？」

不久之後，看到前方有一堵牆，看來已走到盡頭，但是在盡頭的地面上隨意擺放著像是箱子的東西。

「那是寶箱吧！啊，光同學！雖然只有一條路，請妳不要慌張地往前走。」

光聽到寶箱這兩個字，差點忍不住衝出去，在受到提醒後，放慢腳步走過去。

其實這時候不只是光，其他新人們也都浮躁不安。

就連我也有點興奮。因為事先聽說發現寶箱的機率很低，沒想到第一次探索就能發現。

在寶箱前方，約書亞提醒我們有些寶箱有陷阱，所以不要輕易打開。

順帶一提，在冒險者學程中好像能學到解除陷阱的方法。因為聽說從第十一層開始，路上也可能有陷阱。

【寶箱】無陷阱。

順便說一下，鑑定之後顯示了這段訊息。看來技能查不出內容物。

約書亞他們確認過沒有陷阱後，由身為發現者的光打開寶箱。

寶箱裡的東西……是一把生銹的短劍和幾枚銀幣。雖然成果不怎麼樣，打開前還是讓我充分體驗到心跳加速的感覺。其中的確充滿夢想。一起參加的學生們眼睛也都發光了。

在那之後的探索，或許是受到發現寶箱的激勵，也可能是適應了，再次換成第一組帶頭時，前進的速度變快了。他們的戰鬥方式也不再那麼僵硬，輕鬆地打倒哥布林。

可能是因此而鬆懈，即便也有前進時不小心在十字路口遇到哥布林，在第二層被狼偷襲等危險的場面，但是沒有人受重傷。

就算有人受傷，米亞也會用治癒治好他們，被人感謝的米亞看起來很高興。

在那之後，我們在地下城內進食，由於時間已到，在探索第二層途中決定返回第一層。

最終狩獵的魔物數量總共是十九隻哥布林和八頭狼。哥布林只需要回收討伐部位和魔石所以還好，狼則是由各小隊的代表分別背負一頭，剩下的裝進約書亞帶來的道具袋裡。這不是約書亞個人的物品，而是由學園管理的道具袋，他似乎是為了這次的地下城探索借來的。

本來覺得全部收進去就好了，但是他說搬運也是經驗的一環。實際上揹著狼走路看來很辛苦，除了我以外的人，在搬運時都會不時換人。

◇◇◇

「關於這次的地下城探索……」

我們從地下城回來後，借用了冒險者公會的一間房間，約書亞他們開始總結這次的探索。

這次原本計劃要找到通往第三層的樓梯並且登記，然後返回。

結果我們在第二層途中就折返了。

因為花費的時間太久。雖然前進的速度從途中開始加快，但是一開始走得太慢了。

「即使行動從半途開始加快，相對的危險場面也增加了。例如……」

他舉了幾個例子，說明在十字路口等地方的戰鬥方法等等。

面對有人提問也會加上肢體動作，仔細地回答。

即便應該很累，所有人都在認真地傾聽他的話。

在戰鬥方面，大家對付哥布林時能正常戰鬥，對付狼時則有感到棘手的場面。

因此他說除了我們狩獵的狼以外，由於皮毛等部位受到嚴重損傷，所以收購價格會降低。不過他也告訴我們，等到適應以後再注意這一點就行了。

通道狹窄，行動受限，而且狼的動作迅速敏捷，有人被耍得團團轉。

至於我們是由光和賽拉輕鬆打倒牠們。大家應該在模擬戰鬥時認識到她們的實力，不知為何都感到很驚訝。是以為她們擅長與人交手，但是不熟悉與魔物戰鬥嗎？

「至於空你們這次沒有問題，不過實際單獨挑戰地下城時還請注意。由於你們是四人小隊，長時間的……預期會過夜的探索會很辛苦。真的很辛苦！」

總覺得能聽到約書亞內心的吶喊。最後那句話充滿真情實感。

雖然我們在城鎮之間移動時習慣了露營，不過一方面是因為在大道旁邊露營，遭到魔物襲擊的次數意外地少。

如果在地下城內休息時連續遇到魔物襲擊，即使能擊退牠們，也有可能因為消耗太多體力而動彈不得。

根據從MAP看到的第一層與第二層的狀況，魔物數量不算多，我認為沒有問題，但是聽說愈往前走魔物的數量就會愈多。而且說不定只是這次魔物剛好不多而已。聽說到現在都還不知道地下城內的魔物是如何增加的。

之後我們將帶回來的素材賣給公會，大家決定一起回去。其他人似乎都住宿舍。

由於賽拉很久沒來冒險者公會，她確認有沒有盧莉卡她們留下的傳話，但似乎還沒有消息。

「主人，要不要告訴她們我已經在學園上學了？」

「也對。順便告訴她們，不用勉強急著趕路比較好。」

如果她們覺得不好意思讓我們久等而勉強趕路，那也不太好。

「還是不要提到主人的事情比較好嗎？」

「因為不知道情報會從哪裡洩漏出去。除了妳的事情之外，其他都不要寫吧。」

不只是我，光和米亞在某種意義上也是情報不能外洩的人物。

正當我們要一起離開公會時，公會裡響起歡呼聲。

「【守護之劍】回來了！樓層更新了！」

還能聽到這樣的話語。

約書亞聞言也轉身往回走。

我們也跟著他移動，正好看見【守護之劍】走進公會。

他們的鎧甲和盾牌上有明顯的傷痕，但是一個人也沒少地回來了。

回應歡呼的【守護之劍】成員們，每個人臉上都浮現自豪的表情。

「好厲害、好厲害啊。」

約書亞連聲呼喊著同一句話，看起來興奮不已。

後來我們拉著約書亞踏上歸途，然而走出公會時聽到的那句話卻在腦中縈繞。

「第三十五層是特殊場地。聽說是森林場地喔。」

「是嗎？」

「嗯，我親耳聽到【守護之劍】的人這麼說。」

「然後呢？」

「他們似乎經歷了很多困難。特別是樹妖會擬態成樹木，應付起來非常辛苦。」

樹妖。那是擁有製作艾麗安娜之瞳的材料，樹妖的樹枝與樹妖魔石的魔物。

第三十五層……只要去那裡就能取得樹妖的素材嗎？

閒話・2

「欸，我們真的要搭這個嗎？」

「……這樣可以節省時間，而且徒步走到國境的城鎮很辛苦。」

「可是小賽拉說她在魔法學園上學，要我們不必急著趕路。」

我想起送到公會的口信，試圖說服小盧莉卡。

「克莉絲，做好覺悟吧。而且聽說從這裡開始的地方最近有盜賊出沒。雖然討伐隊已經出發了，但是不知道會發生什麼事。」

然而我的說服以失敗告終。

抗拒的理由，是因為討厭搭馬車。

如果是普通的馬車倒沒關係喔？可是獸人國的馬車，那個，用魔獸拉車，顛簸得很厲害……我從許多冒險者和商人那裡聽過這件事，他們一致認為乘坐的感覺糟糕透頂。儘管「糟糕透頂」是獸人以外的人的評價。

雖然小盧莉卡輕鬆地說他們只是誇大其辭，老實說我很害怕。他們談論這個話題時那種了無生氣的眼神，證明他們所說的都是事實。

「不過啊，那個傳聞中的討伐隊，是我們幾天前在公會看到的那群人嗎？」

聽到小盧莉卡的話，我想起幾天前在公會遇見的那些人。

那是一個狼獸人團體，他們以一名笑容豪爽的人為中心，行動俐落沒有破綻。雖然裝備各不相同，但是有眼力的人能看出每一件都是用優質素材製作的裝備。

在他們之間有一個女孩……唯一的狐耳獸人忙碌地動個不停，不時斥責那個笑容豪爽的人，令人印象深刻。

「小盧莉卡，我從那些人的對話當中，聽到了獸王大人這個字眼。」

「原來克莉絲也有聽到。我也聽到了呢。」

既然小盧莉卡也聽到了，代表不是我聽錯嗎？

「好，轉移話題就到此為止。走吧！」

我的反抗毫無作用，購票手續已經完成。

出發時間是明天早上。

「那麼去買這幾天的食物吧？」

「嗯……對呀。」

「真是的，克莉絲別生氣。只要忍耐一下，快的話三天就能走完徒步需要二十天以上的路程喔？不覺得很厲害嗎？」

我覺得很厲害。坦率地這麼認為。

順帶一提，雖然可以請他們準備旅途中的食物，那個，因為有口味上的偏好，我們決定自己準備。

「克莉絲，為什麼不阻止我呢？」

小盧莉卡現在的臉色難看得彷彿世界末日來臨。

我們搭乘馬車啟程後，已經過了半天。

和小盧莉卡一樣臉色慘白的人都是人類種族。

獸人們一邊豪邁大笑一邊吃肉，甚至還有人在喝酒。

僱來擔任護衛的人都沒有喝酒。忠於職務是好事。雖然他們正在吃肉。

人類種族的人們用難以置信的眼神看著他們。

「嘿，小姐也要喝一杯嗎？」

有人向沒有暈車的我勸酒，但是我鄭重地拒絕了。

我正在煮湯。儘管他們都說沒有胃口，如果不吃點東西，身體會支撐不住。

旅程才剛剛開始。這段旅途至少還會持續兩天。

聽到我的話，那些看來很痛苦的人們的表情因絕望而扭曲。

即使不去正視，現實也不會改變。那麼我覺得還是做好覺悟比較好喔？

「要用走的嗎？從明天開始，放棄搭車用走的嗎……」

我聽到這樣令人不安的發言，但那是他本人的自由。雖然車夫說距離最近的村子大概有三天的路程，這番話不可以輕信。

獸人的體能基本上比我們好，最少也需要多估算一倍半的時間。

這是經驗談。我們一開始輕信獸人的說法，沒能按照預定計畫抵達村莊，還以為是走錯路。

「為什麼克莉絲都沒事啊～」

我才想問為什麼。

我把湯分給那些臉色蒼白的人。

他們喝了一口湯，然後慢慢地吞嚥，接著反覆進行這個動作。這絕不是因為我的湯很難喝……不是吧？

之後我們如期抵達國境都市。

我直到最後都沒有暈車，受到獸人們的讚賞。該坦率地感到高興嗎……心情有點複雜。

然而小盧莉卡病倒了。結果我們在那裡待了五天才出發。

對不起，小賽拉。看來還需要一段時間才能抵達瑪喬利卡。

「這樣呀～但是小光，不能掉以輕心喔～因為在地下城裡不知道會發生什麼狀況～」

我們一邊在圖書館吃午餐，一邊告訴賽莉絲在地下城裡發生的事以及情況如何。

聽到光的感想，她提醒要光小心。

對此，光乖乖地點頭。

「不過呢～聽空你們旅行的情況，地下城的淺樓層可能無法滿足呢～」

我認為正因為有與魔物戰鬥的經驗，我們才能毫不畏懼地前進。

一起參加的學生中，也有人是第一次跟哥布林或狼戰鬥。

本來擔心會有危險，不過就是因此才安排帶隊者，而且在地下城第一層與第二層，魔物幾乎不會成群行動。實際上經過幾次戰鬥後，他們也漸漸能夠適應，並產生自信。也聽見他們與同伴討論以後要增加與狼戰鬥的次數。

的確，一般接討伐任務時，經常會發生與多個魔物同時戰鬥的狀況。外面的魔物比起單獨行動，更常群體行動。考慮到這點，我認為這是累積實戰經驗的好環境。

「今天也很好吃～」

賽莉絲滿足地摸摸肚子，並問我們接下來的行程。

光和賽拉似乎要去上基礎魔法學程的課。光或許是學得很開心，聽說她即使在安靜坐著的講座上也沒有睡著，會認真聽課。

看來米亞要按照行程去神聖魔法的研究會。

「我要去神聖魔法的研究會。」

她說經過在地下城中的經歷，想學會使用各種神聖魔法。使用治癒技能治療別人並受到感謝，也是重要的原因吧。雖然參加研究會不代表一定能夠學會魔法，她仍然想去學習，心態非常地積極。

「那麼～空打算做什麼呢～？你上午好像去了什麼地方～」

「我要去冒險者學程那邊。不過目的與其說是上課，不如說是去資料室。」

其實瑪基亞斯魔法學園的冒險者學程保存的資料數量及水準，即使與冒險者公會的資料室相比也毫不遜色。不對，正確來說是同等級的。

雖然實在沒有昨天剛更新的第三十五層情報，不過可以確認到第三十四層為止的情報。

我要調查的就是那些情報。第三十五層。據說那裡會出現樹妖。

那是創造艾麗安娜之瞳需要的素材之一。加上魔石，就有兩種了。

如果能夠買到就好了，不行的話，就需要自己獵取。

那是大型氏族要集體行動的地方。我們或許不可能到達，但假如能活用技能，說不定有辦法前往。特別是ＭＡＰ技能，有著犯規級的便利性。

而且即使到不了那麼遠的地方，據說愈深入地下城，愈能賺到更多錢。只要有錢，依照交涉結果而定，應該有機會買到珍貴的素材。

我一開始想著只要能隨便賺些錢和魔石就行了，如今我打算更認真一點投入這件事。

然而……一想到這裡，另一個冷靜的我開口。

——有必要嗎？

如果製作出艾麗安娜之瞳，希耶爾的問題也會解決，我就可以放米亞自由。應該也不會再有人當她是奴隸，用輕蔑的眼神看她。特別是對她來說，根本沒有任何當奴隸的理由。

可是另一方面又在思考。如果解除奴隸契約後，獲得自由的米亞說要留在瑪喬利卡，那該怎麼辦？情況與剛來到瑪喬利卡時不同，現在還要考慮愛爾莎和阿爾特。

考慮到這一點，最好別輕易製作艾麗安娜之瞳，不要改變現狀。

因為離別令人寂寞。我的真心話還是想跟和米亞在一起。

總之先收集素材，以後再決定要不要製作吧……

「嗯～你的眉頭皺得那麼緊，在想些什麼呢～？」

有人對我說話，讓我回過神來。

賽莉絲站在正前方，伸出手指觸摸我的眉心。

「雖然不知道你在想什麼～但是大家都走了喔～？」

聽到賽莉絲的話，我才首度發現四周空無一人。

因為對我說話也沒有反應，她們三人都必須上課，所以把後面的事情交給賽莉絲，就此離開圖書館。

「真是的～米亞特別擔心你喔～晚點……」

就在這時候，突然發生大幅搖晃。

我伸手攙扶眼前差點摔倒的賽莉絲。

可是劇烈的搖晃持續發生，我們幾乎失去平衡，我把賽莉絲拉過來抱住，蹲下來壓低身體。

回過神時，我們已經自然地躲到桌子底下。

防災訓練在奇怪的地方派上用場。

搖晃大約在三十秒後平息，但是感覺起來似乎過了更久。

從桌子下看見的地板上，從書架上掉落的書散落一地。

「那個～你差不多可以放手了喔～？」

我看向聲音傳來的方向，正好對上賽莉絲的眼眸。

因為剛才把賽莉絲拉過來，她的臉靠得很近，近到能看清每一根睫毛。

我大吃一驚打算後退，頭撞到桌子。完全忘了我們還在桌子底下。

「真是的～你在做什麼呀～？」

她傻眼地如此說道。

「不過，看來你救了我呢～這次的事情會對米亞保密的～比如說你緊緊抱住我之類的～」

賽莉絲一個人做出擁抱的姿勢，並且扭動身體。

聽到妳這麼說讓我感覺更尷尬，請不要說了。

「更重要的是，我先前也經歷過一次大搖晃，這種情況在這一帶經常發生嗎？」

雖然可能只是我沒注意到，來到這個世界後第一次感受到搖晃是在洛奇亞，這是第二次。在王國和聖王國不曾感覺到搖晃。

說不定只是這片土地和我原本居住世界的國家一樣，屬於地震頻繁的地區。

「……嗯～平常很少會發生搖晃～最近或許比較多吧～？不過你意外地冷靜呢～」

「因為我以前所在的世界，經常會發生地震……我們是如此稱呼剛才的搖晃現象。不過我是第一次體驗到這麼劇烈的搖晃。」

也可能是因為位在高處，所以搖晃感覺比較強烈。

「這樣呀～我們擔心其他人的情況～不過從這邊看過去，似乎是沒事嗎～？」

這的確令人擔心。光她們都平安無事嗎？我在考慮要不要先走出建築物預防下一次搖晃，不過賽莉絲看起來不怎麼慌張，或許不要緊吧。

「總之～先來收拾書吧～」

她瞥了我幾眼，這是在默默要求我幫忙吧。

我和賽莉絲分頭撿起掉落的書，檢查書籍狀態後，按照賽莉絲的指示放回書架上。她對擺放的位置似乎有自己的講究。

「真是幫了大忙～謝謝喔～」

整理完畢後，我在賽莉絲目送之下離開圖書館。

前往冒險者學程的資料室前，要順道去基礎魔法學程那邊看看嗎？我擔心光她們的情況。米亞說今天會在別的地方活動，所以不知道她在哪裡。

我讓希耶爾坐在頭上，走向基礎魔法學程教室所在的方向。

◇賽莉絲視角・1

呼，我的心跳還是很快。

他看起來沒有自覺，所以很麻煩。米亞也真辛苦啊。

好了，更重要的是我需要做確認。

我切換思緒，關閉圖書館，前往那個地方。雖然從這裡也可以使用法術，還是在那裡最好。

走出圖書館時，看到熟悉的人朝這邊跑來。

「怎麼了～？」

「……賽莉絲大人，那個……」

當我用平常的態度搭話，她一臉凝重地呼喚我的名字。

「嗯～在這裡不可以用那個稱呼喔～？因為不知道有誰在聽呢～」

她似乎對我的話感到驚訝，這在某種意義上或許也是無可奈何。

對她來說我是姊姊，也是老師。我們就是這種關係。

「妳是覺得擔心，所以過來找我對吧～？」

看著她點頭的樣子，可以感覺到她也很擔心。

因為她在某種意義上是知道原因的人之一，這也無可奈何。

我要她保持一點距離，然後走向某個地方。

目的地是塔樓，這所學園內最高的建築物。我有事要去高塔頂樓。

路上遇見的學生們都過來問好。當然不是對我，而是向她問好。因為認識我的人很少，反倒有人疑惑和她同行的我是誰。

從學生們的反應來看，搖晃似乎沒有對他們造成影響。看著他們充滿活力地跑遠，我心中湧現喜悅。希望他們能夠繼續茁壯成長下去。

「沒事吧？」

好，至於問題的塔……我累了。這裡的樓梯有這麼長嗎？

她一臉認真地擔心我。我的臉色有那麼差嗎？

果然是因為不常離開圖書館吧。我缺乏運動。絕不是因為年紀……不，這跟年紀沒關係。是缺乏運動。這是重點，所以我要說兩遍。

「嗯……校長和……」

當我走進塔頂的房間，人在那裡的副校長露出驚愕的表情。

怎麼了？我來這裡有問題嗎？

我瞪了他一眼，他開始發抖。

對了，因為他常找校長麻煩，以前教訓過他一次。當時的我還年輕。現在也很年輕。剛才那個用詞不恰當。

「我來借一下那個喔～」

「當、當然沒問題。因為那個本來就是賽莉絲大人的東西！」

不用說得那麼大聲我也聽得見。我可沒有耳背。

我站在設置在塔裡的魔法陣上……發出呼喚。是在心中呼喚喔？因為即使不發出聲音，那些孩子們也聽得見我的話語。

與我締結契約的精靈們，對於我的呼喚給予反應。

接下來我借用他們的力量，查看整個瑪喬利卡區域。看起來沒有嚴重的損害……啊，那邊的行道樹倒了。待會兒要報告一下。

接下來是重點。我觀察地下城的狀況……感受到魔力的紊亂。這種感覺跟那時候很像。

近幾年有魔王復活的傳聞，或許也這跟這個情況有關。因為我也聽說過當魔王復活時，地下城就會活性化的傳聞，從現在的狀態來看，或許不見得是錯誤。我應該更加注意的。

「……賽莉絲大人，情況如何？」

我猶豫要不要提醒校長注意用詞，不過副校長知道我和校長的關係，所以也不需要訂正吧。

還有比這個更重要的事情。

「聯絡威爾。通知他情況比想像中更糟糕。」

聽到我的話，兩人都屏住呼吸。

我剛剛說的，大概是他們最不想聽到的一句話。

即使如此，我們也不能逃避，因此必須說出真相。

我們需要做準備，也需要對策。

突然想起少年……空的臉龐。

他自從去過地下城以後，對地下城的熱情似乎有所改變。

雖然不知道原因，或許沒有理由不利用這一點。

打倒愈多地下城的魔物，就能爭取到愈多時間……還有……

我回想起在其他地下城的事情。

最有效的辦法是打敗在地下城最下層的頭目，但是對他來說負擔實在太重了吧？畢竟這裡的頭目……連我們也敵不過。

我會因為他是異世界人而忍不住抱有期待，是把他跟那個人的身影重疊在一起了嗎？

而且，如果他能夠保護這個城鎮，我可以把艾麗安娜之瞳交給他。或許也可以用來當作交涉的籌碼。

因為對我而言，這個城鎮是最後的同伴們安息的重要之地。

◇米亞視角・2

我們去了地下城。

近距離看到魔物，老實說真的很可怕。

牠們的動作本身比起小光與賽拉更緩慢，能夠用眼睛追蹤。

但是我的身體動彈不得。恐懼令身體自然發抖。與魔物目光相對時，無法保持冷靜。

如果那時候魔物來到我面前，我說不定已經被殺。

非得適應不可。如果變成累贅，就不能跟空在一起了。

所以我需要更多學習戰鬥的技術。

儘管無法像小光她們那樣戰鬥，我有只有自己才做得到的事情。

神聖魔法。這是我最擅長的事，在這方面絕不會輸給她們。

但是我現在會用的神聖魔法只有兩種。治癒和恢復。必須增加可以使用的魔法，更能派上用場才行。

而且特麗莎說過只要深入地下城，需要神聖魔法的場面就會增加。

所以必須針對這個目標努力學會魔法。如果我有獨鬥特長，我想一定就能產生自信。

其實如果能使用普通的魔法就好了，但是在課堂上嘗試過許多次，都不覺得能夠使用。

我已經能在一定程度上操縱魔力，也漸漸理解魔力的流動。

當我試圖使用普通的魔法並詠唱魔法名稱，魔力就會在那個瞬間消失。明明直到前一個步驟為止都很順利。

話說回來，特麗莎也說過她無法使用神聖魔法以外的魔法吧？

當我前往約定的地點——

「米亞小姐，一起加油吧～！」

特麗莎熱情地鼓勵我。

「好的，今天也請多指教。」

「呵呵，不用那麼緊張也沒關係喔。大家人都很好吧～？」

雖然上次來的時候大家也對我很好，但是面對年齡相近的陌生人，我會有點緊張。因為以前在教會的時候，身邊大多都是年長的人。

她……特麗莎，從我們相遇時就一直就是這樣。她知道我是聖女之後，看起來高興萬分地找我攀談。

儘管那股熱情有點讓我嚇到，她基本上是個好孩子。有點讓我想起教會的部分信徒。

「地下城感覺怎麼樣～？」

我坦白地告訴她。即使感覺是說洩氣話，但是說謊也沒有用。

「果然是這樣呀。我一開始也是這樣～啊，難道空先生對妳說了什麼嗎！」

特麗莎突然瞪大眼睛，那股氣勢有點可怕。

「沒、沒這回事喔。我只是覺得必須變得更強。還、還有，如果學會特麗莎以前教的神聖箭之類的魔法，就可以從遠處和魔物戰鬥了。」

我是因為害怕才想要能從遠處使用的魔法，我覺得很難為情，羞於說出真正的理由。

縱使感覺會有人說既然這樣，使用弓箭之類的武器不就好了……我認為這是有天賦差異的。只要能把箭矢搭在弓上，任何人都能用弓箭這種話是騙人的。

「這樣啊。那我們一起加油吧～而且米亞小姐一定能馬上學會喔。」

被她充滿期待的眼神盯著看，坦白說很為難。雖然打算努力學會，但是我並非天才。

◇◇◇

「謝謝你的各種協助，幫了大忙。」

我大大地吐出一口氣，向剛才對戰的約書亞道謝。

今天我去上冒險者學程的課時遇到約書亞，拜託他陪我進行模擬戰鬥。

「不，我也有很多收穫。比起這個，空真的是商人嗎？」

「哈哈，偶爾有人會這麼說。」

正確來說，感覺被這麼說的機率相當高。

所以決定向他說明旅行商人的旅行是如何充滿危險。

可能是領會了我的話，約書亞以理解的態度說聲：「商人也很辛苦呢。」

「空你們也要正式挑戰地下城嗎？」

「為什麼你會這麼認為？」

「不只是模擬戰鬥，你經常在資料室調查地下城情報的事情也成為傳聞喔。」

我沒有否認，點了點頭。因為這是事實。

「而且你們展現的鬥志也跟其他人不同，特別是米亞小姐嗎？感覺她是鬥志最強的。」

的確，最近的米亞認真得可怕。

特別是在模擬戰鬥時，她向約書亞小隊的魔法師們學習戰鬥方式。兩位魔法師中似乎有一位使用盾牌，帶來很大的幫助。

「她呀……」

另一位魔法師似乎是同時擅長肉搏戰的武鬥派，聽說戰鬥方式與劍士相比也不遜色。雖然乍看之下感覺是個清純的大小姐。

「從外表看起來不像是那樣啊。」

聽到我這麼說——

「不可以被外表欺騙！」

約書亞的同伴們表情嚴肅地點頭同意他的話。他們之間發生了什麼事嗎？

「不過，空真的很擅長使用盾牌呢。有跟誰學過嗎？」

「……嗯。在我還是剛入行的旅行商人時，曾經僱用冒險者當護衛，其中有一位出色的盾牌手。我跟他學習了用盾的方法。」

我模仿出色的盾牌手……哥布林的嘆息的成員之一，蓋茲的用盾方式是事實。

不過最重要的還是因為學習技能吧。

多虧了技能，即使我是使用盾牌的新手，也能運用自如。

「不過你至今不是都只用劍嗎？為什麼又想用盾牌呢？果然是為了米亞小姐嗎？」

「……那也是部分原因吧。還有看到資料上記載，愈是深入地下城下層，愈會出現遠距離攻

擊的魔物。最近有光和賽拉所以沒有用盾牌，為了找回感覺，我打算再次使用。」

還在思考約書亞他們是怎麼採取對策的，原來跟他們一起行動的另一個小隊著重防禦，所以把這方面交給他們。其他則由那位武鬥派的女隊員防禦。

「我也算是會用盾牌，但是並不擅長。而且我們基本上都會在進行遠距離攻擊的魔物靠近之前，用魔法打倒牠們。」

看他說得輕描淡寫，這不是很困難的事情嗎？

「還有呢。我們會注意每次進入地下城時，確認所在的樓層是否有其他小隊。只要詢問公會人員，他們就會提供這個情報。」

「為什麼要這麼做？」

「……冒險者之間有時候會因為爭奪魔物而發生衝突。還有把對付不了的魔物推給別的小隊等等，就某種意義來說，同行或許比魔物更加棘手。」

約書亞表示只要穿著魔法學園制服，應該不會發生什麼麻煩，然而不能保證絕對沒事。

當關係不好的氏族在同一樓層時，他們會特別小心。

「只要人多，魔物就會比較少，可說是比較安全呢。」

他說由於取得的份額會相對減少，這也是一個困擾。約書亞似乎認為沒有累積經驗就急著前進是很危險的。

「只是像是第五層或第十五層等特殊原野似乎不太受歡迎。可能是因為原野與通道不同，視野開闊，想要警戒魔物相當困難。」

與約書亞的對話讓我受益良多。
不過他說一等準備就緒，他們就要去挑戰第十六層，會離開學園一陣子。
由於地下城愈是深入面積愈寬廣，回程似乎需要好幾天。
因為需要大量的物資，他們似乎會從外部僱用搬運工。
如此說道的約書亞，側臉看起來充滿希望的光輝。

◇◇◇

「大哥哥，你今天要去哪裡？」
愛爾莎過來問我。
今天是學園的假日，我從早上開始一個人悠閒度過。
光她們在做什麼？她們接受蕾拉等人的邀請，已經出門了。
她們也有邀請我，但是我覺得今天讓女生們單獨享受聚會就好，所以婉拒了邀請。
絕對不是因為我知道她們要去最近很受女生歡迎的甜點店。
希耶爾本來很想去，但是她知道即使跟著去也不能吃東西，於是放棄了。
如今正躺在我的床上生悶氣。
今天就讓她靜一靜吧。已經請她們帶伴手禮回來，吃了那些點心以後，心情一定會好轉。
因此我一個人留在家中，伊蘿哈提議我帶著愛爾莎和阿爾特出去逛逛，便決定和他們一起出門。希耶爾留下來看家。

其實我有想去的地方，但是威爾突然傳喚伊蘿哈，她不得不出門，因此把孩子交給我照顧。

「我想想。有一點事想請你們幫忙，可以嗎？」

你們不用那麼用力點頭喔。把肩膀的力道放鬆一點。

愛爾莎可能是很高興我請她幫忙，看起來充滿幹勁。

總之我帶著兩人離開家，去逛販售冒險者用品的商店。

「要找適合光姊姊她們的小包包嗎？」

「是啊，要給她們三人用的，不知道哪種款式比較好。想讓你們幫忙挑選。」

我不認為自己有審美品味。所以打算趁這個機會，聽從愛爾莎他們的意見來購買。

絕對不是為了防止被挑毛病而採取預防措施。

「可是我覺得只要是大哥哥挑的東西，不管是什麼大姊姊她們都會喜歡。」

聽到愛爾莎的話，阿爾特也點點頭。

那一定只是她們顧及我的感受而已，我在心中如此回答。不過如果是這樣，我會很高興。

接下來我們三人一起物色各種東西，接連逛了好幾間商店，最後為了購買一開始覺得不錯的小包包回到第一家店。

我們挑選三個形狀相同，顏色不同的小包包。

「愛爾莎你們有什麼想要的東西嗎？」

難得出門，我也想給愛爾莎他們買點東西，但是他們說不需要。

「……那麼，希望大哥哥教我們做菜。」

因為她這麼說，我一度想今天直接回家教他們做菜，不過我忘了一件重要的事，所以還不能回去。

在那之後，我們去逛販售藥草的道具店。

這當然是為了去地下城所做的準備，但是這些東西不是我們要用的，而是要給約書亞他們。

因為受到他們的關照。

而且蕾拉她們也說過最近會去地下城，或許也給她們一些比較好。

如果自己採集明明是免費的……我會忍不住這麼想，這是出於窮人心態嗎？

「嗯？那是什麼？」

我們在各種商店尋找便宜的藥草，不知不覺間來到地下城地區。

眼前有一群穿戴款式一致的鎧甲，分別拿著武器和盾牌的人。其中也有人手持法杖。

「我想……那些人應該是騎士。」

「騎士？」

為什麼騎士會出現在這種地方？

「以前爸爸說過，他在地下城裡看過騎士們。」

那代表這些騎士要去地下城嗎？

的確也有騎士揹著大背包，或許正如同愛爾莎所說的一樣。

只是氣氛顯得肅穆，或者說彷彿被緊張感所包圍。

在許多人的注視之下，不久後騎士們朝著冒險者公會的方向走去。

我們目送他們離去，決定回家吃午餐。本來想在小吃攤或餐館解決，但是遭到愛爾莎反對。

不過阿爾特露出有點渴望的表情。

之後在光她們回來前，我們一邊一起做菜，一邊聊了各種話題。

「我也想一起做菜。」

雖然米亞對我這麼說，但是她不在家，這也是沒辦法的事。

那一天的晚餐，咖哩終於首次登場。

看到大家對咖哩的味道感到驚訝，吃得津津有味的樣子，我覺得付出的努力很值得。

不，我用創造技能做出基本的調味料，所以或許稱不上付出很多努力。

「這些要給我們？」

在大家吃完飯洗好澡，品嘗伴手禮的甜點稍事休息後，我們把禮物交給光她們三人。

「對呀，這是我們和大哥哥三個人一起選的！對吧！」

「……嗯。」

愛爾莎活力十足地回答，阿爾特笨拙地點點頭。

三人看到他們的反應後分別收下禮物，開心地把小包包繫在腰際。

「好可愛！」「很適合！」

愛爾莎興奮地稱讚她們。

被稱讚的三人各自收了下來。光嘴角浮現笑意，米亞的喜悅一目了然。賽拉顯得有點害羞，不過的確很高興。

「晚安。」

「……晚安。」

不久後差不多是就寢時間，愛爾莎和阿爾特回房了。阿爾特在這場茶會上少見地瞪大眼睛，大口吃著蛋糕的模樣令我印象深刻，偶爾買蛋糕回來或許也不錯。

不過這場茶會尚未結束。

儘管伊蘿哈說今天她不回來，我還是用察覺氣息加以確認。嗯，看來沒問題，愛爾莎他們也沒有動靜。

「那麼讓妳久等了。」

我從道具箱裡拿出給希耶爾的蛋糕，擺在桌子上。

希耶爾看到以後，興奮地蹦蹦跳跳。

但是她突然停止動作，拍打桌子。

……………………

…………

……

「咖哩也要嗎？」

不，妳不用露出那種嚴肅的表情點頭啦。

米亞和賽拉看到後都在笑妳，沒關係嗎？

什麼？更重要的是快點端出咖哩？就像在催促我，她拍打桌子的速度加快了。

我盛好咖哩，搭配麵包端出來，她高興得彷彿就要哼歌，馬上開始品嘗。希耶爾好像不能吃辣，於是這次我把咖哩調成偏甜的口味，好讓小孩子也可以吃。我喜歡更辣一點的口味，等到下次再做吧。

接著光扯了扯我的袖子。她的眼神正在訴說什麼。

咖哩實在是不行，不過蛋糕應該可以吧？

我從道具箱裡挑了一塊蛋糕，放在光的面前。

……妳們也要吃嗎？

結果我們再次舉辦茶會，但是這方面責任自負。我只要喝茶就夠了。

不過看著三人與一隻愉快地邊聊天邊吃東西，我覺得那或許只是瑣事。

「對了，今天和蕾拉她們走在城鎮裡時，城門那邊有點騷動。」

「嗯，蕾拉去打聽情況了。」

「她打聽回來之後，樣子好像有點不對勁？」

據說她們問蕾拉發生了什麼事，但是蕾拉最終什麼也不肯說。

因為她們後來去了蛋糕店，直到現在才想起這件事。

題外話——

「空先生，請問您可以把那種調味料賣給我嗎？」

後來吃了咖哩的伊蘿哈如此說道，讓我感到驚訝。
即使換了一個世界，看來咖哩還是很受歡迎。

◇◇◇

「原來如此～這就是傳聞中的咖哩啊～」
我在午餐時分端出做好的咖哩給賽莉絲，她盯著咖哩發出感嘆。
還以為她有食譜所以應該吃過……
「……因為我以前遇見的異世界人～他完全不會做菜～」
賽莉絲寂寞地笑了。她認識的異世界人和書的作者是不同人。
「更重要的是～你們下次要去地下城，是真的嗎～？」
「是的，這次我們會四個人前往。上次探索讓我們對地下城有了一些了解，所以打算去確認只靠我們的實力是否能夠應付。」
「那麼你們幾時出發～？」
「我今天會交出計畫表，打算明天去挑戰。」
「這樣啊，我會感到寂寞的～」
在那之後，我們聊了一會兒，我去通知冒險者學程的老師我們要去地下城。老師說我們沒有出席天數的要求，所以不必特地提交計畫表。

最後順道去一趟資料室，複習第二層和第三層會出現的魔物與注意事項，今天便提早回家。

這次沒有人帶隊，只有同伴們進行探索。

我有ＭＡＰ，這次要去的第二層和第三層只會出現狼和哥布林系的魔物。

我擔心的是那裡偶爾會出現哥布林法師，所以如果發現了，可能需要優先打倒牠們。

對了，還有在進入地下城前，別忘了確認大家的等級。

第6章

「路上請小心。」

「……路上小心。」

我們在愛爾莎和阿爾特兩人目送下走出家門。

可能是出門時間比平常更早一點的關係，城鎮還靜悄悄的，感覺沒什麼人。

然而一踏入地下城地區，剛剛的寧靜就像是假的一樣，有許多人在活動。

許多當搬運工維生的人在公會前等待，招攬路過的冒險者。其中也有許多年紀和光差不多的孩子。米亞和光直盯著他們看。

當我們走進冒險者公會，那裡有許多冒險者，四周充斥喧囂聲。

「那麼賽拉，妳可以去查看一下留言嗎？」

既然特地來到公會，我讓賽拉去確認。

我向發訊器魔道具注入魔力，確認她們的位置，發現她們已經離這裡很近了。

對了，通知她們我所在位置的收訊器在福力倫聖王國壞掉了，克莉絲那邊沒辦法確認我的位置……不過，反正我們馬上就能見面，所以沒關係吧？

重逢之後，我們計劃一起行動一段時間，而且這個魔道具本來就是我以為自己會無法再次使用公會的傳話功能，難以跟她們會合而製作的。因為當時為了逃離王國，我決定詐死。

還有趁現在把眼鏡換成面具吧。我看看左右，確認沒有人在看我之後迅速更換。

在賽拉去櫃檯的時候，我仔細聆聽周圍的聲音，發現有許多人正在談論最近魔物的魔石和素材收購價格整體上漲的情況。

其中特別是頭目與高階種的魔石價格高漲，另外下層出現的魔物相關素材，似乎也隨著愈深入下方漲價了幾成。

這對冒險者來說是好消息，但是對我來說，可能會造成一點困擾。

雖然不清楚樹妖的素材價格，聽說那是製作魔法師法杖的熱門素材。想要的人應該很多吧。

而且目前能在第三十五層進行狩獵的只有【守護之劍】這點也有很大的影響。【守護之劍】獨步領先，其他氏族好像還卡在第三十一層停滯不前。

即使知道會出現什麼樣的魔物也無法前進。看來要在下層推進，可能比想像得更加困難。

「主人，收到傳話了。」

賽拉回來了，她看起來很高興。聲調少見地帶著喜悅之色。

從賽拉手中接過信件，信上寫著盧莉卡和克莉絲兩人抵達位於獸王國與魔導國國境的城市。

只是長途旅行導致盧莉卡身體不適，她們要休息幾天再繼續啟程。

「盧莉卡身體虛弱嗎？」

賽拉擔心地詢問，但我認為沒有這種事。反倒是比較擔心克莉絲的體力。

「或許是長途旅行累積的疲勞爆發了。詳細情況等到重逢以後再問她就行了吧？」

如果情況很嚴重，她們在信上應該會說些什麼。既然沒有，表示只要休息就會恢復吧。

「也對，我會問她的。」

看來賽拉也接受了，那麼馬上出發吧。

我們前往地下城所在的島嶼時，看到很多人在祠堂前排隊。

或許是正好遇到高峰時段。

因為這個世界的冒險者，很多人都是從一大早開始活動。

當我們也過去排隊，感受到旁人盯著這邊的目光。

我們不僅穿著學園制服，而且人數又少，所以可能特別顯眼。

「喂喂，你，就是那邊那個戴著面具的。」

一開始沒有發現有人在叫我。

戴面具的人很多，而且我正在思考事情。不，也可以說是正在思考克莉絲的信與素材價格上漲的事情，忘了面具的事。

「有什麼事嗎？」

一個長相凶惡，留著落腮鬍的男子站在我面前。

「你們看起來是瑪基亞斯的學生吧？」

「是的，怎麼了？」

「……沒問題嗎？我看你們只有四個人而已。」

那個男子與外表給人的印象不同，態度非常親切。

我突然把男子的臉龐和賽風重合在一起。那個人也與外表不同，為人和藹親切。或許是我最近因為盾牌術想起蓋茲，所以順帶聯想到賽風。

「沒問題的。因為我們今天要去第二層……」

「喔，這樣啊。你不用再往下說了。我想沒有人會對學園的學生動手，但也不知道哪裡會有人有愚蠢的想法。我剛才的問法也太魯莽了。抱歉。」

他打斷我的話，像要蓋過我的話一般急促開口。

意思是有些人知道別人要去的樓層後就會搞鬼，原來也有這樣的人嗎？如果真是那樣，那就需要注意。

「不，謝謝你的建議。我們會小心的。」

「……你和外表不同，很有禮貌啊。如果發生什麼問題……」

男子正要說些什麼時，像是他的同伴的人從背後走過來——

「你在幹什麼啊。你不來我們就不能進去，快過來！不好意思。他沒有給你們添麻煩吧？要搭訕等回來以後再搭訕吧。」

一邊不斷罵他一邊把他帶走了。

突如其來的發展讓我們目瞪口呆——

「外表像壞人。不過卻是好人？」

聽到光這麼評價，我也表示同意。

之後輪到我們時，我注意到石碑前方有兩個穿著公會制服的人。

記得上次沒有看到他們，聽說他們是由於最近地下城使用者增加，派遣過來防止發生糾紛與協助整隊的人員。

不過就他們的態度和舉止來看，我不覺得單純只是接待人員。光也用打量的眼神觀察兩人。

「目的地……我知道了。那麼，請注意安全。」

我們以地下城卡進行小隊登記後，移動到第二層。

首先在通往第二層的樓梯前停下腳步，和三人確認戰鬥策略。

光和賽拉走在前面，我和米亞走在後面。

我特別跟米亞確認了福特拉之盾使用上需要注意的地方。

福特拉之盾的優點是注入魔力能夠增加盾牌面積，更容易防禦，但是我注意到還有盾牌擴大後會遮擋視線這個缺點。

儘管可以透過魔力量控制盾牌大小，不過要在短時間內靈活運用可能很困難，我們決定慢慢練習。

「雖然有盾牌，與狼戰鬥時要優先閃避。」

「嗯，米亞姊姊。狼的撞擊威力非常強勁。」

狼加上速度的一擊十分沉重，以米亞現在的等級可能承受不了。

【名字「光」　職業「特殊奴隸」　Lv「33」　種族「人類」　狀態「——」】
【名字「米亞」　職業「債務奴隸」　Lv「7」　種族「人類」　狀態「——」】
【名字「賽拉」　職業「債務奴隸」　Lv「66」　種族「獸人」　狀態「——」】

這是目前對三人進行人物鑑定的結果。也需要看看她們在這次探索之後，等級有沒有升級。

「只有一開始由我先過去吧，要是有什麼狀況會馬上回來，如果經過十秒後我也沒回來，妳們就依照光、米亞、賽拉的順序走過來。」

我對自己施加護盾，事先準備好攻擊魔法，然後踏出一步。手裡當然拿著劍和盾牌。

在這種狀態下，即使樓梯附近有魔物發動偷襲，我也能夠應對。

還有之所以要賽拉最後過來，是防備從第一層下來的人。

只要我們停留在那裡，似乎就無法從入口直通第二層的樓梯，但是有可能遇到從第一層正常移動過來的人。

我踏入第二層，樓梯附近沒有任何人。於是使用察覺氣息技能，打開ＭＡＰ查看。

走到稍微離開樓梯的位置等候，女孩們由光帶頭，依序走下樓梯。

「那麼稍微移動一下吧。」

因為不想停留在這裡碰到其他人，我們組成隊伍開始前進。

雖然讓兩人走在前面，要走哪一條路是由我指示。

實際上已經告訴三人，我可以透過技能知道走哪條路不會遇到魔物，以及樓梯在哪個方向。

「主人，好厲害。」

光的眼睛閃閃發亮，但是我也告訴她，如果有能夠使用隱蔽類技能的魔物，我可能無法察覺牠的存在。

完全依賴技能很危險，而且以後或許會遇到擾亂我的MAP情報的樓層或陷阱。

另外，即使知道魔物所在的地方，也還是有必須通過的道路。

「光，再走一段路就會遇到魔物喔。」

「嗯，沒問題。」

本來覺得既然光察覺得到，或許別說出來比較不會干擾她，光卻告訴我沒關係，這樣可以確認情況。

她大概是想讓我說出來，以便提醒米亞注意吧。

實際上當米亞聽到那句話後，重新握緊了手中的法杖。

「米亞，把肩膀的力道再放鬆一點。」

「沒錯。有我們在，沒問題的。」

在我和賽拉的鼓勵下，她深深地做了一個深呼吸。

「米亞姊姊，看我怎麼和狼戰鬥。」

前進了一會兒後，我們遇到一頭狼。

狼似乎終於注意到我們的存在，加速衝刺過來。

光走上前一步，拔出短劍與狼對峙，她的姿態非常自然，看不出任何緊張的樣子。

然後在狼進入攻擊範圍的瞬間，她用力踏地高高躍起。

光在那一瞬間微微側身閃避，揮動短劍打倒狼。

「狼在攻擊時經常會跳起來。牠在半空中就是個活靶子，很容易解決。」

光正在以她的方式教米亞打倒狼的方法，但這可不是容易做到的事。

米亞的臉頰也在抽搐。

「小光，要一下子就學會是不可能的。不過妳看到動作了吧？」

聽到賽拉的話，米亞點點頭。

的確，跟她們兩人進行過模擬戰鬥的米亞，應該能用目光跟隨狼的動作。因為她們的速度明顯比狼更快。

「那麼就由主人接下狼的攻擊，米亞進行攻擊就行了。比起由我們來做，我覺得拿盾牌的主人戰鬥起來會更輕鬆。」

既然是這樣，下一次戰鬥就由我接下狼的攻擊，米亞進行攻擊。

因為即使用盾牌擋下狼的衝撞，身體也不會被撞飛。

「米亞姊姊，不可以閉上眼睛。」「米亞，要使出全力揮動。」「米亞姊姊，妳沒運用腰力。」

我們與狼戰鬥時，一旁傳來光和賽拉毫不留情的建議。

但是米亞每次都點點頭，一邊調整動作一邊和狼戰鬥。

她一開始毆打狼的時候臉色發白，可能是慢慢習慣了，現在揮擊的速度也變快了。

希耶爾剛開始時緊張地看著，在看到米亞逐漸成長後似乎也放心了。

「下一次一個人挑戰。」

當光說出那句話——

「還太早了吧？」

我開口制止。

「米亞姊姊沒問題的。而且她也想試試。」

但是聽她這麼說，我也不能再多說什麼。

因為被如此充滿決心的眼神盯著看，難道不會覺得拿她沒辦法嗎？

儘管如此，我還是想為米亞施加護盾魔法當作保險，這是也被米亞阻止了。

她說如果使用護盾魔法，會在心中產生依賴，所以拒絕我這麼做。

「米亞姊姊，準備好了嗎？」

只要繞過那邊的轉角，就有一頭狼。

聽到光的話，米亞用力點頭。

於是米亞與狼的一對一戰鬥開始了。

從結果來說，米亞精彩地打倒狼。

但是戰況絕非大獲全勝，她在狼第一次衝撞時可能是因為緊張而動作僵硬，無法抓住反擊時機，勉強用盾牌擋下狼的攻擊。狼的衝勁讓米亞的身體搖晃，在差點摔倒時站穩腳步恢復平衡。

我以為她支撐不住，正想過去幫忙，卻又打消主意。米亞的眼神還沒有放棄。也沒有被恐懼所控制。

米亞與狼正面對峙，在狼轉身再次發動攻擊時，她揮出一記暴擊！精彩的一擊解決了狼。

看到那一幕，不禁呼出一大口氣。看來我比她還要緊張。

「不愧是米亞姊姊！」

光收起手中的小刀，擁抱米亞。

雖然嘴巴說沒問題，她似乎做好了發生意外時伸出援手的準備。

被擁抱的米亞可能是還沒有真實感，愣了一會兒之後才回過神來，露出高興的微笑。

她的表情看起來彷彿在說「我做到了」。

「得到了好多肉。」

找到通往第三層的樓梯時，光的一句話令我大受衝擊。

沒錯，我們的確狩獵了很多狼。

希耶爾也高興地蹦蹦跳跳，她的腦中或許只想著我會端出什麼樣的料理。

看到這一幕，賽拉露出苦笑，米亞的眼睛看起來有瞬間失去光芒，但是馬上又恢復正常。她一定是放棄深入思考了吧。

難道說我們狩獵那麼多狼，不是為了讓米亞累積經驗，而是為了獲得狼肉嗎？米亞的腦中肯定也閃過這個念頭。

◇◇◇

吃完午餐後，我們進入第三層。

在第三層遇到的魔物目前只有哥布林和哥布林鬥士。兩者的差別只在於鬥士的體型略大，但是光從外表難以分辨。不過力量的差異顯而易見，鬥士的一擊力道沉重。

就我的狀態，感覺只是誤差程度的差異，然而米亞明確表示有很大的不同。

「和哥布林戰鬥的感想如何？」

「我覺得比狼來得好打。和小光與賽拉相比，牠們的動作比較慢。」

這個理由令人信服。

「只是臉長得有點可怕吧？」

在之後的戰鬥中，我們一度遇到哥布林法師，不過光使用投擲輕鬆打倒牠。

雖然想測試福特拉之盾是否能阻擋魔法，但是我注意到用自己的魔法也能確認這一點，所以打算下次嘗試。畢竟我可以調整魔法的威力。

「這樣就結束了？」

由於能夠從哥布林獲得的收入很少，我們優先尋找通往第四層的樓梯，結果不到兩個小時就到達了。

「主人，我們要怎麼做呢？」

即使繼續前往第五層，或許能使用逃脫功能更快回到外面，但是聽說下一個樓層的狼會成群來襲。

考慮到我們的戰力，擊退牠們應該不成問題，不過我決定這次就此折返。

上次的探索也是如此，與平常移動時不同，在地下城內走狹窄的通道會帶來壓迫感，我注意到她們三人比平常更加疲憊。

「今天就回去吧。在半途住一晚，希望明天能夠出去。」

另外，也想體驗在地下城露營的經驗。

第四層的魔物數量似乎很多，一開始在魔物少的安全樓層體驗比較好吧。

「不過上次也是這樣，在這附近的樓層完全遇不到人呢。」

因為有那麼多人，還以為會遇到一些人，但卻完全不見人影。他們都去能賺錢的樓層嗎？

「不必顧慮別人，對我來說還挺高興的。」

「嗯，希耶爾也能大方地吃飯。」

不需要偷偷摸摸的確很好。我也可以沒有顧慮地使用道具箱。

「但是真不可思議，這裡一直很明亮。」

正如光所說，地下城內一直保持明亮。據說向下深入還有一片漆黑的樓層，以及像第五層那樣會切換日夜的樓層等等。

而且地下城與外面有許多不同之處。

例如處理魔物的方式。在一般情況下，需要以焚燒等方式處理魔物屍體，但是在地下城內，從死亡的魔物體內取出魔石後，屍體會在十分鐘後自動消失。不過消失的條件是屍體要接觸地面，如果擺在墊子上或收進背包裡就不會消失。

還有無法破壞地面和牆壁。因此無法為了露營整理地面，躺下來會直接感受到石頭的堅硬觸感。另外，如果有可燃燒的東西也可以生火，煙霧上升到天花板後會自行消散，不會充斥在樓層內。不過因為會造成負擔，幾乎沒有人帶木材進來，但是聽說大型氏族與賺得多的冒險者，有時會攜帶烹飪用的魔道具進來。因為只吃保存食品很單調，而且只要有人會做菜，基本上不缺食材。不過這僅限於會出現可食用魔物的樓層。

「這樣想想，我們非常幸運呢。」

米亞看著手邊的料理說道。

食物和魔物素材的回收。除了我的道具箱外，我和愛爾莎他們一起挑選送給她們的小包包上面也施加了收納魔法，具備和道具袋同等的功能。雖然沒辦法保持食物的品質，如果改用品質更好的魔石，或許就可以做到。

「嗯，主人很厲害。我要一直跟著你。」

雖然很高興希耶爾也點頭同意，但是最近總覺得她可能是為了食物，只有我這麼想嗎？

「我們輪流戒備吧。我和米亞、光和賽拉一組，這樣可以嗎？」

看來大家沒有異議。

這次我們露營的地方是通道的中間點。通道盡頭可以把警戒方向集中到一邊，但為了確保逃跑的路線，我們選擇通道的中間點。

現在已經回到第二層，會出現的魔物只有狼，所以在應對魔物方面不成問題。

只是如果人類襲擊我們，不能說一定會平安無事，所以要提防這種情況。

決定先讓光和賽拉在我拿出來的墊子上休息。這裡保持恆溫，所以不必擔心寒意，也不用拿床單包裹身體等等，很有幫助。

我用魔法製造冰塊，將冰塊放在容器上。

「空，沒問題吧？」

「嗯，MAP上只有魔物的反應，所以沒問題喔。」

不過我們特別注意坐的位置，以便能夠看見兩個方向。

因為說不定有人能避開MAP和察覺氣息的探測靠近。

「再次來到地下城的感覺如何？」

「……嗯，我以為自己在旅行中漸漸增強了體力，但是這跟旅行完全不同。」

「或許是這樣吧。」

「可是空看起來一點也不累耶？」

米亞嘟著嘴巴對我說道。

這都多虧了「漫步」技能。

只是持續盯著一成不變的牆壁，雖然體力方面沒有問題，我感覺精神上有些疲勞。

後來我們一直警戒到冰塊融化為止，然後跟光她們換班。

我在這個世界沒有看過時鐘，還是想要能知道時間的魔道具。因為待在地下城裡無法分辨時間的流逝。這次是靠光和希耶爾肚子餓的時間來計時。

在那之後，我們吃了早餐，回到一樓平安離開地下城。

我們的第二次地下城探索就此結束。

「那麼這些是報酬。」

賽拉完成結算後回來了。

這次我們在冒險者公會出售的只有哥布林的魔石，另外繳交了打倒的魔物討伐證明部位。

「那麼光，狼要怎麼處理？我們自己解體可以嗎？」

因為也狩獵了很多狼，本來想交給公會解體，只留下必要的部分，但是光阻止了我。

「不，這是工作。」

光只說出這句話，便輕快地往前走。

我們感到不解，決定跟在光的後面。

走出公會後，因為時間接近中午，公會前的廣場非常熱鬧。

路邊攤傳來充滿活力的吆喝聲，料理一份接著一份熱賣。在遠遠圍觀的孩子們之中，有人流著口水觀看，也有人摀著肚子蹲下。

米亞應該也注意到了吧。她似乎在猶豫要不要停下來，不過光繼續大步前進，米亞也像要拋開猶豫般加快腳步。

「喔，這不是前陣子的小姐們嗎？今天也來買肉串嗎？」

光走向之前告訴我們關於孤兒的事情，販賣烤肉串的小吃攤。

「給我十五……十六根大塊的肉串。」

聽到光的話，小吃攤老闆喜形於色——

「妳吃得下這麼多嗎？」

不過他還是擔心地詢問。

「嗯，我要帶回去。」

光想要自己付錢，但是看起來錢不夠，露出困擾的表情看著我。於是我付了剩下的錢，她對我說：「主人，謝謝你。」

不過不知道她為什麼想買這麼多肉串。看來光好像有什麼想法。

烤肉的滋滋聲響起，香噴噴的氣味從小吃攤飄散到周遭。

因為這樣，隱約感覺到許多目光從背後投射過來。

我們有點不自在地等待肉串烤好，按照光的指示各自拿著肉串。從旁邊看來，肯定是非常奇特的景象。

光接過肉串，轉身往前走。

在她的方向前方……是那些在尋找搬運工工作的孩子們。

光在他們面前停下腳步，遞出肉串。

那個行為讓孩子們顯得很困惑。可能是連站立都覺得吃力，許多孩子坐在地上，只有眼神看了過來。

「有工作。這是報酬。」

光突然的提議，似乎讓孩子們感到困惑。

米亞與光討論後介入協調，開始向孩子們傳達光的想法。

光要委託孩子們解體狼，然後給他們肉串當作回報。

對於那個提議，雖然許多孩子的眼睛都盯著肉串，卻沒有人舉手表示要做。

光和米亞也對此感到困惑，但是我明白原因。所以決定代替她們進行交涉。

「我是空，是個旅行商人，也是她們的主人。今天她們在地下城中狩獵了狼。因為數量很多，希望你們幫忙解體。當然了，我們會教你們解體的方法。」

我在此時思考了一下。解體的地點該選在哪裡呢……

「光，妳有想過在哪裡解體嗎？」

「……主人，交給你了。」

當我對光耳語，得到這個回答。

……可以向冒險者公會借用場地嗎？還是要在城鎮外面……這些孩子如果離開城鎮，回來時需要支付入城費嗎？總之……

「在你們當中有領導者……負責人嗎？」

「……我就是。」

聽到我發問，所有人的目光集中在體格最大的男孩身上。

主動報上名字的男孩……諾曼的身高還是比光略矮一點。

「總之就是你和……可以幫我再選四個人嗎？」

「四個人……」

諾曼環顧四周，我看得出其他孩子都很緊張。

那是不安，還是期待呢……

「……不行。我不能選擇。沒被選中的人的……」

諾曼的目光在光手中的肉串與孩子之間來回游移。

看到他的反應，我覺得這孩子很關心同伴。諾曼大概是擔心沒被選中的孩子吧。他以為只有被選中的孩子才能得到食物。

所以我訂正了這一點。

「你可以放心。我想找包含你在內的五個人當代表去工作。這些肉串是工作的報酬，你們想怎麼分配可以自由決定。」

聽到我的話，諾曼露出驚訝的表情。

「謝、謝謝您。那麼……」

諾曼選的是兩個身高跟他差不多的孩子，還有兩個體格略為瘦小，但據說手很靈巧的孩子。

「關於肉串……這些孩子就是你所有的同伴嗎？」

聽到我的詢問，諾曼說他們的團體有三十個孩子一起生活。

這裡只有十六人，目前不在場的孩子都留在據點裡。

「需要再多買一些補足不夠的部分嗎？」

當我這麼問，他回答這些就夠了。

的確，一方面是因為光點了大塊的肉串，我覺得這些肉串對小孩子來說分量很多。

「那麼跟我來吧。」

聽到我的話，諾曼他們分成兩組。

一組是接下解體工作的五個人，其餘的孩子好像要拿肉串回據點。

在回家的路上，我從諾曼那裡聽到了許多事情。

他們的雙親在世時果然大多都是冒險者。他們當作據點的建築物，原本是一個同伴的祖父經營的旅館，但是那位祖父似乎也已經去世。

「以前和我們有相似境遇的大哥哥們偶爾會僱用我們，但是最近他們說要前往地下城深處，我們不能跟去。因為那裡很危險。」

這個情況說不定跟素材的收購價格上漲有關。

「這裡就是工作的地方嗎？」

「嗯，總之你們先等一下。」

當我們回到家時，愛爾莎和阿爾特出來迎接。他們看到後面的諾曼一行人顯得有些困惑，不過這方面就交給米亞說明吧。

我走到庭院，首先使用土魔法建造房子。房子裡準備好能裝水的罐子，還有進行解體的桌子與吊掛屍體的器具就行了嗎？我一邊和光討論，一邊製作這些用具。

諾曼等人瞪大雙眼看著我的行動。

「哥、哥哥是魔法師嗎？」

他們驚訝地發問，但我的回答是旅行商人。呃，我真的是旅行商人喔？當我出示商業公會的公會卡，他們不知為何露出感到不可思議的表情。啊，因為我穿著魔法學園的制服嗎？

「關於解體的方法，光會教你們。光，交給妳了。」

「嗯，包在我身上。我會嚴格地指導他們。」

妳還是手下留情吧。諾曼的臉頰正在抽搐，嚇得退縮嘍。

光雖然嘴上這麼說，但是她花了很長時間慢慢開始解體狼。

首先從將狼的屍體放血開始。光說明吊掛的方法之後，諾曼他們分成兩人組與三人組，合力把狼吊起來。賽拉也過來協助。

如果血直接流下來會弄髒地板，所以我準備了回收血液的容器。創造技能中似乎有可以活用那些血液的方法，要先保存起來。

總共五頭狼全部吊掛完畢後，我們決定在這時吃遲來的午餐。因為放血需要一段時間才會完成。當然也準備了諾曼他們的份。

「可以嗎？」

「不用客氣。」

「沒錯。就如同小光所說的一樣。還有很多料理，也可以再來一份喔。」

看到米亞滿足的笑容，諾曼他們都臉紅了。

因為米亞露出了由衷感到高興的微笑。肯定還有聖女加成效果。

諾曼他們吃飽以後，繼續聽光說明，著手解體狼。

他們逐步取出魔石，剝下毛皮。似乎是第一次解體所以動作生疏，米亞看得提心吊膽。她本來好像想和愛爾莎他們一起練習做菜，但是現在擔任治療人員在旁邊待命，預防有人受傷。我說我也會用治癒魔法，所以沒問題，然而米亞說她會擔心得無法集中精神。

這天他們一直工作到天黑，才將三頭狼解體完畢。

「那麼，我們送你們回去。」

即使諾曼說他們可以自己走回去，我實在不放心讓這些小孩子單獨走夜路，決定送他們回到住處附近。

一開始光說由她去送，但是奴隸單獨外出可能會引起麻煩，因此我也決定同行。如果光穿著學園制服則另當別論，不過她為了解體工作換了衣服，現在穿的是平常的旅行服裝。

「請問，這些是？」

「這是明天的食物。可不是免費贈送喔？我的用意是想讓你們明天也來幫忙。這樣一來，你們明天也會願意再過來工作吧？」

對於我的提議，諾曼他們互相看了一下，隨後露出笑容點點頭。

「嗯，我明白了。」

「另外，明天諾曼和另外兩個人繼續過來，剩下兩人換成其他孩子過來吧。如果有想學習解體的孩子，可以優先帶來。」

「……我明白了。謝謝你，空哥哥。還有光姊姊。」

於是五個孩子消失在黑暗中。

我目送他們離開後，看著光問道：

「我剛才那樣做得好嗎？」

「嗯，謝謝主人。」

「但是，明天學園的課怎麼辦？」

「……我要請假。」

「這樣啊……」

我們並肩走回家。

在路上和光談了許多事情。特別是她為什麼要僱用那些孩子。

光談到了愛爾莎與阿爾特的事，還有米亞的事，說她在公會門前看到許多孩子，覺得自己也想做些什麼。

「因為肚子餓很難受。」

這句話真有光的風格。

「還有……主人，對不起，我自作主張。」

聽到她道歉，我有些用力地摸摸她的頭。

「我不在意喔。比起這個，妳在地下城時就開始考慮這件事了嗎？」

回想關於狼的事情，雖然一部分是為了米亞的訓練，不過她有積極狩獵的意圖。

聽到我的問題，光點點頭。

很高興光考慮了許多事情，另一方面感到有點寂寞。

◇◇◇

「這樣呀～小光她～」
由於賽莉絲問起今天成員比平常少的原因，我告訴她昨天發生的事。
賽莉絲聞言臉上浮現驚訝的表情，瞬間露出正在思索的樣子，然後高興地笑了。
表情不斷變化的賽莉絲那種少見的樣子讓我不禁看得著迷，被米亞捏了臉頰。好痛。
「真是的～米亞吃醋了嗎～？不用擔心啦～」
看見米亞的反應，賽莉絲抱住了她。
無視一個人情緒高漲的賽莉絲，希耶爾默默地吃飯。可能是因為光不在，她有點無精打采。
之後賽莉絲恢復冷靜，希耶爾也吃完東西，我們正在悠哉地打發時間——
「小光請假沒來是怎麼回事！」
大喊的蕾拉打破寂靜衝了進來，場面再次變得吵鬧。
我把告訴賽莉絲的事同樣對蕾拉說了一遍，她覺得非常感動，接著又無力低下頭。
「儘管如此……我明明是領主的女兒……」
「這也沒辦法～如果妳做出引人注目的舉動，有人會做出各種猜測～」
賽莉絲像個大姊姊安慰沮喪的蕾拉。
「對了，蕾拉。妳說過下次還要去地下城吧？」

氣氛變得有些沉重，我為了轉換話題發問。

「是呀，我們打算在這次的探索更新到達的樓層。」

「那麼這個給妳。覺得危險時就用吧。」

我把收在道具箱裡的藥水交給她。那是一組以高品質藥水為中心的組合包。

題外話，我在午前也遇見約書亞他們，並送出藥水與魔力藥水組合包。因為之前聽說他們要去探索第十六層。雖然對方推辭不收，我說這是感謝他們照顧的謝禮，把藥水硬塞過去後，他們告訴我如果遇到困難儘管開口，他們會盡力幫忙。

在那之後，蕾拉和米亞一起離開圖書館。

米亞今天似乎也要去神聖魔法研究會。

我原本打算一起去，但被賽莉絲制止了，所以還留在圖書館裡。

「那麼妳要說的事情是什麼？」

「……欸，空。你能幫我一個忙嗎？」

如此說道的賽莉絲浮現前所未有的認真表情。

平常拖長音調的語氣不復見，她以偶爾會展露的認真模樣說道：

「你知道現在地下城裡人很多嗎？還有公會正在推動冒險者去下層狩獵的事情。」

「妳是指素材收購價格上漲的事情嗎？」

「嗯，沒錯。那個……是我為了阻止某件事而請他們這麼做的。蕾拉她們去更新到達樓層，或許也可以說與這件事有關。」

賽莉絲所說的事情讓我一時難以置信。

她說跟聖都曾經發生的魔物潮一樣的現象，也會在地下城裡發生。

魔物遊行……魔物從地下城裡溢出的現象。發生這種現象之後，地下城內的魔物會無視樓層移動，更容易誕生高階種，最終魔物會出現在地面。

瑪喬利卡的地下城入口被屏障等障礙物圍住，通往島嶼的橋設計成開合橋，這都是從過去發生的慘劇當中記取教訓的結果。

「情況大致明白了。可是為什麼現在才行動呢？既然早已知道會發生，我想應該會更早採取對策吧？」

「……其實啊，本來應該還有更多時間。搖晃……用空的世界的語言來說，是叫地震嗎？那就是前兆……」

賽莉絲說她因為聽說氏族之間正在彼此競爭，更新地下城的攻略紀錄，所以感到安心。

然而實際上為了準備更新到達樓層，在下方樓層的狩獵活動整體來說是減少了。

據說如果不狩獵一定數量以上的魔物，地下城將會累積魔力，當魔力達到臨界值，就會發生魔物遊行。

賽莉絲似乎也不確定這是不是真的，不過這種論點是主流看法，實際上魔物遊行據說就是在地下城狩獵量減少時發生的。特別是比起淺層的魔物，狩獵下方樓層出現的強大魔物和頭目，似乎更能有效防止魔力累積。

「妳說得簡直像是親眼看過一樣。」

「……因為我看過好幾次。在這裡以外的地下城也見過……另外魔王的誕生與出現，或許也有關聯。因為也有人說過魔王誕生後，地下城會變得活性化。」

看來各種不利的條件疊加在一起，導致了現在的狀況。

「……那麼妳要我幫忙做些什麼？」

「嗯，希望你也朝下層前進。如果可以在調查下層的同時狩獵魔物，我會很高興呢。」

「這是為了防止發生魔物遊行對吧？」

「沒錯。因為參加的人還是愈多愈好。其實最好的方法是打倒最下層，也就是第四十層的頭目……但是我認為這很困難。」

的確，在不知道頭目是什麼的狀態下進入頭目房間的風險很大。

依照瑪喬利卡的地下城傾向，頭目怪物似乎通常是靠近頭目房間樓層出現的魔物高階種……

嗯？賽莉絲剛剛是說第四十層是最下層？

「打倒最下層的頭目會發生什麼事嗎？」

但是這點太不對勁。因為我聽說【守護之劍】突破第三十五層是最高紀錄。

所以從第三十六層以後應該是未突破的領域，為什麼她會說第四十層是最下層呢？

「地下城的活性化會因此平息。這是最可靠的方法，但我不能強求你做到那種程度。不，假如你打算挑戰第四十層的頭目房間，在行動前一定要先告訴我。所以希望你積極攻略第四十層前的區域。我認為如果有更多人在下層狩獵，就可以爭取時間，也更能讓地下城平息。」

這讓我回想起聖都的景象。當時沒有釀成大事，然而地下城雖然遭到隔離，但卻位於城鎮內部。一定會造成很大的損害吧。

而且要我去地下城並不成問題。因為本來就打算去那裡賺錢和收集素材。

不過比起這個，我更在意賽莉絲的話。她要我在挑戰第四十層頭目房間前告訴她，這種說法讓我感到不對勁。她的口氣聽起來就像知道那裡有什麼一樣。

然而我的思緒，被賽莉絲的下一句話一掃而空。

「因為有米亞她們，我能理解你會感到猶豫。所以如果你答應我的請求，就把這副眼鏡當作報酬給你。」

那是艾麗安娜之瞳。那個對賽莉絲來說應該是很重要的東西。老實說，真不知道她不惜放棄那個，也要找我幫忙的理由是什麼。

「我不能收。而且即使收下了，也未必真的會去地下城吧？」

「呵呵，企圖欺騙的人可不會說這種話。而且地下城卡可以確認你有沒有去地下城，狩獵了什麼魔物，所以沒有問題喔？」

賽莉絲似乎覺得有趣地笑了。

因為至今她的表情都認真得可怕……有種被逼得走投無路的感覺，我有點緊張。看到她的笑容後，緊張感才終於消除。

「總之，事情我明白了。本來就打算去地下城，所以不必給我艾麗安娜之瞳。如果要給報酬，請換成其他東西。而且也不確定能不能到達下層。我想我們只會在能力範圍內進行攻略。」

聽到我的話，賽莉絲彷彿在觀察一般盯著我。

「知道了。我會準備適合的東西。」

我覺得她已經接受我的說法。

「啊！對了～不然用我的吻當成報酬怎麼樣～？」

最後她又恢復平常的調調，開始說出這種話。

撤回剛才的發言。看來她一點沒不接受。

我當然也拒絕了那個提議。儘管話說得語無倫次，但是我盡力了。雖然感覺臉有點發燙，我想那也是錯覺。

◇賽莉絲視角・2

我盯著他離開的門，看了一會兒。

是不是做得有點過火了？我不禁反省。這樣可能也會對不起米亞。

在我說出要把艾麗安娜之瞳交給他的瞬間，他露出為難的表情，先是猶豫了一下，然後告訴我他不需要。

「不過我是認真的呢。」

只要他答應我的請求，把這副眼鏡交給他根本不算什麼。

這個對我來說的確是很重要的東西。毫無疑問是無可取代的東西之一。

然而對我來說，最重要的是這個城鎮。最後的同伴們安息的這個城鎮，才是我的寶物。

我活在與普通人不同的時間裡。目睹了許多人的生與死。每個人都留下我離去。

所以對我來說，同伴只是共度短暫時光的人。

這個認知在遇到那些人以後改變了。

他們開心地歡笑。竭盡全力地生活。我曾以為這是因為他們的生命短暫。

是在和他們相處多久以後，才意識到不是這樣的呢？

我們巡迴許多城鎮，拜訪許多村莊，收到許多感謝，經歷許多爭吵，他們引出了我從未感受過的情緒。

不，是讓我回想起來。那是我以前曾經擁有，後來遺失的事物。

然後我們挑戰了一座位於某個國家，據說難以攻陷的地下城。

那座地下城吸引了許多人，反覆經歷毀滅與重生。

我與同伴們聯手，成功抵達地下城最深處打倒頭目。

在最深處還有一扇類似門的物體，但是經過調查，我們得出那只是裝飾品的結論。因為不管做什麼都打不開，也無法前進。而且在打倒那個頭目的瞬間，腦海中響起一個聲音。

『○○○○地下城已被攻略。』

不只是我，同伴們也說他們都確實聽到了。

還有另一件事，我在攻略成功時受到祝福（詛咒）。這只是我的感想。因為我得到的是半永久的生命。死亡或許總有一天會到來，但我不知道那會在何時，以及是否真的會到來。

這可能是某些人十分渴望的東西，然而對我來說只是祝福。

不過每個人的祝福（禮物）似乎各不相同，同伴們都感到非常高興。

從那個時候開始，那個有地下城的城鎮迎來了和平。至少從我們攻略地下城後直到現在，都不曾聽說那裡發生過魔物遊行。

那是一段輝煌的記憶，也是一段愚蠢的記憶。

我們沉醉於攻略地下城的成就中，以為只要和這群同伴在一起就無所不能。

所以來到這片土地。想再次用我們的雙手攻略尚未有人攻略的地下城。

攻略進行得很順利，雖然花了不少時間，我們抵達了第四十層的房間。我之所以認為那裡是最下層，是因為那個頭目房間裡也有那種裝飾門。

現在沒有那段紀錄，是因為我們的挑戰發生在很久以前，經歷多次魔物遊行的災難後，那段紀錄已經失傳並且遭人遺忘。

但是結果是……我們在那裡失去了一位重要的同伴。不對。是他救了我們的命。

本來是不可能逃出頭目房間的，但是他使用技能只讓我們逃走。

「代替我活下去吧。」

忘不了他最後說的話與笑容。

為什麼他當時會笑呢？可以的話，真想詢問他理由。

是因為他們都是異世界人嗎？我偶爾會把他和空的身影重疊在一起。他正是我的英雄。不，或許應該說是我們的英雄。

在那之後，我們留在他安息的這片土地上防止魔物遊行。當然也有防不住的時候，每次我們都會與蜂擁而來的魔物戰鬥，努力不讓城鎮毀滅。

只是我們再也沒有想過要自己挑戰地下城。

於是就形成了現在的城鎮。

「我提了過分的要求嗎？居然讓空去做我們做不到的事。」

再次想想，的確是如此。

不過與那時候相比，裝備的品質和戰鬥方式都發生了改變。想到這個，我就對現在的孩子們充滿期待。

期待他們達成我們未能做到的地下城攻略。

所以如果有人能抵達第四十層，我會把記錄我們見聞的書交給他們。因為只要知道會出現什麼魔物，應該就能了解要準備什麼東西，以及該如何戰鬥。

不過不知道他們會不會相信這份紀錄。

閒話・3

小盧莉卡的身體狀況恢復，我們經過一個小鎮，抵達普雷克斯。
普雷克斯似乎是以魔導學院和地下城聞名的城鎮，看起來和艾雷吉亞王國的王都一樣繁榮。另外給我的印象是有許多華麗的建築物。
但是我們實際前往冒險者公會時，氣氛卻有些陰沉，缺乏活力。
「感覺和想像中不太一樣。」
我同意小盧莉卡的話。
不過我們在這裡住宿一晚後，隔天就啟程前往阿爾塔爾。
只要抵達阿爾塔爾，目的地瑪喬利卡便近在眼前。
一想到小賽拉正在等我們，心中就騷動不已。應該用什麼表情去見她呢？要和她聊什麼話題呢？只是想到這些，就感到緊張。
「現在就開始緊張，身體會支撐不住喔？」
雖然小盧莉卡這麼說，她的狀態也跟我差不多喔？
然而在我們面前，發生了一個問題。
「無法前往瑪喬利卡？」

據說連結阿爾塔爾和瑪喬利卡唯一一座橋梁崩塌，無法通行。

「該怎麼辦呢？」

「……聽說不知道什麼時候才能通行，或許經由瑪西亞前往瑪喬利卡會比較快？」

「說得也對。那麼我們最好通知賽拉這件事。」

和小盧莉卡商量後，我們決定北上前往首都瑪西亞。聽說瑪西亞也有奴隸商館，所以這並不是壞選擇吧？

不過如果要去瑪西亞，我們手頭的資金不太夠，必須先接一次委託。

小賽拉，距離重逢可能還需要一點時間。

我們在瑪西亞遇到了出乎意料的人。

「嗯？我還在想是誰，這不是盧莉卡和克莉絲嗎？」

「嗯？請問你是哪位？」

「喂喂，我們不是一起接護衛委託嗎？」

「……啊，是哥布林……啊，太近了太近了！」

聽到小盧莉卡的話，賽風先生露出可怕的表情逼近我們。

不過下個瞬間，他就被優諾小姐的鐵錘打中，痛得抱住頭。在他周圍的小隊成員們都無奈地嘆氣。

「真是的，為什麼妳們會記住那個部分啊。」

恢復的賽風先生開口抱怨，但是對不起，我最先想到的也是哥布林的嘆息這個小隊名。

「因為那個名字很有衝擊力吧？」

所以我無法否定小盧莉卡的喃喃自語。

「算了。比起這個，妳們不是去了獸王國嗎？」

「我們在那邊繞了一圈，這次來到這裡。」

「是嗎……這樣啊……」

我發現賽風先生聽到小盧莉卡的回答後，樣子不太對勁。

「發生了什麼事嗎？你看起來突然變得很沒精神。」

我不禁擔心地詢問。

「嗯，不好意思。看到妳們，就讓我想起了空。」

「空呀～他過得好嗎？啊，怎麼了？」

小盧莉卡說得很懷念。

「……妳們不知道也不奇怪。其實在那之後，我們也打算經由南門都市返回王都，在那裡遇見了空。」

「原來是這樣呀。他過得好嗎？」

聽到小盧莉卡的話，賽風先生的表情為之扭曲。

「在那裡……那傢伙單獨接下討伐狼的任務……好像在那裡做出了魯莽的行動。」

「發生了什麼事？」

我害怕繼續聽下去，還是忍不住發問。

「聽說發出委託的村莊被歐克襲擊。為了救出被擄走的村民，他似乎擔任誘餌引開歐克。」

「然、然後呢？」

我的胸口發悶。心跳加速。有種不好的預感。

因為不只是賽風先生，優諾小姐他們也露出痛苦和悲傷的表情。

「不清楚。只是在歐克的屍體旁邊，找到了那傢伙用過的斷劍、公會卡與染血的長袍。啊，妳還好嗎？」

……我的腦袋變得一片空白。只希望這是謊言。

「克莉絲，妳還好嗎？」

「嗯、嗯。那麼，有進行搜索嗎？」

我努力對著擔心我的小盧莉卡撒謊。我一點也不好。

「嗯，聽說那邊的村民有委託其他冒險者搜索。但是既沒有找到倖存的歐克，也沒找到空。而且糟糕的是，那個，空所在的森林也有問題。聽說有人看到魔人從森林上空飛過。」

「魔人！」

那是被稱為魔王先鋒的存在。憎恨人類，有軼聞稱其所經之處，甚至連骨頭都不會留下的殘忍存在。

「啊，妳太大聲了。」

「對不起。更重要的是魔人是怎麼回事？」

「妳沒聽說嗎？有人在南門城市附近目擊到魔人，實際上有很多騎士和冒險者被殺了。」
「是、是這樣嗎？」
我第一次聽說這件事。小盧莉卡也很驚訝。
「嗯，所以空說不定也……他們是這麼推測的，搜索也中止了。」
「是嗎……嗯，我知道了。謝謝你。」
「不必客氣。還有，那個，妳們別想太多喔？做這種行業的，像這種情況是很常有的事。」
「……嗯。那麼賽風先生你們要去哪裡呢？」
小盧莉卡和賽風先生交談時，我幾乎沒有說話，沉默地聽著兩人對話。
腦中還亂糟糟的，無法理清思緒。空……死了？
「嗯，我們打算去普雷克斯。優諾有個熟人在那邊，我們打算進入那裡的地下城。」
「這樣呀。請多小心。」
「喔，妳們也要小心。那麼，保重啊！」
賽風先生他們離開了。
「……他們走了。比起這件事，克莉絲，妳真的沒事嗎？」
「我沒事。嗯，我、我很好……」
「真是的，妳根本一點也不好。總之今天先休息吧。」
「……嗯。」
我還是瞞不過小盧莉卡。

不過只有一件事。聽說沒有找到空的屍體。
所以他有可能還活在某個地方。我這麼想著，決定使用空給我們的魔道具。
空說過只要使用魔道具，就能知道他的所在地。
我告訴小盧莉卡這件事後，我們決定立刻試試看。
那時候的小盧莉卡……不，沒什麼。
然後我們住進旅館，我在盧莉卡的注視下使用魔道具。
結果是……沒有反應。
那一天，很久沒哭的我哭了。踏上尋找姊姊和小賽拉的旅程時，我下定決心要變強，然而淚水止不住地流下。
小盧莉卡與他們靜靜地安慰我。
只有今天，請原諒弱小的我。
從明天開始……我會繼續努力的。

第7章

「我們從明天起要再次進入地下城。但還有狼需要解體，你們可以過來工作。這段期間這位伊蘿哈小姐會照顧你們。伊蘿哈小姐，拜託妳了。」

雖然他們見過幾次面，覺得應該沒問題，不過還是安排伊蘿哈和諾曼見面。

「空先生，我知道了。」

我也說了一些我不在的期間需要注意的事情。

由於優先為狼放血，這部分的作業已經結束。接下來是狼肉的保存方法。我告訴他們直接放回收納屍體的冷藏庫即可。這是我為了去地下城匆忙建造的，確認過功能沒有問題。

再來等到完成工作後，向伊蘿哈領取當天解體報酬的狼肉和工資就結束了。

孩子的成長很驚人，他們迅速吸收技術。雖然剛開始解體時動作生疏，現在已不需要光的指示也能完成。當然了，他們的技術還稱不上很好，但是我認為足以達到及格水準。一定比我更厲害了。

處理完這些事以後，我和光她們一起檢查攜帶物品，確認這次計劃攻略的第四層和第五層。

「空，這個只要戴在身上就行了嗎？」

「對，我想這樣就會發揮作用。如果妳不放心，出去外面試著確認一下如何？」

「嗯，我去試試看。」

米亞裝備具有夜視效果的魔道具，走到庭院做確認。

「感覺怎麼樣？」

「遠處感覺還是有點暗？不過有了這個，即使到了晚上也能行走。」

「若是可以，晚上還是會想休息。」

米亞聽到我的話也加以附和：「對啊。」

這是為了探索第五層所做的準備。我也給了光和賽拉同樣的魔道具。雖然光應該沒問題，為了保險起見，還是讓她帶著。

其實還想準備更高性能的裝備，但是購買的人很多，已經銷售一空。

也考慮過要不要準備賦予我的夜視技能的裝備，但是手頭的魔石無法製作高性能的魔道具，所以放棄了。還有經由賦予施加效果的物品，光是戴在身上沒有效果也是問題。無論如何都得做成眼鏡型。

「欸，空。如果去了第五層，還是要找藥草嗎？」

「如果那裡有藥草，我會想採集。不過得先找樓梯。」

「呵呵，有空的那個技能，應該可以輕鬆找到吧？」

「誰知道呢。聽說第五層空間廣闊，假如運氣不好，一般需要花費十天以上的時間。」

約書亞說到這件事時，眼神毫無生氣。他說他們在第五層也遇到困難，第十五層尋找樓梯時也費了一番工夫。

「而且小光也非常期待喔。」

「是這樣嗎?」

「嗯,她看著資料,說有想吃的果實喔。還說過那裡有想打倒的魔物?她好像聽別人說過那種魔物的肉很好吃。」

真的很有小光的風格——米亞笑著說道。

這點我也萬分同意。

「那麼我們可得努力探索才行。然後順便也採集藥草吧。」

「空很喜歡採集藥草呢。」

「聽說藥水的價格也漲價了。身為商人,我認為這是賺錢的好時機。不過,那個……妳就這樣跟著我們去地下城,沒問題嗎?」

「嗯,我也想賺錢。而且我接受特麗莎他們的教導,能做的事情也變多了。」

她最近這陣子的確經常參加神聖魔法研究會。

而且上次去地下城,米亞的等級也確實提升了。雖然等級並非一切,但還是愈高愈好。

【名字「米亞」　職業「債務奴隸」　Lv「9」　種族「人類」　狀態「——」】

「欸,空,我們再一起回到這裡吧。」

「嗯,是啊。」

「啊，對了，你最近看起來很忙，向學園報告了嗎？之前特麗莎曾在即將去地下城前，慌張地吵著她忘了寫計畫表。」

「計畫表？上次去交計畫表時，老師對我說我們不用交也沒關係，所以我沒有交。」

「是嗎？」

米亞好奇地詢問，於是我把上次在學園聽到的事情告訴她。

和米亞分開回到自己的房間後，我也開始為地下城之行做最後確認。

明天要去的是第四層。根據資料的記載，狼基本上會以五頭為一組出現。

即使在第三層也會有幾隻哥布林同時出現，但是牠們的行動緩慢，處理起來相對簡單。

可是狼的動作很敏捷。考慮到光和賽拉的實力，我不認為會有狼跑到後方，不過考慮到往後的情況，我打算學習新技能。

NEW

【挑釁Lv1】

技能效果是吸引目標的注意。這不僅限於魔物，對人似乎也有效。

這樣在魔物跑到後方或是戰況變成混戰時，應該可以把魔物的注意力吸引到我這邊，保護同伴……主要是米亞。

不過技能等級低的時候，效果的作用範圍很小，而且對某些對手也沒有用。

看來只能靠多次使用提升熟練度升級了吧？用技能點數來升級太浪費，除了緊急狀況外，不想採用那個方法。

順便也確認一下狀態值相關資訊吧。

「開啟狀態。」

姓名「藤宮空」　職業「探子」　種族「異世界人」　無等級
HP440／440　MP440／440　SP440／440（＋100）
力量……430（＋0）　體力……430（＋0）　速度……430（＋100）
魔力……430（＋0）　敏捷……430（＋0）　幸運……430（＋100）

技能「漫步Lv43」
效果「不管走多少路也不會累（每走一步就會獲得1點經驗值）」
經驗值計數器　756177／770000
技能點數　2

已習得技能
【鑑定LvMAX】【阻礙鑑定Lv3】【身體強化Lv9】【魔力操作LvMAX】【生

活魔法ＬｖＭＡＸ】【察覺氣息ＬｖＭＡＸ】【劍術ＬｖＭＡＸ】【空間魔法ＬｖＭＡＸ】
【平行思考Ｌｖ８】【提升自然回復Ｌｖ９】【遮蔽氣息Ｌｖ８】【鍊金術ＬｖＭＡＸ】
【烹飪ＬｖＭＡＸ】【投擲・射擊Ｌｖ６】【火魔法ＬｖＭＡＸ】【水魔法Ｌｖ６】【心電感應Ｌｖ８】【夜視Ｌｖ９】【劍技Ｌｖ５】【異常狀態抗性Ｌｖ５】【土魔法Ｌｖ９】【風魔法Ｌｖ６】【偽裝Ｌｖ７】【土木・建築Ｌｖ８】【盾牌術Ｌｖ４】【挑釁Ｌｖ１】

高階技能
【人物鑑定Ｌｖ８】【察覺魔力Ｌｖ７】【賦予術Ｌｖ７】【創造Ｌｖ３】

契約技能
【神聖魔法Ｌｖ３】

稱號
【與精靈締結契約之人】

漫步的等級沒有改變，所以不能更換職業，不過我本來就覺得不需要換掉探子。

關於技能方面，由於在模擬戰鬥當中積極使用，所以盾牌術升級了，創造技能的等級則因為製作各種道具而上升。

「為了諾曼他們，這次再多狩獵一些狼吧……」

我一邊想起前所未有地充滿幹勁的光，一邊決定上床睡覺，為明天做準備。

◇◇◇

我們來到地下城地區走了一段路後，便遇見諾曼他們。

他們知道我們今天要進入地下城，所以似乎是來送行的。

特別是光和賽拉，受過她們關照的孩子很多，正在聊什麼事情。

光似乎說了什麼話，孩子們便發出歡呼，她說了什麼呢？

「那麼，大哥哥也要小心！」

與第一次見面時相比，他的氣色好多了。我覺得他還稍微長胖了一點。不只是諾曼，其他孩子們也是如此。

之後，我們在冒險者公會讓賽拉確認有沒有消息，結果收到兩則來自盧莉卡的傳話。

一則是她的身體狀況已經恢復並繼續啟程，抵達普雷克斯。

另一則是她們雖然抵達阿爾塔爾，由於橋梁崩塌，通往瑪喬利卡的道路被封鎖，因此要經由首都瑪西亞前往瑪喬利卡，需要花費一些時間才能抵達。

「我想我們應該會比她們先回來，還是留話給她們吧。另外，因為伊蘿哈小姐他們不認識兩人，先寫一封信證明她們是我們的熟人，讓她們即使我們不在時也能夠住下吧。」

這樣便沒有遺漏的事情了吧？

進入地下城和上次一樣需要排隊。

排隊時聽到周圍的對話，從出現的魔物名字判斷，在第十六層到第十九層狩獵的人似乎很多。其中還有人說要挑戰第十層的頭目房間。

然後輪到我們。跟上次一樣，公會人員在石碑旁待命。

「目的地是……我明白了。那麼請注意安全。」

我們用地下城卡登記小隊後，這次移動到第四層。

「那由我先走吧。」

走下樓梯移動到第四層後，石造通道在我們眼前展開。

我等待一會兒後，光她們也來了。正想著要開始探索之時——

「主人，你不換上面具嗎？」

聽到光的提醒，我發現自己還戴著眼鏡。

其實保持這樣也無所謂，但是戰鬥時不知為何還是戴上面具打起來比較輕鬆。即使視覺的感受沒有差異，真是不可思議。

我換上面具，再次邁步向前。

第四層出現的魔物是狼。不過與第二層的差異在於第二層的狼單獨行動，但這裡的狼會以五頭為一組行動。

「先按照基本戰術行動，觀察情況。因為雖然數量變多了，通道寬度並不寬。我想看看狼會採取什麼戰鬥方式。」

儘管如此，我目測通道的寬度比上一個樓層寬了五十公分。看來愈是深入下層，不只樓層面積會擴大，通道的寬度也會確實變寬。

於是我們與狼展開戰鬥，狼以各種戰鬥方式來襲。有時占滿整個通道排成一列出擊，有時製造時間差聯手發動攻擊。

問題是光和賽拉太強大了，狼完全不是她們的對手。沒有任何一頭狼跑到在後方待命的我們這邊。

「我知道她們很強，可是居然這麼強……」

她們戰鬥的身影讓米亞有點沮喪。即使同時對付五頭狼，她們一點都不覺得棘手。

總之我拜託兩人，放了兩頭狼過來。

看見兩頭狼同時衝過來，米亞顯得有點緊張。不過在我牽制一頭狼展開戰鬥後，她也明白只要對付一頭狼就行了，能夠以平常的方式應戰。

「啊！」

然後在打倒狼的瞬間，米亞放聲大喊。

「怎麼了？」

「啊，嗯。我好像學會魔法了？」

為什麼是疑問語氣？

根據米亞的說明，打倒狼的那一瞬間，神聖箭的意象突然湧入她的腦海。
半信半疑的米亞詠唱「神聖箭」，閃耀的白色箭矢從她手中射出，撞擊牆壁後消失。
「米亞姊姊好厲害！」
「真的呢。」
「喔，米亞，很厲害嘛。」
米亞對於自己施放的魔法感到驚訝，但在聽見我們的讚美後，高興得跳了起來。
不過，突然學會魔法……我試著對米亞使用鑑定。

【名字「米亞」 職業「債務奴隸」 等級「10」 種族「人類」 狀態「——」】

於是看到米亞的等級升了一級。這是因為等級提升，所以學會新魔法嗎？
「那個，空。我想試試對魔物使用這個。」
按照米亞的希望，我們下一次遇到狼時，米亞在牠們靠近前用神聖箭發動攻擊。閃耀的白色箭矢飛向狼。
狼似乎做出閃避動作卻來不及躲開，被閃耀的白色箭矢貫穿。之後光與賽拉打倒了三頭，剩下一頭衝向我們這邊。米亞對那頭狼再次射出神聖箭，輕鬆將其打倒。
確認狼倒下後，米亞用力吐出一口氣。
「還是不行呢，和魔物拉近距離時我會有點緊張，沒辦法順利施法。」

雖然米亞這麼說，從旁邊看起來倒是沒有什麼問題。

「因為我的手在發抖。必須做到能像呼吸一般自然使用……」

米亞說如果施法失敗，就會在毫無防備時遭魔物攻擊，所以她想做到可以一邊施放魔法一邊防禦。

這方面取決於練習的成果。

哎呀，也得確認一下我的技能。

當我試著使用挑釁技能，原本跟光和賽拉戰鬥的狼轉向我，看來是有效果的。

可能是等級還偏低，距離超過三公尺就沒有效果。

「主人，對我用那個技能試試看。」

因為光的要求，我試著使用技能——

「有種戰慄的感覺。」

她說。

「有變得在意我嗎？」

聽到我這麼問，光不解地偏頭。

技能效果似乎也與對象的強度有關，看來對光沒什麼效果。順帶一提，賽拉也說：「沒有。」但米亞不知為何臉頰泛紅地說道：「或、或許有變得在意？」

每次使用挑釁都會消耗ＳＰ，不過技能升級後效果似乎會增強，有效射程範圍也會擴大，我想在這次的探索中多多使用它。因為不管成功與否，只要使用就能提升熟練度。

之後我用創造製作的類似時鐘的東西顯示午餐時間到了，所以我們吃了午餐，這次花費一些時間在第四層到處行走。一方面有著要狩獵狼以供解體，另一方面也是在尋找有沒有寶箱。

因為第一次探索時幸運地發現了寶箱，所以我們期待這次也會如此。

然而遺憾的是即使走遍所有通道，都沒有找到寶箱。

「唔，真可惜。」

「再去別的樓層尋找就行了。」

「沒錯，我覺得寶箱就是因為無法輕易找到才珍貴。」

兩人和一隻安慰沮喪的光。

光聽到兩人的話似乎再次恢復幹勁。她也向希耶爾道了謝。

結果那一天我們在第四層露營，隔天不到中午便抵達通往第五層的樓梯前方。

因為在第四層打了很多狼，米亞似乎學會新的神聖魔法「保護」。雖然想試著使用，但是我們都不想故意挨打來確認魔法的效果，於是決定在下次模擬戰鬥時嘗試使用。

然後在前進下一層前吃完午餐，登記卡片後進入第五層。

◇◇◇

「喔喔～」

保持警戒進入第五層，面前的景色讓我不禁發出感嘆。

據說第五層是有大片草原和森林的區域。

即使知道這點，走過崎嶇的石地板，前方突然轉變為豐饒的大自然風光，感覺只能用不可思議來形容。還能看見遠處有煙霧升起，難道這裡也有溫泉之類的嗎？啊，不過資料上沒有這種記載，那個究竟是什麼呢？

這個樓層最大的特徵，就是和外面一樣有日夜變化。

對於來自外地的冒險者而言，這是理所當然的事情，然而那些在瑪喬利卡出道，只知道地下城的冒險者之中，聽說有不少人對此感到困惑。另外，即使這樣容易判斷現在大約的時刻，但是氣溫也會變化，聽說也有人為此感到困擾。

不過只要進入森林就可以立刻取得木材，用來生火取暖。對於不熟悉外面的冒險者來說，由於沒有這種經驗，他們似乎不喜歡像第五層這樣的樓層。

那也是約書亞他們不擅長應付這種樓層的原因之一。

「既然這樣，為什麼……」

我打開ＭＡＰ，不禁脫口而出。

在顯示的ＭＡＰ上，在可見範圍內至少有將近二十人的反應。而且集中在相對接近入口的地點。進一步對ＭＡＰ注入魔力擴大範圍，發現遠處也有許多人的反應。

突然對一件事感到在意，於是注入魔力持續擴大ＭＡＰ。到第四層為止，我不需要做到這種程度也可以理解ＭＡＰ的全貌，但是到了第五層無法立刻看出來。

持續擴大ＭＡＰ，終於顯示了牆壁的盡頭……根據ＭＡＰ的擴大程度來看，即使我不睡覺持

續走路，也需要花上一整天才能從這一端走到另一端。坦白說，這裡的面積變大到第四層根本無法相比的程度。

「空，怎麼了？」

「嗯，看來附近好像有人。」

「嗯，在那邊。」

光指出的方向的確有人。

「我看是來採藥草的吧？藥草的收購價格也上漲了。」

正如同賽拉所說，並非沒有這種可能性……可是還有其他的反應。

當我們談論這件事的時候，有一個人離開那個團體朝這裡走來。

是來偵察的嗎？應該保持警戒嗎？

當我們舉起武器等待，對方看到後表現出無意抵抗的姿態，慢慢地走近。

「呃，你們是學園的學生吧？難道也是接了委託過來的嗎？」

「……委託？」

「怎麼，不是嗎？那麼你們為什麼能過來這裡……總之先跟我走吧。詳細的說明還是由隊長告訴你們比較好。」

我們互相看了一下，便跟在那位冒險者後面。行動時保持警惕，以便應對任何情況。

在他帶我們前往的地方，遇到上次進入地下城前找我攀談的長相凶惡男子。

「嗯？怎麼，是那時候的面具小子嗎！啊，你們為什麼會在這裡？這個樓層應該禁止無關人員進入啊？」

他的名字叫佛瑞德。據說是在這個城鎮出生長大的冒險者。順帶一提，他似乎沒上過瑪基亞斯魔法學園。

回到正題吧。根據佛瑞德的說法，目前有人在這個樓層目擊狼的高階種——暗狼。由於在上層樓層活動的人與低階冒險者無法對抗，所以組成了接受公會委託的討伐隊。

當時其他人被禁止前來這個樓層……但是公會人員什麼也沒提過吧？

「唉，總之這裡很危險。我們正要確定那傢伙的位置，過去討伐牠。小子……空你們就回去吧。考慮到參加的陣容，我認為討伐不會失敗，但是跟魔物的戰鬥沒有什麼是絕對的。」

他說狩獵暗狼應該輕而易舉，然而如果牠在負傷時逃跑，將會變得很麻煩。當然了，他們會包圍暗狼讓牠無法逃脫，但是依照地形而定，不能保證萬無一失。

「明白了。那麼我們先回去一趟。」

「喔，這樣最好。別擔心～馬上就結束了。你們等到解決後再過來就行。」

佛瑞德豪爽地笑了，他留下幾名同伴，朝我方才看到的煙霧方向走去。

據說那是前往偵察的人們發出的信號，雖然不在這裡，第五層似乎已經有人數與這裡差不多的冒險者為了討伐暗狼展開行動。

看來擴大後的ＭＡＰ上顯示的那些位於遠處的反應，就是屬於佛瑞德的同伴們。

「主人，要回去嗎？」

「嗯，因為很危險。而且先回去一趟把狼放下來也不錯吧？」

聽到我的話，光點點頭。

在我的道具箱裡，裝著將近三百頭在第四層打倒的狼屍體。

這代表我們就是遇到這麼多狼，但是無法判斷平常走遍第四層每個角落就能狩獵到這個數量，亦或是賽莉絲所說的異常狀況。

「回去以後，最好找人問問看吧。」

如此心想的我正要走進入口的樓梯，卻突然撞到頭。雖然不痛……不過這是怎麼回事？

「主人在做什麼？」

「不，好像撞到什麼東西……」

朝著眼前伸出手，掌心傳來彷彿碰到牆壁的觸感。

看到我不可思議的行動，光也模仿我伸手——

「有牆！」

她驚訝地大喊。

在那之後，我們試著觸摸各處，彷彿有一面看不見的牆堵住通往樓梯的入口。

「我、我們被困住了嗎？沒問題吧？」

米亞不安地抓住我的手臂。

我似乎也有點失去冷靜。不過看到不安的米亞，感覺大腦漸漸冷靜下來。

「……先回去剛才那些冒險者所在的地方吧。他們有幾個人留下來，可能有人了解情況。」

「嗯、嗯。沒錯。你說得對呢。」

我們在不明就裡的情況下折返，這次換成留下的冒險者們感到驚訝。

「你們不是回去了嗎？」

我向困惑的冒險者說明理由，但他不肯相信。結果我帶著那個人再度回到入口。

「真的假的……」

在確認那個情況的瞬間。冒險者感到驚訝、困惑，並且露出焦慮的表情。

他反覆大口深呼吸好幾次——

「沒事的。沒問題。沒問題。」

並且這麼喃喃自語。看起來完全不像沒事的樣子喔？

注意到我們困惑的目光後——

「我先回去一趟。或許最好報告一下。」

他說完話便迅速走回留下的人們那邊。唯獨這個時候，我也跟在後面跑過去。

然後那位冒險者和同伴會合並講了兩、三句話，拿出地下城卡對著卡片說話。

「緊、緊急情況。這個樓層……可能變成……頭目房間了。」

◇◇◇

頭目房間。這讓人聯想到的打倒頭目之前無法離開房間的設計。

「沒、沒事的。雖然不知道原因，只要討伐屬於高階種的暗狼應該就能解決。」

與同伴們的對話結束後，那位冒險者可能是為了讓我們安心，走過來如此說道。

「畢竟聚集在這裡的人之中有好幾位B級冒險者嘛。嗯？我是C級喔。」

見他說得如此自豪，卻被周圍的人取笑：「剛晉級的別講得那麼了不起。」

看到他們的互動，米亞覺得很有趣地笑了。彷彿是要藉此分散不安的心情。

「別擔心。B級就和蕾拉她們同級，暗狼不是他們的對手。而且如果不行，我會解決牠。」

像是要鼓勵米亞，賽拉揮舞著斧頭說道。

據說她實際上曾在黑森林打倒暗狼。

聽到斧頭「咻！」的一聲響亮地劃破空氣，冒險者們渾身發抖，這樣沒問題嗎？

「那麼妳要休息一下嗎？還是要去幫忙？」

「喂喂，小子。交給我們就行了。」

當我詢問賽拉要不要參加討伐時，冒險者們連忙阻止。

他們說原本就有作戰計畫，外人隨便插手會造成干擾。這麼說來也有道理？

「不過你們還真倒楣。居然在這種時候來第五層。」

「這個樓層有什麼問題嗎？」

「老實說，我不擅長應付這裡。」

「你不是說不只這裡，第十五層也不行嗎？」

「你還不是一樣！」

兩個人豪爽地大笑，聽說他們也是在這個城鎮出生長大，成為冒險者。

因此無論如何都不擅長應付第五層這種原野型的樓層。

「因為啊，在這種樓層得對所有方向都保持警戒吧？而且晚上很冷。真讓人受不了。為了這個還不得不購買魔道具。」

就算你向我抱怨，我也很為難。

「小伙子你們怎麼樣？啊，因為是第一次不了解吧？」

「我們沒有問題。因為以旅行商人的身分徒步旅行，或許反倒更喜歡像這樣的樓層。」

從戰鬥的便利性來說，地下城的通道的確可能更輕鬆。

但是這種自由感更加舒暢，能讓心靈得到休息。晚上只要生火就不成問題，在森林裡也能獲得當作火種的木材。警戒魔物方面也是，因為我有技能，所以能夠應對。

而且以MAP來看，由於樓層面積廣大，可以看到有魔物與沒有魔物的區域有明確的劃分。

雖然魔物的活動範圍可能會隨著時段改變，但是只要注意應該就沒有問題。

「不過各位為什麼沒有一起去討伐，而是留在這邊呢？」

「喔，我們就像是發生意外狀況時的聯絡員。儘管報酬比實際戰鬥的部隊來得少，還是會發放參加費。只是……」

這次就發生了意外狀況，卻無法與外界取得聯絡，他們正在頭痛。

結果那一天佛瑞德等人似乎花了很多時間前往目的地，通知他們明天早上執行作戰計畫。

目的地距離的確相當遠，我認為這也是無可奈何。

向他們報告這邊的情況後，得到的答覆是要我們繼續等候。

暗狼的討伐作戰似乎終於要開始了。

為了調查討伐的狀況，我注入魔力擴大MAP的顯示範圍。仔細注視MAP，看到反方向的邊緣有類似入口的標示。那是通往第六層的樓梯嗎？

再次確認，魔物的數量並不多？不，純粹是因為MAP變大才讓我這麼覺得。數量……計算起來很麻煩，下次有機會再說吧。

值得關注的還是冒險者們聚集的地方。他們像描繪圓形一樣包圍目標，同時慢慢縮小範圍。行進路線上的魔物標示陸續消失。據說同種族的低階魔物會聚集在高階種周圍，那些或許是狼。

在他們的前方有一個特別大的反應。這就是高階種的暗狼嗎？

周圍有一群較小的反應，集體開始行動。

被群體襲擊的冒險者們勉強抵擋並進行反擊，一隻又一隻確實狩獵魔物。

看來戰鬥正按照當初的計畫，在占有優勢的狀況下進行。

然而，當那個巨大的反應……暗狼開始行動，情況發生轉變。這次換成冒險者的反應一個又一個從MAP上消失。而且牠攻擊的不是附近的人，而是遠處的人。

戰況明顯陷入劣勢。彷彿要證明這一點，眼前的冒險者做出慌張的動作。

他的臉色發白，從旁邊看來好像在自言自語，但大概是在使用卡片的通訊功能對話吧。

「不是暗狼？不然是什麼！」

他忍不住大聲喊叫。

不久後討伐隊在ＭＡＰ上開始潰敗。冒險者們四散奔逃。

成為攻擊目標的冒險者反應在一瞬間消失，但還是有人倖存下來。看來他們沒有聚在一起逃跑這點發揮了作用。雖然對犧牲的人過意不去，這種情況或許應該慶幸沒有全軍覆沒。

「我知道了。嗯，不要緊嗎？……佛瑞德他們似乎要回來這邊。看來有很多人受傷了。不好意思，你們有帶治療藥水嗎？」

「嗯，有帶喔。」

「這樣啊。我們也有攜帶，如果不夠用，希望能賣給我們。看來傷亡非常嚴重……」

我在一定程度上已經從ＭＡＰ看到，所以知道狀況。

可是在分開時，佛瑞德說過討伐很簡單。討伐失敗代表發生了出乎意料的事。對了……

「剛才你好像提過那不是暗狼，討伐目標有問題嗎？」

「……嗯。佛瑞德在戰鬥前似乎也沒有發現。看來出現在這裡的高階種才不是什麼暗狼……而是影狼……」

影狼。記得在學園裡的魔物圖鑑上看過。

在狼系高階種裡也算是特殊的魔物。會操縱影子進行攻防，物理攻擊與魔法攻擊都對牠難以生效，相當棘手。

但是威脅程度的評價並不算高。這是為什麼呢？因為影狼有致命的弱點。

由於影狼對神聖屬性很弱，只要準備神聖屬性的裝備，就能輕易狩獵。不過影狼的體能比狼更加優秀，覆蓋全身的毛皮硬度也有所提升，所以需要具備一定的實力和裝備……

逃離影狼的人們在日落前陸續來到我們等候的地點。其中也有佛瑞德的身影。

他們大都負傷，累得筋疲力竭。似乎是一路跑回來的。裝備也破破爛爛，有一些已經無法發揮原本的用途。身上留下傷痕，想必是因為治療藥水已經耗盡。

「天、天啊！」

米亞開始對受傷的人施放治癒魔法，治療他們。

受到治療的冒險者們開始表達謝意。我也沒有旁觀，一同施放治癒治療傷患。即使是米亞也無法自己治療這麼多人。不對，因為不知道會發生事，這是為了不讓她耗盡所有魔力。

不過即使同樣施放治癒魔法，我得到的感謝卻沒有米亞那樣熱烈。為什麼？

嗯，我重新振作精神，開始下一個工作。那就是準備食物。差不多到了吃晚餐的時間。佛瑞德他們吃保存食品。然後我們吃起料理。

於是有無數渴望的目光投向我們。一定是因為光吃得津津有味。他們肯定是被那個笑容吸引了。真是個罪孽深重的孩子。

那邊的大叔，口水流出來嘍？肚子發出的咕嚕聲就不能控制一下嗎？

光突然站起來，小碎步走到佛瑞德身邊。

她在那邊和他說了些什麼，然後走回來對我提出請求。

「主人，幫他們做些料理。」

那句話使得冒險者們的目光同時注視我。總覺得那些泛著血絲的眼睛很可怕。米亞差點發出驚叫喔？

「知道了……即使味道不合胃口，我也不管喔？」

我從道具袋……實際上是道具箱拿出裝在保存容器裡的食材，做了串燒和湯。看來第五層的地面和外面一樣，可以使用魔法整理地面，不過這次我用收進道具箱裡的道具整備烹調場地。

我做的料理接二連三地進到佛瑞德他們的胃裡。光也不甘示弱地要求再來一份。不能吃東西的希耶爾躺在米亞的膝上生悶氣。

用餐結束後，明顯的變化就是我和佛瑞德他們說話變得隨意，改用普通的語氣交談。

「你說話可以隨意點。聽到別人用那種客氣的語氣跟我說話，會覺得很不自在。」

雖然你這麼說，但是你們和米亞說話的時候，語氣卻變得畢恭畢敬耶？

沒錯，有人開始崇拜米亞。只因為她治療了傷勢就這樣，未免太誇張了。還有一些人稱呼她為女神大人，真的沒問題嗎？

「那麼實際上有辦法討伐影狼嗎？而且我們無法移動到其他樓層，是不是沒打倒影狼，就無法離開這個樓層？」

我向佛瑞德詢問在意的事情。

他的回答非常簡單，是「無法打倒牠」與「這種可能性很大」這兩句話。

無法打倒影狼的原因，是因為有可能打倒牠的那些人已經先被殺了。

「聖屬性的武器對暗狼有效。所以有幾個人攜帶了。」

據說影狼使用牠的能力之一，影奔——在影子之間瞬間移動的能力突然襲擊，殺死了神聖魔法的使用者。接著是攜帶聖屬性武器的三個人被殺，當時在附近的聖水持有者也喪命了。

他們回來時有很多人受傷，一部分原因是藥水用完了，但是神聖魔法的使用者遇害似乎也造成很大的影響。

「那麼我們只能留在這裡嗎？」

「……嗯，如果我們沒有回去，公會一定會發現出了什麼事。只是這裡空間廣闊，公會可能也不認為我們能馬上找到高階種。所以救援最快大概也要……最好估計十天左右才會抵達。考慮到準備工作之類的，可能還會更晚。」

「在這段期間的食物夠用嗎？」

「……有保存食品。」

那種硬擠出來的聲音不太妙喔？

「……我們在第四層狩獵了狼，如果你們可以解體那些狼，我會做成料理。」

你這麼淚眼汪汪看著我，我也很傷腦筋。

「還有最後一個問題。你認為影狼會過來這裡嗎？」

就我從MAP看到的，那個巨大反應沒有動靜。

「不知道。不過最好保持警惕。我們會負責守夜。空你們好好休息。」

「……不，佛瑞德你們先休息吧。以你們的狀態也沒辦法好好守夜吧。」

實際上佛瑞德他們進食後雖然看來恢復了一些體力，但是他們逃跑了一整天，明顯已經累積不少疲勞。

結果，那一天決定由我們四人和留在這裡的冒險者輪流守夜。

決定之後，佛瑞德他們就像斷線一般沉沉睡去。雖然鼾聲很吵，應該不會引來魔物吧？

我確認入睡的冒險者後，一邊拿食物給希耶爾吃，一邊和米亞交談。

如果能用賦予術把神聖魔法附在武器上，情況將會有所不同，但是我仍然做不到這一點。這是因為我會的神聖魔法直到現在都只有治癒嗎？果然只能寄望於米亞的神聖魔法的可能性了。

因為記得聽米亞說過，在神聖魔法當中有可以精煉聖水與賦予武器神聖屬性的魔法。

「你是指祝福對吧？」

然而米亞還不能使用。目前的等級是13級，她說在升級時學會了保護魔法。

那麼只要提升米亞的等級，總有一天也能學會祝福魔法嗎？

根據佛瑞德的說法，儘管神聖箭可以對影狼造成傷害，然而即使是經驗豐富的神聖魔法使用者，可能也很難用神聖箭打倒影狼。因為這需要命中影狼十幾次，而不只是一、兩次。

由於影狼的行動速度遠比狼快得多，根據我聽到的說法，認為米亞很難命中牠。我不露痕跡地詢問佛瑞德他們是否能困住影狼，他們回答以現在的裝備沒辦法做到。

這樣一來，光靠米亞一個人的力量無法打倒影狼。需要用祝福來強化戰力。

◇◇◇

第二天早上，我們決定慎重起見，決定移動位置。

「要進入森林嗎？」

我對那個提議感到驚訝。因為狼類生物在印象中，是在森林中更能發揮本領的類型。

「不知道待在哪個地方比較好，只是我們在平地上根本不是牠的對手。而且這裡剩下的人，大部分都是逃進森林裡才活下來的。」

佛瑞德如此說道。

經歷過一場戰鬥的眾人點頭同意他的話，沒有人反對。

的確，在資料上也沒有任何在森林或在草原戰鬥的記載。即使如此，隨便輕信這些或許也很危險。單純以印象來說，森林裡能產生影子的東西比草原來得多。考慮到這一點，影狼在森林裡能進行影子移動的地方更多，想找到牠會很困難。

不行。思考這些也沒用。

現在要做的是一邊注意ＭＡＰ觀察影狼的動向，一邊確保安全地帶。如果有藥草，我會想要採集。這樣就可以製作藥水，補充存貨。

因為佛瑞德他們用完了攜帶的藥水，我把我的藥水給他們，手頭已所剩無幾。

「嗯，有魔物。」

光的一句話，讓現場掠過一陣緊張。

那是……血蛇。看到牠的瞬間，我感到佛瑞德他們的緊張為之放鬆。應該是因為不是影狼鬆了口氣吧。

血蛇看見我們後，發出獨特的叫聲襲來。

我們在某種意義上是個臨時組成的團體。我這個旅行商人和負責治療的米亞被安排在團體的中央以便於保護，其他人隨意站在我們周圍……不過魔法師們站在內側，這代表不是什麼都沒考慮吧？

戰鬥一開始是劣勢。不如說冒險者們的實力比想像中還弱。雖然他們的傷勢已經痊癒，或許是逃跑時留下的疲勞尚未消除……

一個冒險者被血蛇一擊打飛並受到追擊。佛瑞德他們過去支援，但動作太慢來不及趕上。由於他們怕我有危險，把我安排在後方，這個距離我也無法及時趕到。想使用魔法也卻被佛瑞德他們擋住不能施放。就算想使用挑釁試圖吸引血蛇，可惜牠在射程範圍之外。

糟了。每個人都冒出這個想法。

但是那位冒險者沒有被血蛇的毒牙撕裂。

因為賽拉從側面接近，一刀解決牠。頭部和軀體分家的血蛇化為一堆沉默的肉塊。

雖然還有幾條血蛇，也都因為光和賽拉的活躍完全消滅。

「這一帶沒有魔物了嗎？」

「嗯，沒有。」

自從那次以後，光和賽拉的聲譽暴漲。

他們知道光有探索類的技能後，就會徵求她的意見，並且開始稱呼賽拉為大姊頭。雖然當事人明顯露出厭惡的表情，他們的氣勢依然不減。

米亞也到處治療傷患。即使是受輕傷的人，她也想為他們施展治癒魔法——

「這點小傷舔一舔就好了。妳最好保存魔力喔。」

聽到佛瑞德這麼說，招來一片噓聲。

不過在這個情況下，佛瑞德的意見是正確的吧？

當我說出：「既然這樣，由我來用治癒魔法治療吧。」對方則用精神十足的聲音回答：「我很好！」

在找到藥草叢生地的時候，我高興得手舞足蹈。

雖然他們用看怪人的眼神看著我，但我已經很久沒有採集藥草，庫存也漸漸減少，所以沒辦法控制自己。

不久之後便決定今天的露營地，先設下陷阱防備襲擊，安排看守者後，開始上演血蛇的解體秀。這樣子好嗎？不，我們的確需要食材，所以需要解體某些魔物。

「主人，是我拜託的。不行嗎？」

被她這樣央求，我無法說出不行。

光似乎想吃血蛇的肉，還想學習解體的方法。但是只看一次好像沒辦法學會。

我一邊側眼看著解體狀況，一邊開始做菜。當米亞說也要一起做菜時，男人們都興奮起來。受到期待的米亞可能是因為緊張而手發抖，但她還是克服了。我覺得接過米亞發送的湯合掌禮拜不太妥當喔。湯會冷掉，最好快點喝喔？

血蛇的肉因為來不及烹煮，今天吃不到了。不用說，光當然顯得非常失望，她那垂頭喪氣的身影讓我感到一絲心痛。

即使正在逃跑途中，我們依然度過一段寧靜的時光，可惜這段時間沒有持續多久。

那一夜，那傢伙開始行動。

我在休息前查看ＭＡＰ，發現影狼的反應開始行動。反應看起來比早上看到時稍微變大了一點，是錯覺嗎？

不，更重要的是必須告訴他們這件事。

『光，抱歉。影狼開始行動了。妳可以告訴大家嗎？』

比起我直接說，由光來告訴他們會更有說服力吧。而且我最好別露出太多底牌。已經使用神聖魔法，如果往後發生戰鬥，或許還會使用魔法。想把能夠隱藏的技能藏起來以防萬一。

「警戒。魔物來了。」

光的一句話，讓略為放鬆的氣氛變得緊繃。

我確認這一點後，再度注視ＭＡＰ。

速度好快。那不是正常奔跑的速度。

是影奔的能力嗎？當牠的反應變得模糊，下個瞬間就移動到遠處。上次或許是我在注意其他反應，所以沒有察覺。實際上得要仔細注視才能察覺。

『要來了。』

這次不只是光，也對賽拉和米亞發出心電感應，催促她們警戒。我看到米亞手中的法杖正在顫動。那是擊潰了佛瑞德他們的對手，也難怪她會有這種反應。

為了保險起見，我為小隊成員施加護盾。雖然過意不去，我沒有餘力幫佛瑞德他們施法。MP不夠了。

但是影狼會為什麼毫不猶豫地往我們這邊過來？牠記住了佛瑞德他們的氣味嗎？可是牠明顯正在以最短路線前進。

「狼來了。警戒。」

然後影狼出現在……米亞的背後！

影狼從樹木的陰影當中跳出來，延伸影子有如長矛一般攻擊米亞。

護盾成功彈開那一擊，但是第二擊馬上襲來。

我勉強擠進兩者之間，舉起盾牌準備接下那次攻擊，在最後一刻避免正面抵擋，移動盾牌讓攻擊稍微偏向。

刺耳的喀喀聲響起，我看見盾牌表面被削掉了。好險。現在裝備的盾牌是容易操縱的初學者盾牌。最好別指望它能堅固到足以抵擋高階種的攻擊。

我舉起劍防備下一次攻擊，但是在那之前，賽拉的一擊命中影狼的身體。

見到影狼被打飛，佛瑞德他們發出歡呼，可是賽拉的表情依然很僵硬。

「沒有打中的手感。」

賽拉的話讓所有人的目光都集中在影狼身上。

我的確看見那一擊擊中影狼，牠的軀體卻毫髮無傷。不，牠是用環繞在身邊的影子擋住了。

眼見這種情況，佛瑞德這些冒險者分成兩派。

一派要對抗影狼，一派要逃離絕望。雖然佛瑞德與其他幾個人鼓舞他們，團隊卻沒有停止崩潰。無法阻止。三分之一的人紛紛脫離戰線。

面對這樣的冒險者，影狼的攻擊還是集中在米亞身上。牠就像是看不見其他人一樣，持續鎖定她發動攻擊。

我試圖用挑釁技能吸引影狼的注意，不過可能是技能等級太低，沒有作用。

為什麼？為什麼會盯上米亞？我一邊戰鬥，一邊運用平行思考思索。

影狼明顯正在針對米亞。

「保護米亞大人！」

雖然冒險者們拚命擋住影狼的去路，影狼卻毫不在乎地輕易打飛他們。

我彈開力道減弱的影矛，手上仍然感受到沉重的衝擊。

我施放以風之刃切割目標的風刃魔法，但是牠毫髮無傷。不只是我，其他魔法師施放的魔法也沒有效果。

「糟糕，他的傷！」

在混戰中，米亞奔向倒下的冒險者，拉開與我的距離。

就在米亞正要使用治癒的瞬間，察覺魔力技能感應到米亞身上散發的神聖魔力流動。

同一時間，影狼消失在影子中，瞬間出現在米亞身旁張開大口。

每個人都能想像即將發生的慘劇，但是一把小刀阻止了那種可能。

扔進嘴裡的小刀突然爆炸，影狼看起來首度受到傷害。

那是由消除氣息的光投擲的小刀。

「別想得逞。」

光繼續靠近並用短劍砍向影狼，但是攻擊沒有作用。

不過賽拉從側面攻擊，成功地從米亞身邊拉開影狼。

米亞見狀再度想使用治癒魔法，所以我衝過去抓住米亞的手阻止她。

「空，好痛。」

似乎因為慌張握得有點用力。

「空，放開我。必須治療他！」

但是我繼續握住她的手，對受傷的冒險者使用治癒魔法。

於是在那個瞬間，我感覺到明確的殺氣。令人背脊發寒的視線。那毫無疑問是影狼的視線。

我把米亞推向賽拉，下達命令。

「米亞，直到我允許之前，不能使用神聖魔法！」

那句話還沒說完，影狼就對我射出無數的影子。看起來有如箭矢一般。

我利用賦予魔法的小刀掀起爆炸氣浪，讓那些影子偏離軌道來加以回避，但是似乎沒辦法完全避開，其中一道影子輕輕劃過我的臉頰。

當我使用治癒魔法治療這個傷口，影狼又有所反應。猜測轉變為確信。

『我現在開始發出指示。光，抱歉，妳來引導大家吧。』

一邊傳送心電感應，一邊丟出裝有食物的道具袋後，獨自跑進森林。同時感覺到影狼正從背後追來。

◇米亞視角・3

我只能目送他的背影離去。

「不能使用神聖魔法！」

那句話在腦中迴響。我不禁思考為什麼？

然後空以心電感應對我們發出指令。聽到那些話，忍不住險些落淚。

我再次……被空保護了。

空所說的內容，是關於影狼的行動。

首先簡單易懂地說明為什麼影狼會執著於襲擊我。

同時，那也是他要我別使用神聖魔法的原因。

空說影狼的弱點是神聖屬性。他似乎推測影狼會因此專挑神聖魔法使用者襲擊。不過他的語氣差不多是肯定的。

實際上，聽說佛瑞德先生等人的討伐部隊中最先遇襲的也是神聖魔法的使用者們，隨後是裝備能夠對抗影狼的人。

空之所以獨自進入森林，是想要我們去做某件事。

『我現在引開影狼。希望妳們在這段期間打倒魔物，提升米亞的等級。』

空告訴我們，打倒魔物可以提升等級，而且升級有可能學會新的神聖魔法。

『所以米亞，如果妳學會了祝福就告訴我。』

祝福是可以賦予武器神聖屬性的神聖魔法，具有消除影狼身上影子的效力。另外，特麗莎好像說過，對武器使用聖水，武器就可以暫時獲得神聖屬性的效果。雖然聽過說明，用祝福魔法可以將水精煉成聖水，但是據說必須多次使用祝福才能讓水變成聖水。

即使知道空處境危險，還是很高興他尋求我的幫助。

那麼我能做到的事情，就是回應那個期待。

「米亞姊姊，走吧。」

我們由光帶頭，開始前進。

我在移動途中把空的想法也轉達給佛瑞德先生。

佛瑞德先生聽到這個推測，顯得很不甘心。不過他明白如今的他們已經無計可施，所以決定賭一賭空指出的可能性。

繼續等待救援到來也是一個方法，但是沒有證據保證影狼不會在這段期間來襲。所以他似乎判斷不管怎樣都需要因應對策。

關於食物問題，空留下的道具袋裡有食材，我們決定把那些食材煮來吃……我一個人做得來嗎？我有一點，不，是相當擔心。

那一天我們連夜趕路，移動到某個地點。

當我在那裡開始做菜，大家分成幫忙做菜的人、負責警戒的人，以及休息的人。特別是那些休息的人似乎非常疲憊，大家都馬上睡著了。

賽拉也去幫忙警戒，但是小光在不知不覺間不見了。

等到料理完成的時候，小光又不知不覺回來了。

用餐過後，小光召集以佛瑞德先生為首，有偵察能力的冒險者們，說明這附近可能存在的魔物。看來她先前不見人影，好像是一個人去進行周邊偵察。

佛瑞德先生等人表情嚴肅地聽她說明。

在那之後我累得打瞌睡，所於大家要我去休息，於是照辦。

先是面對影狼的襲擊，又是趕路與做菜，好像累積了不少疲勞。

我一躺下來就立刻進入夢鄉。雖然鋪著墊子，沒有空幫忙整理的地面還是很硬，睡起來不太舒服。

睜開眼睛時，賽拉在我的身邊。

但是沒看到小光。

「小光呢？」

「先走了。她留話給我，讓我照顧米亞姊姊。」

小光昨天會告訴佛瑞德先生等人關於周邊的事情，似乎是為了這個目的。

她很擔心獨自引開影狼的空。

我也有股衝動想要立刻追上去，但是我讓自己冷靜下來。

現在有只有我才能做到的事情。

所以別胡思亂想，為了學會祝福這項神聖魔法，要專注在盡可能打倒更多魔物上。

啊，不過在那之前，得先準備食物……雖然有人幫忙，烹煮這麼多人的料理果然很辛苦。

◇◇◇

我正在驚險地逃離影狼的追擊。哎呀，我還滿認真的。

每當護盾失效我就再次施法，喝下魔力藥水後繼續奔跑。

沒錯，最大的問題就是我正在奔跑。喘得上氣不接下氣，感覺很難受。在森林中全力飛奔，是透過平行思考瞬間迅速判斷逃跑路線才能做到的招數。

只是因為正在奔跑，所以無法獲得技能「漫步」的增益。

照這樣下去，先耗盡力氣的肯定是我。

我邊跑邊確認技能一覽表，為了尋找有沒有能脫離這種狀況的辦法動腦思考。

影狼的弱點是神聖屬性，但是我沒有類似的技能。

縮小察覺魔力的範圍仔細觀察，不錯過任何微小的魔力波動。雖然現在確實處於劣勢，即使如此，我還是慢慢看出一些事情。

一個是關於影奔。影狼在使用這個招式的瞬間釋放的魔力會增強，即便要在前一秒才會知道，還是逐漸可以看出牠要移動到哪裡。

另一個是關於影狼。看來操縱影子會一點一滴消耗魔力，每當牠用影子攻擊或影奔，我感覺到的魔力都在漸漸減弱。

說不定影狼沒有立刻來襲，是因為在恢復減少的魔力？

那麼要做的事只有一件。逃跑與堅持下去，讓牠耗盡魔力。為此所需要的技能是……

NEW
【陷阱Lv1】

看來這個技能不僅賦予我陷阱相關的知識，也能提升使用陷阱時的效果，讓我知道設置哪一種陷阱最為適合。此外，似乎也會教我如何使用自己擁有的道具來設置陷阱。說明文的最後一行，在某種意義上可以說是決定性的因素。

技能的使用方法似乎和夜視一樣可以切換是否開啟。我試著實際使用，看到的景象中會顯示類似對話框的東西。選擇其中一個後，腦中浮現有效的陷阱……陷坑的製作方法。

原本的使用方式應該是停下腳步慢慢挑選，但是我現在正在奔跑。老實說，如果沒有平行思考技能，根本沒辦法確認這些事。

另一方面，也知道了如何使用藤蔓之類森林中現有的東西製作陷阱的方法，所以我邊跑邊收集藤蔓。

還有另一件事，我在使用陷阱技能的同時，想到了某個道具。

【利維爾之血】觸及這種血液的魔物將成為其他魔物憎惡的對象。效果：低。

這是我用創造技能製作的道具。順帶一提，主要原料是狼的血液。只要是魔物的血，使用其他種類似乎也可以。當作素材的魔物愈強大，效果的判定就愈高。

遭到這種血液附著的對象會吸引魔物的注意力，成為攻擊的目標。感覺像是強制賦予目標挑釁技能吧？我的目的是使用這個讓魔物自相殘殺，藉此爭取時間。

其實我一邊逃跑也一邊對影狼潑灑這種血液，可惜牠全都躲開了。

所以我思考是否有辦法讓這種血液成功附著，於是在陷阱技能上找到可能性，加以學習。

「務必要成功啊。」

既然直球行不通，那就改投變化球。所以我一邊逃跑，一邊發動陷阱技能。要如何設計陷阱的影像進入腦海，為了設置陷阱，必須先跟影狼拉開距離。

關於這一點，我想到一個方法。

拿出賦予魔法的小刀夾在指縫間，把它們全部撒出去。

這是沒有打算命中的攻擊。雖然有兩把小刀幸運地幾乎射中影狼，但是被牠閃過。不過就在那個時候，所有小刀同時爆炸。

多次爆炸互相連鎖提升威力，爆發的火焰沖天而起，遮蔽視野。

我在那個瞬間跳進樹蔭下，使用遮蔽氣息迅速移動。

透過察覺魔力，可以知道影狼還留在原地。聽見破壞樹木的聲音，可能是牠正在大鬧特鬧。或許是對未能除掉我感到惱火。

我用察覺魔力確認位置，同時按照陷阱技能的指導設置利維爾之血，另外也製作其他圈套。使用土魔法製造坑洞，不忘了故意做得很顯眼，藉此吸引影狼的注意。相反的，對藤蔓施加偽裝，讓影狼無法辨識。陷阱技能也告訴我最適合的使用方式。

準備完畢之後，這次我解除遮蔽氣息……使用治癒魔法引誘牠過來！

不出所料，那傢伙使用影奔移動。我朝牠落地處的影子投擲小刀，同時衝了出去。

小刀在影狼離開影子時爆炸，但可能是有影子的保護，爆炸沒有效果。影狼繼續追逐殘餘的神聖魔力過來，在看到眼前的陷坑後慌忙閃避。雖然陷坑裡面也有利維爾之血，看來牠沒有單純到會掉進這種簡單的陷阱。

不過真正的陷阱其實在別處。影狼閃避的地方有看不見的藤蔓，當藤蔓被扯斷，就會觸發陷阱。一場小爆炸就此發生，樹木朝著影狼倒下。即使牠能用影子阻擋，但是裝著利維爾之血的容器破裂，對準影狼傾注而下。

我能夠一次準備這麼大量的利維爾之血，在某種意義上是多虧了諾曼他們。而且道具箱裡還有剩下一些。

即使是影狼，看來也無法完全避開四面八方灑落的血液，有不少血液濺在牠身上。倒下的樹木分散牠的注意力，同時限制了閃避方向也是一大原因。

【名稱「——」 職業「——」 Lv「28」 種族「影狼」 狀態「引誘・弱」】

牠的等級意外不高。這代表影子的能力就是這麼強大嗎？

確認利維爾之血發揮效果後，這次我改變方向，朝著某個地方前進。前方有一群魔物。我接近魔物……那是一群哥布林，附近還有幾條血蛇。我使用挑釁技能，將牠們引向影狼。

據說魔物也有類似地盤意識的感覺，但是低階種攻擊高階種的情況本來極少發生。不過由於引誘狀態的關係，哥布林和血蛇都對影狼發動襲擊。

確認這一點後，我暫且使用遮蔽氣息離開現場。

「有多久沒有這麼累了。」

大大地吐出一口氣，回頭看向背後。

儘管無法用眼睛確認，魔物之間的激戰似乎還在繼續。

ＭＡＰ上的反應正在陸續消失。與此同時，我使用察覺魔力得知，代表影狼的反應……魔力正在減少。

「總之我也應該專注於回復。」

拉開一定程度的距離後，我使用步行遠離那個地方。那天影狼將周圍所有的魔物獵殺殆盡後，就像正在回復魔力般停在原地不再行動。

「好吃嗎？」

即使正在逃亡也要好好進食。儘管吃的是道具箱裡預先做好的食物，這也沒辦法。

看著希耶爾大快朵頤的樣子，我疲憊的心漸漸受到療癒。

「我沒事。還很有活力喔。」

我向擔心地看著我的希耶爾表示自己還充滿活力。

這是謊話。老實說不同於隨心所欲的旅行，雖然我知道影狼的位置，受到追蹤使得疲勞不斷累積。一旦被發現就需要花費一番工夫擺脫牠，昨天也很辛苦。特別是被發現之後不得不奔跑逃脫，因此帶來更大的負擔。

昨天使用收進道具箱後就沒動過的礦石，以鍊金術製作捕獸夾。記得這顆礦石是在與盧莉卡她們一起前往的礦山當中得到的。

我把捕獸夾設在顯眼的地方吸引影狼的注意，並在誘導牠前往的地方準備另一個踩到之後會噴出利維爾之血的陷阱，成功讓血液附著在影狼身上。

要是有辦法自己打倒牠，心境也會比較從容……但是現在思考這些事也沒用。我要集中注意力，為米亞學會祝福爭取時間。假如隨便戰鬥，反倒只會消耗我的力量。

現在是利用引誘狀態勉強應對。由於這樣，這個樓層已有許多魔物遭到獵殺，影狼的等級也提升了。第一次知道原來魔物也會升級。

我擴大ＭＡＰ的範圍查看米亞他們的情況，那邊的魔物反應也正在減少，看來狩獵進行得很順利。

「晚安，希耶爾。」

我望著睡在身邊的希耶爾。雖然使用平行思考能勉強補充睡眠，但是自己也很清楚，這樣沒辦法消除多少疲勞。即使有技能的回復，感覺跟不上消耗。精神極度疲勞也造成了影響吧。

值得慶幸的是影狼除了回復魔力之外也會休息吧。不過即使知道這件事，我也無意趁影狼熟睡時襲擊牠。

我在休息前進行定時聯絡。即便說過要她學會祝福後聯絡，我在睡前都會聯絡光她們。

因為只要聽到她們的聲音，就覺得明天也能繼續努力。

逃亡?的第三天。我突然醒來。

馬上確認ＭＡＰ，不過影狼沒有動靜。

最近沒有使用神聖魔法，因此牠似乎無法立刻找到我。如果牠能就此放過我就好了，但是從ＭＡＰ的動向來看，似乎不太可能。總覺得影狼正沿著我走過的路線移動。原因是氣味嗎？我好歹有用洗淨魔法就事了。

接著擴大ＭＡＰ的範圍，確認米亞他們的情況。團體的人數有所增加，是跟上次戰鬥時率先逃跑的那些人會合了嗎？

「希耶爾，要吃飯嗎？」

這時我才發現希耶爾不見了。

『希耶爾，吃飯囉！』

即使用心電感應呼喚她，希耶爾也沒有飛過來。

從那一天起，我再也看不到希耶爾的身影。

◇賽莉絲視角・3

從空他們不來學園後，經過了多久呢？我感覺有點寂寞。

回頭想想，上次度過這麼熱鬧的時光是多久以前的事了？雖然一方面也有我盡可能躲避人群的關係，這裡的使用者本來就不算多。總是門可羅雀。啊，這是那個人教我的詞彙吧？

他們說要去地下城的第四層和第五層，可能是尋找樓梯花了不少時間。第五層的環境變化很大，所以他們可能會感到困惑。而且第五層就是這麼大。

啊，但是小光說過空的興趣是採集藥草，他也有可能正沉迷其中？那裡可以採集到很多藥草呢～而且那裡綠意盎然，我個人也很喜歡。

想著這些事時，希耶爾突然出現在我身邊。

她顯得疲憊不堪，耳朵也無力下垂。

不過她一發現我，消沉的表情立刻變得開朗，在我周圍飛來飛去，看起來像是在訴說什麼事？但是我不知道希耶爾想表達什麼。

如果是有資質的孩子，應該聽得懂未締結契約的精靈說的話，但是我的資質沒有那麼好。

我努力使用各種話語反問她，似乎都跟希耶爾想要傳達的事情不同。

當希耶爾發現我們語言不通時，她失落到了極點。我慌張地試圖安慰她，想到精靈之間也許可以對話，於是決定召喚精靈。

可能是因為與我久別重逢，水精靈瑪爾顯得很高興。

很久沒有見面了，我也感到很開心，但是首先得解決希耶爾的問題。

「瑪爾。我想知道這孩子……希耶爾在說什麼。妳聽得懂嗎？」

瑪爾聞言點了點頭，再次轉向希耶爾。

看到瑪爾對她搭話，希耶爾用肢體動作與耳朵動作訴說著什麼，相對的瑪爾只是點點頭，沒問題嗎？我開始感到不安。

不久之後瑪爾向我傳達一個衝擊性的事實。

「空他們受困？影狼！」

不禁脫口喊出的話——

「這是怎麼回事？」

有人回應了。

回頭一看，蕾拉就站在那裡。她說過要去地下城探索，已經回來了嗎？

「賽莉絲小姐。妳在和誰……看來妳沒有在跟誰說話。更重要的是妳剛剛提到了空的名字吧？還有受困等等。這是怎麼回事？」

太大意了。因為沒想到這裡會有人。

我不禁猶豫該怎麼辦，想要蒙混過去……眼睛看著蕾拉。

如果是蕾拉她們，或許能討伐影狼。她們的經驗豐富，在地下城也有實際戰果。而且聽說還在聖王國經歷過魔物潮。即使討伐有所困難，或許也可以請她們向公會報告，集結人手。

我在腦中整理了瑪爾從希耶爾那裡聽來的情報。

在第五層發現高階種暗狼，然而實際上卻是影狼。

他們試圖離開第五層，然而樓層變成類似頭目房間的狀態，無法離開。

還有，空他們四個人都在那裡。

「蕾拉。妳可以和公會交涉，集結人手嗎？」

「……妳是從哪裡……不，我明白了。現在的當務之急是前往救援。」

蕾拉說完後便離開圖書館。

她之後會找我詢問原因嗎？嗯～只能等到時候再想了吧？乾脆交給空來處理也可以。

「沒事的。他們一定會得救。還有謝謝妳，瑪爾。」

聽到我的話，瑪爾點點頭，揮手道別後就回去了。

不過竟然變成頭目房間嗎？地下城裡發生異變，這或許是魔物遊行的前兆。

雖然我也在努力壓制，但是要注入更多的力量有些困難。因為現在就已經接近極限了。

為了提升效率，是否該推動從其他城鎮招攬冒險者過來呢？這讓我很猶豫，缺乏經驗的人進入地下城，只會無謂增加傷亡的風險。

「比起這個，現在更重要的是祈禱空他們平安無事。」

把消息傳達給我與蕾拉著手行動，可能讓她鬆了口氣。希耶爾現在睡著了。

……希耶爾是個不可思議的孩子。和人類締結契約也是如此，她居然在與契約者分開的情況下也能活動。當然了，在一定距離裡是可能的，但是地下城……而且地下城外部和內部之間的距離相當遠。即使如此……還有，她能夠逃出頭目房間化的樓層，也讓我感到驚訝。

我把希耶爾移到房間讓她睡覺，鎖上圖書館的門，朝著塔樓走去。

第8章

與大家分開後的第五天。我收到期待已久的聯絡。

『空、空！學會了。我學會祝福了！』

可能是非常高興，我費了一番工夫才讓興奮的米亞冷靜下來。幸好不是在我遭到影狼追殺的時候。

米亞恢復冷靜以後，可能是感到害羞而陷入沉默。

我再次顯示ＭＡＰ，思考在哪裡跟影狼戰鬥比較好。

在森林裡方便設置陷阱，但是考慮到第一次的襲擊，稱不上是好的選擇。而且佛瑞德他們也有可能不慎誤中我設置的陷阱。

考慮到我們的戰力，最後決定讓他們移動到第五層入口處。

這也是對救援人員或許會來抱著一絲期待。即使現在還沒到，說不定可以在戰鬥時會合。另外那邊相對沒有障礙物，這點也是決定性因素。

『嗯，明白了。我也會通知佛瑞德先生他們。空，你也要小心。』

『嗯，米亞你們也一樣。』

從距離來看，米亞他們應該會先抵達吧。

『光，妳聽到剛才的話了嗎？』

『……嗯。』

我單獨聯繫光。

一開始沒有餘力所以沒注意到，但是我在途中以MAP看出有人在相對近的地方……這是謊話。我是偶然發現的。

有人保持一定的距離行動，彷彿在注意我與影狼。我在途中察覺那是誰。因為得出結論，MAP上顯示的反應會這麼不穩定，是光消除氣息造成的，除此之外想不到其他解釋。

雖然可以更早找她說話，但是不知為何開不了口。我認為光沒有主動說出來，是因為想隱瞞這件事。

『主人，對不起。違背了你的命令……』

這張地下城卡真是莫名高性能啊。簡直像在打電話。

『沒關係。妳應該很擔心吧。有好好吃飯嗎？』

『……嗯，吃了那種難吃的東西。』

她吃了保存食品嗎？如果是獨自行動，這也沒辦法。

『這樣啊。那麼回去以後，我會給你一頓美味的大餐。』

『我想吃咖哩和蛇肉。』

咖哩真受歡迎啊。還有她想吃血蛇肉嗎？

『就像我跟米亞說的一樣，我們要跟影狼戰鬥。光先回去為戰鬥做準備吧。』

『主人，你一個人沒問題嗎？』

『嗯，我會邊設置陷阱邊回去。然後想要妳向佛瑞德他們傳達作戰計畫，確認一件事。』

我把魔法師們封鎖影奔的方法告訴光。希望他們使用光魔法與生活魔法的照明，來確認是否能消除影子並進行練習。

◇◇◇

『主人，這邊的準備完成了。』

『知道了。再靠近一點後，我會先用一次神聖魔法。那個時候米亞就要施放祝福。雖然得直接上場，沒問題吧？』

『嗯、嗯。包在我身上。』

其實還想讓她多多練習，但是影狼如果因此跑到米亞他們那邊就麻煩了。

我一邊確認MAP，一邊注意距離。因為雖然沒有使用神聖魔法，進入影狼的偵察範圍後，牠有可能一口氣拉近距離。

我基本上都是走路，不過有危險時改用跑的，等到有餘力再繼續走路。走路的時間比較長，不會累積疲勞。同時也因為奔跑的時候無法增加經驗值，可以的話我更想走路。

會有心思去想這種事情，是因為米亞學會了祝福吧。這讓我的心中輕鬆了一些。

『我差不多可以跟你們會合了，情況如何？』

『嗯，有好好練習。』

『沒問題。我們已經確認主人說的事情。』

『知道了。米亞……還好嗎？』

『她正在喃喃自語些什麼，不過一定沒問題。』

這樣叫沒問題嗎？不過她被賦予重任，會感到緊張或許也是理所當然。

『米亞，妳不用那麼緊張。如果一次做不到，挑戰第二次、第三次就行了。再把肩膀的力道放鬆一點。還有可以深呼吸喔。』

『嗯、嗯。我知道了。』

在進行通話的時候，雖然沒辦法辨認臉孔，我已經能確認他們的身影。

望向站在草原上的人們，可以看出魔法師們分成幾個團體分散在各處。

當然了，米亞位於中心。

即便靠得太近也不行，如果離遠了我會無法參加戰鬥，所以離得太遠也不行。這個距離感真難掌握。

『那麼，要開始了。配合我的信號……三、二、一，就是現在！』

當我邊走邊使用神聖魔法，影狼便開始奔跑並發動影奔。

可能是米亞稍後使用了祝福，宛如光雨的光點傾注而下，賽拉和佛瑞德所持的武器被光籠罩，散發白色光輝。

從我的影子當中出現的影狼，似乎對更強大的神聖魔法產生反應，無視我企圖再次發動影奔，因此要先絆住牠。

我朝天空施放一道魔法作為信號，同時在劍身注入魔力的狀態施展揮劍猛砍。

但是劍技被影狼身上的影子擋住。像是打中堅硬牆壁的反作用力傳回我的手上。

影狼無視我的攻擊，再度發動影奔。

魔法師們見狀使用照明魔法，米亞與聚集在她周圍的冒險者們的影子消失，影狼便發出悲鳴現身了。看來影奔在使用中途取消會對牠造成傷害。另外，如果原本打算移動的影子消失，技能似乎會失敗，影狼因此在途中現身。

這是意外之喜。本來只是打算消除影子，阻止牠接近米亞而已。

「我們上！」

聽到佛瑞德的話，手持武器的冒險者們衝向影狼。

他們當然沒有全體衝向影狼，有一半的人留下來保護米亞與充當預備戰力。

米亞立刻使用保護魔法，提升佛瑞德他們的防禦力。影狼雖然想攻擊米亞，但可能是判斷佛瑞德他們逼近眼前的武器有所威脅，於是用影矛朝他們發動攻擊。

但是那波攻擊被佛瑞德他們揮舞的劍輕易消除。正確來說，是影矛觸及佛瑞德他們的劍便就煙消雲散了。原來如此，難怪影狼討厭神聖屬性。

此時，光從死角投擲的小刀與賽拉的一擊撕裂影狼身上的影子，直接擊中影狼。

賽拉揮出的一擊發出巨大的打擊聲，但是影狼以毫釐之差避開致命傷，挺過那一擊。

只不過看起來確實受到傷害，光趁著影狼搖晃時靠近，用短劍割傷牠的後腿，在受到反擊之前迅速撤退。

佛瑞德他們見狀發動追擊，但是他們的劍看來只是輕輕劃破影狼表面的毛皮。有人的斬擊還被彈開。即使沒有影子，影狼的軀體也這麼硬嗎？

這個情況對佛瑞德他們來說出乎意料，看起來相當動搖。

【名字「——」 職業「——」 Lv「36」 種族「影狼」 狀態「持續麻痺」】

我邊奔跑邊鑑定影狼。

佛瑞德他們的攻擊效果不佳，或許是因為我為了爭取時間讓影狼與魔物戰鬥，使得影狼的等級提升了。

但是現在後悔這件事也沒用。

「米亞，也幫我的武器施加祝福。」

我終於到達米亞身邊如此說道，米亞嘗試使用祝福，身體卻搖晃了一下。我慌忙扶住她，發現她的呼吸有些紊亂。

「沒、沒事吧？」

「……嗯、嗯，好像是魔力見底了。等一下。」

米亞急忙喝下魔力藥水，為我再次使用祝福。

站在米亞旁邊的我，感覺得到影狼的敵意轉向這邊。

即使如此，還以為牠會像剛才一樣把接近的佛瑞德等人當作目標，但是這次情況不同。影狼發出咆哮威嚇並射出影矛，同時猛衝過來。

佛瑞德他們似乎也在警戒，成功擋下影矛，但是影狼似乎從剛才的攻擊當中學到他們攻擊效果不大，毫不在乎地衝了過來。

雖然是魔物，影狼對於位置的選擇很完美，選了避開賽拉的路線。

佛瑞德他們包圍影狼組成陣形的安排，在此時變得不利。冒險者形成一道牆，使得賽拉和影狼的距離不停拉開。

「要來了！」

某位保護米亞的冒險者大喊。

我從正面施放火焰箭，但是即使直接命中，影狼也毫不動搖。可能是法術變成了信號，冒險者們不知為何向前突擊。

防守呢！差點忍不住吐槽，然而趨勢已經無法阻止。雖然有三個人留下，但是人手不足。

「米亞，做好發射神聖箭的準備。」

我不認為一發神聖箭能打倒影狼，不過應該有牽制作用。即便要面對衝向我們的影狼發射魔法，對米亞來說可能很困難。

我考慮過要不要設下妨礙行動的陷阱以防萬一，但是冒險者很有可能誤中陷阱，所以放棄了這個想法。

發動攻擊的冒險者們瞬間被影狼擊敗，影狼跳躍而起……不過沒有撲向我們，而是警惕地靠近。牠沒有耗費時間，可能是感覺到追趕過來的賽拉有威脅性。

我一邊對米亞施加護盾，一邊對長劍注入魔力。雖然武器的品質不如祕銀，但是賦予神聖屬性並且注入魔力後，應該能對影狼發揮作用吧。

我在影狼進入攻擊範圍的瞬間，一口氣踏步劈下一劍。

由於揮劍猛砍的效果，這一擊大概是最快的斬擊，然而影狼往後用力跳躍，避開了那一劍。

那個出乎意料的行動使我的斬擊劃過空氣，但是影狼往後退，拉近了牠與賽拉之間的距離。

這時我認為可以和賽拉兩面包夾，取得優勢。這個想法使得我掉以輕心。

我為了進一步拉近距離向前跑，配合賽拉的動作攻擊影狼。

面對無處可逃的攻擊，不只是我，賽拉、佛瑞德他們也預想到影狼的死亡。

然而影狼卻在這時發動影奔。

我們的攻擊再度劃過空氣，不過魔法師們立刻使用照明魔法。

照明的光芒映出影狼，但是牠現身的位置非常不妙。

牠的位置離米亞很近，縱身一躍就能襲擊她。

即使自身應該受到傷害，影狼依然毫不在乎地朝米亞撲去。

「看這邊，笨蛋！」

我使用挑釁技能試圖吸引牠的注意力，但是沒能成功。無法發揮效果。

另一方面，米亞迅速發射神聖箭，但卻被牠閃過，還被撞了一下。

儘管護盾擋下那一擊，從魔力的流向看得出來連續攻擊已耗盡護盾的效果。

我馬上轉身趕回去，但是那一步感覺卻非常遙遠。

影狼的動作似乎也變慢了，即使如此，距離還是太遠。

米亞可能也察覺護盾消失，馬上舉起福特拉之盾試圖防禦影狼的攻擊，但是被影狼的衝撞連同盾牌一起撞飛，米亞的身體浮在半空中。

像是要補上最後一擊，追擊的影矛此時朝著米亞延伸……刺穿了光。

光投身向前，試圖保護飛在空中的米亞，代替她遭受攻擊。

受到阻礙的影狼似乎很憤怒，轉身面對光。感覺牠的魔力高漲，似乎要再次使用影矛。

我一邊奔跑縮短再次拉開的距離，一邊再度使用挑釁技能。

於是影狼瞬間將視線轉向我，注意力從光她們身上轉移。

那個行動決定了生死。

下一個瞬間，米亞的聲音響起。

「神聖箭！」

閃爍白光的箭矢從倒在地面的米亞手中射出，宛如受到影狼吸引一般飛了過去。

影狼立刻試圖用影子阻擋來自意識之外的攻擊，但是影子遭到打散，神聖箭刺中影狼前腳根部，使得牠發出慘叫。

由於影狼展開影子，在命中之前爭取時間導致軌道偏離，才沒有造成致命傷。

不過對我們來說，這樣已經足夠了。

我第一個拉近距離揮劍砍去，可能是受到神聖箭攻擊的影響，成功砍傷影狼的腹部。

即使如此，牠依然避開致命傷，該說值得佩服嗎？

雖然那一擊未能解決牠，但在影狼試圖逃走時，賽拉揮下斧頭砍下影狼的頭顱，這一次牠真的斃命了。

◇◇◇

在瞬間的寂靜之後，歡呼聲響起。那是佛瑞德等冒險者發出的歡呼，人人都在分享喜悅，彼此慰勞，互相稱讚。其中也有人正在哭泣。

我也聽著那些聲音，這才慢慢有了打倒影狼的真實感。現在回想起來，設置陷阱的逃亡真的很辛苦。

米亞焦慮的聲音讓我回過神來。

這才看到光倒在地上。我想起這件事，走近倒下的光，賽拉沒過多久也來了。不僅如此，佛瑞德他們也趕了過來。

我看著光，她的制服染上一片鮮紅。她閉著眼睛看起來很痛苦，額頭也冒出冷汗。

「空，藥水沒有效果。」

在光的身邊，空藥瓶掉落在地。

我拿出品質最好的藥水灑在她的身上，但是她依然顯得很痛苦。為什麼？

再度查看傷口，用洗淨魔法沖掉血跡。然後不知是怎麼回事，傷口沒有痊癒。

即使再次使用藥水也一樣，餵她喝藥水也沒有改變。不，傷勢多少有點恢復，但是簡直像在使用低品質藥水，恢復得很慢。

「這是怎麼回事？」

藥水的效果不佳。可是我使用的是最高品質的藥水。那麼是有其他因素嗎？

晚點再來思考。既然藥水沒有效果，試試治癒魔法就行。

米亞或許也想到這一點，她舉起手，做了一個深呼吸後——

「治癒。」

發出詠唱。換成以前的米亞大概會慌張地直接使用治癒魔法，但是她冷靜地應對。

於是這次傷口逐漸癒合。她連續施法一次、兩次，直到傷口痊癒。

等到傷勢完全痊癒，在旁邊觀看的佛瑞德他們再次發出歡呼。

「嗚～好吵。」

呼聲讓光痛苦地扭曲表情，以感覺很困擾的模樣唸唸有詞。

她說得很小聲，不過佛瑞德他們似乎聽得很清楚。大家都安靜下來。

「光，妳還好嗎？還有哪裡會痛嗎？」

傷口已經癒合。

但是光的臉上依然浮現痛苦的表情。

「主人……」

無力的聲音傳入我耳中。其他人也屏住呼吸，等待她的下一句話。

「……肚子餓了……」

我在那時露出了怎麼樣的表情呢?佛瑞德他們都驚呆了。

仔細一問,光獨自行動時雖然拿了一些保存食品,但是因為不好吃,所以沒吃多少。

「嗯,那不是人吃的東西。」

她完全變成美食家了。佛瑞德他們聞言,不知為何也點頭同意。

我正想從道具箱拿出料理,又覺得當著佛瑞德他們的面給她已經做好的料理不太好。

有些人的肚子發出咕嚕聲。

來做料理吧……我們分配各自擔當的工作,準備開始行動。

「啊,那個不是寶箱嗎?」

直到聽見一位冒險者的自言自語為止。

一看之下,影狼旁邊有一個寶箱。明顯到讓人懷疑為什麼之前沒有注意的程度。

「打倒魔物也會得到寶箱嗎?」

「不,打倒普通的魔物是不可能的。這代表影狼果然是頭目吧。」

佛瑞德回答了我的疑問。

「總之……或許會有陷阱。我們分工合作處理該做的事吧。光看起來餓得很難受。」

我們依照佛瑞德的提議,決定分為料理組、影狼及其他魔物解體組、監視組、確認樓梯是否可通行組、寶箱分析組來行動。

至於我呢?我和米亞兩個人正在做菜。賽拉則是負責監視,光似乎對寶箱感興趣,過去那邊參觀了。

使用的食材是道具袋裡剩下的狼肉與血蛇肉，還有保存在我的道具箱裡的蔬菜。關於肉類，我們決定簡單做成烤肉排。按照人數把肉串起來很累，也很麻煩……不，這是因為籤子數量不夠多。熱湯則決定做成冒險者喜愛的偏鹹濃郁口味。

「欸，米亞。」

「嗯？什麼事？」

「那個，這次有米亞在真的幫了大忙。不只是我，大家能平安無事都是多虧了妳。謝謝。」

我一邊做菜，一邊坦率傳達我的感受。用這種形式告訴她，是因為面對面說這種話，會覺得有點難為情。

於是剛才一直問我各種做菜方法的米亞不再說話。

她怎麼了？我看向身旁，不禁嚇了一跳。因為米亞正在流淚。

「怎、怎麼了？我說錯了什麼話嗎？還是妳身上有哪裡會痛？」

我慌忙發問，她擦去眼淚回答：

「不是的……只是聽到空這麼說，我很高興。」

臉上露出燦爛的笑容。

我被那個笑容迷住，但是被突如其來的闖入者打破現狀。

「希、希耶爾？」

沒錯，希耶爾突然飛了過來。

雖然我不禁發出驚呼，看來沒有人聽見我的聲音。

希耶爾高興地繞著我和米亞轉圈，但是她的目光隨即落在鐵板上滋滋燒烤的肉上。本來擔心她不知道跑到哪裡去了，看到她一切如常的樣子，便發出安心的嘆息。

看見希耶爾那副模樣，我和米亞不由得互看一眼，笑了出來。

『希耶爾。很可惜這次沒有妳的份喔。』

我的心電感應似乎讓希耶爾大受打擊，但是這裡有佛瑞德等許多冒險者。不能在這麼多人面前端出料理給希耶爾。另外，這也有一點處罰她害得我擔心的意思。

她那彷彿世界末日來臨的表情與下垂的耳朵散發哀愁感，然而我不能縱容她。不可能的事就是不可能。

不久後，料理做好了，我們馬上開始用餐。雖然前往入口的那些人還沒回來，但是大多數的意見認為不能讓摩娑著肚子的光久等。

「嗯，真好吃。」

聽到光的話，周圍的冒險者們也點頭同意。

在此之中，只有希耶爾躺在米亞的膝蓋上生悶氣。

◇◇◇

「你、你們在做什麼！」

蕾拉突然出現，老實說讓我吃了一驚。雖然透過察覺氣息知道有人正在接近，還以為是過去確認入口情況的冒險者們。

蕾拉生氣的原因，似乎是因為她聽說我們面臨危機，匆匆做好準備趕來救援，我們卻正在悠哉地吃飯。

「我肚子餓了……」

不過聽到光這麼說，蕾拉馬上平息怒氣，似乎覺得這也是沒辦法的事。

「你就是空嗎？蕾拉焦急地說有影狼出現，所以我也跟著過來。看來你們自己打倒了？」

有人找我攀談。好像在哪裡見過那副鎧甲……喔，是【守護之劍】的人嗎？而且我記得他就是約書亞稱作學長的那個人。

在他目光所及之處，是正在放血的影狼屍體。

「是大家合力做到的。」

我的這句話——

「這都是多虧米亞大人。」「米亞小姐最棒了！」「米亞大人是女神！」

被那些狂熱崇拜者的聲音淹沒。

受到誇讚的米亞可能是感到害羞，整張臉都紅透了，但那是事實，所以她無法否認。

我發現特麗莎看見那個情況，非常滿意地點點頭。

在那之後，前去確認入口的那些人告訴我們，樓梯已經可以通行。那麼吃完飯就回去是最理想的。

順帶一提，與我們會合的蕾拉等人不知為何也在一起用餐，所以我又多烤了一些肉。因為從米亞那邊聽說佛瑞德他們很能吃，所以準備了很多食物，不過還是不夠。

為什麼蕾拉他們也要一起吃呢？我冒出這個疑問，聽說是因為他們急著做準備，沒時間吃飯。特別是【守護之劍】的成員們才剛從地下城回來，就為了救援我們趕來這裡。

「真是感謝各位。」

我對著【守護之劍】的一位中年男子如此說道——

「因為領主的千金非常著急啊。亞修那傢伙堅持要去，不肯聽勸。」

他以有些傻眼的態度告訴我。

亞修似乎就是約書亞提過的學長。

「你們在聊什麼呢？」

「喔，我在聽【守護之劍】的成員們提到亞修先生的事情。」

「亞修……先生是我以前所在小隊的隊長。他可是那個【守護之劍】氏族的副氏族長喔。才剛從學園畢業就擔當重任，非常厲害。」

嗯，這方面從約書亞那裡聽說過了。

「哈哈，只是大家都嫌麻煩不肯做，所以才輪到我而已。」

我跟蕾拉聊天的時候，亞修也過來了。

雖然不清楚氏族是怎樣的組織，但是新人被特別提拔到那個地位，感覺是很了不起的事。

「你太謙虛了。」

蕾拉也這麼說。

「可是蕾拉你們為什麼會知道關於影狼的事情？或者說你們是因為討伐隊沒有返回，所以才趕來的？」

我也好奇蕾拉她們為什麼會前來救援。是接受了公會的委託嗎？

「影狼的事情是賽莉絲小姐告訴我的。還有我也聽說空你們沒有從地下城回來，在公會看到你們前往第四層的紀錄，然後、然後……」

當蕾拉通知公會這件事，並建議組成救援隊時，亞修他們剛好路過，便跟她一起過來了。

「不過你們平安無事真是太好了。」

她露出打從心底為我們感到擔心的表情。

「但是呢！我比任何人都清楚空的實力很強。就算如此，也不可以魯莽行事。影狼在高階種中是比較容易打倒的魔物，然而前提是有準備好對策喔？知道我有多擔心嗎……」

她嘟起嘴唇抱怨。

關於這一點我要反省。無法否認，因為至今都有辦法應付過去，這次也認為如果米亞能學會祝福，就能夠設法解決。

不過等待不知什麼時候才會來的救援非常難熬，這也是事實。這次等於是因為陷阱技剛好適合情況，才能爭取到時間。

「嗯，我明白了。儘管不能保證……不會冒險，會小心的。」

「真拿你沒辦法。所以我也……」

「嗯？妳說了什麼嗎？」

「沒什麼。總之空接下來要在公會好好報告這件事。還有，空……我很猶豫要不要告訴你，但是學園的制服和那個面具不太搭喔？」

聽到蕾拉說的那句話，血腥玫瑰的成員們都一臉認真地點點頭。

本來以為佛瑞德會向公會報告，看來我作為當事人也得參加才行。

然後用完餐之後還不能回去，因為還有一個活動。

「開寶箱！」

眼睛閃閃發亮的光如此說道。

根據調查的結果，寶箱沒有設置陷阱，不過有上鎖。

鎖當然也已經解除。

「可以嗎？」

看來寶箱可以由光來打開。

與在地下城通道發現的寶箱不同，這是打倒頭目後掉落的東西。聽說頭目的寶箱開出好東西的期望值，高到會有人反覆挑戰頭目房間。

「我要開了！」

光發出宣告後，伸手掀起寶箱的蓋子。

充滿期待的目光投向箱子底部。

寶箱裡面裝著……老舊的石頭、閃爍銀光的金屬和三枚白金幣。

佛瑞德他們看到那些東西，興奮地互相擁抱，發出喜悅的歡呼。白金幣的確是一大筆錢，但是按照人數平分後，我覺得利潤不算很多。修理或更換損壞的裝備之後，也就沒剩多少了。

「喂喂，你應該更高興一點。這是中獎，中大獎啊。特別是這顆回歸石，價值可不得了啊！」

回歸石。那是在頭目房間以外的地方使用時，可以瞬間從地下城回到外面的魔法道具。

聽說如果出售，價格超過十枚白金幣。特別是在與危險為鄰的下方樓層活動的大型氏族，據說不惜花大錢也想得到。實際上我感覺亞修的眼睛也閃爍著可疑的光芒。

「還有那塊金屬……難道是祕銀嗎？」

「正是如此。」

蕾拉對佛瑞德用疑問語氣說出的話表示肯定後，騷動已經沸騰到難以收拾的程度。

就是這樣，我們的第三次地下城挑戰落幕了。

總之決定回去之後再討論如何分配，先回去向公會報告。

◇◇◇

抵達公會後，繁瑣的事情接踵而至。

以蕾拉和亞修為首的救援隊中的幾人，原本的討伐隊以佛瑞德為首的各小隊代表，還有我和米亞一起參加對公會的報告。

決定這個安排後，與我們一起戰鬥，已化為米亞親衛隊？的冒險者們依依不捨地離開了。他們就是之前喊著米亞大人、女神的那些人，在旁邊見狀的特麗莎點點頭，表示她很理解。

光和賽拉會先回去，不過光還在和佛瑞德談論些什麼。

「主人，我去見諾曼。明天可以找他過來嗎？」

我們在地下城探索的時間大幅超過當初的計畫，解體用的狼已經處理了嗎？但是在道具箱裡有數量比上次更多的狼和幾條血蛇，再找他們過來也沒問題。

「嗯，請他們過來吧。還有剩下的料理裝在這裡，分給他們吧。」

剩下的料理不多，我決定來個大清倉。我們短時間內不會進入地下城，在這段期間再做新的就行。

這間冒險者公會的會長在房間裡等待我們。一頭淡紫色長髮垂到背部，黃色眼眸帶著光芒。她是一位身穿男裝的美女，衣著筆挺。關於為什麼知道她是男裝美女……好痛，米亞小姐。看往胸部是不可抗力。請別捏我的臉頰。

「你們之中也有初次見面的人呢。我是瑪喬利卡冒險者公會的會長雷潔。抱歉在各位疲憊時找你們過來，請報告情況。」

雷潔逐一掃視每個人的臉龐，在看到我時停頓了一下，接著又在看到米亞時停下。

也許是因為我們是雷潔所說的新面孔，她是為了記住長相而仔細注視我們。不，因為我戴著面具，根本不可能記住長相。這麼一來，她或許只是對於面具與學園制服這種搭配感到驚訝。可能也和蕾拉她們一樣，覺得這身打扮不適合我。

報告基本上由佛瑞德負責進行。可能因為對方是公會會長，他看起來有點緊張。

「這樣嗎……和目擊情報有出入呢。」

「是的，如果在發現的時候能夠報告就好了……」

「樓層變成頭目房間嗎？雖然一時難以置信，但這是事實吧。」

「我們抵達的時候，影狼似乎已經遭到討伐，所以無法確認。不過據說影狼掉落寶箱，我認為可以相信頭目化的說法。」

聽到雷潔的話，佛瑞德與亞修依序回答。

「我明白了。我們對討伐隊的各位提供錯誤的情報，真是非常抱歉。將會增加報酬的金額。空先生你們也有活躍的表現，請務必收下報酬。另外，感謝亞修你們前往救援。」

在那之後，以雷潔為首的公會職員離開，我們開始討論關於影狼與打倒的其他魔物的素材，以及寶箱相關的分配問題。

蕾拉他們似乎也會留在這裡，對素材的價值等等提供建議。

首先關於魔物的素材，我們得到影狼魔石與較多的影狼肉，其餘部位則決定出售。由於能打倒影狼是多虧了米亞，關於魔石不是由我們買下，而是其他人以轉讓的形式讓給我們。

其餘的魔物決定平均分配。雖然我和光沒有參與狩獵魔物，因為我引開了影狼，所以也能分到。我們分到七條血蛇。我決定直接收下。

「好了，接著是關於這個要怎麼處理……」

問題在於寶箱裡的東西嗎？佛瑞德他們不時瞄著亞修，或許是希望他能高價收購回歸石。

亞修會留下來似乎也是有這個打算，他用市價的兩倍價格買下回歸石。不愧是活躍在最前線的氏族，真有錢。儘管我個人想擁有一顆當作保險，因為沒有存款，所以放棄了。

經過討論後，我成功用這次獲得的錢買下祕銀。準備用手頭的錢補上稍微不足的部分時，米亞說她會支付。

順帶一提，能夠順利買下適合製作武器的金屬祕銀，好像是因為把祕銀製成武器需要花費更多的錢。

會議結束後，我緊繃的肩膀終於放鬆下來。

我的心情很想回家洗個澡然後睡一覺。

「蕾拉，謝謝妳。真是多虧有妳的幫助。」

我發現之前忙得團團轉，還沒有對過來救我們的蕾拉道謝，所以對蕾拉表達謝意。

「如果真的是這樣，你最好也向賽莉絲小姐道謝。消息等於是她告訴我的。」

「說得對。我會的。」

我們在公會領取關於這次事件的報酬後，和大家道別。

「不過，佛瑞德有什麼事情呢？」

在道別時，佛瑞德問了我們現在住處的地址。不知道是為了什麼。

米亞非常認真地反覆告訴他不要對外透露，讓我留下深刻的印象。

那些仰慕米亞，感覺像親衛隊的人，是會不請自來闖進家裡的人嗎？我有點害怕去確認那件事情。

「空……我有派上用場嗎？」

當我們並肩往前走時，米亞突然這樣問。

「那是當然的。我在地下城裡也說過，我們能夠平安回來都是多虧了米亞。」

「是嗎……那就好。」

我瞥了身旁一眼，看到一臉高興的米亞。

看著她的身影，猶豫不決。雖然猶豫，但是我認為如果要說就是現在了，於是開口：

「我說，米亞。以前或許也說過，我暫時打算繼續旅行。現在旅行的目的是為了尋找賽拉她們的童年玩伴愛麗絲小姐，但是即使尋人之旅結束，我也想遊覽這個世界。」

「……嗯。」

呼，我也知道自己冒出冷汗。我握起拳頭，感到掌心是濕的。

不過覺得現在不說就會後悔，錯過這個時機將會很難說出口。所以，現在要用言語表達出來才行。

「……所以，如果可以，希望米亞以後也繼續跟我一起旅行。那個，不是因為妳學會了各種神聖魔法什麼的，跟那種事情無關。我只是真心想要和妳在一起，妳覺得如何？」

如果我能夠強硬說出「跟我走」或許會更好，但是沒辦法說得那麼果斷。

在我覺得她不會答應的時候，手臂突然感受到重量。

轉頭看向旁邊，見到米亞的臉。當我們目光交會，發現米亞的臉在轉眼間紅透了。

這表示她以後也願意和我在一起嗎？

我們默默地走了一會兒。走路的速度感覺比起平常來得慢一些。

「欸，空。我們以後也要去地下城嗎？」

即將看到我們的家時，米亞開口詢問。

我們現在隔著一段距離，正常地走路喔？

「嗯，我有想做的事情。而且還想賺錢。」

其中有一部分是為了賽莉絲的請求，還有也要考慮到諾曼他們。我當然也想收集製作艾麗安娜之瞳的素材。

這次買下祕銀，是考慮到要前往下方樓層，打算製作祕銀武器。雖然佛瑞德他們說要找到製作武器的工匠很困難，但是我知道可以使用創造技能製作。另外，因為祕銀看來也能用在其他用途上，有點猶豫要不要做成武器。

不過我不認為光靠祕銀武器就能攻略下方樓層。最大的問題還是小隊成員的人數。據說愈是深入下方，出現的魔物就愈強，一次遇到的數量也會逐漸增加。

「果然沒有更多同伴還是不行嗎？」

即使在學園也是以四到六人來組隊，最後進入地下城時，經常是多個小隊一起前往。特別是從第十二層開始，聽說一個小隊單獨前往的情況很少見。考慮到這一點，四個人或許太少了。

「要從學園裡找人嗎？」

「這可能有困難呢。參加冒險者學程的人已經加入小隊了，我們也不會在這裡一直待到他們畢業。」

如果隨便組成固定小隊，到了我們要啟程時可能會發生糾紛，甚至會造成別人的困擾。

但是每次去地下城都重新找人也很麻煩，即便人多，臨時拼湊的小隊很可能無法順利合作。

考慮到這一點，從冒險者當中找人會比較好。

假如去拜託米亞親衛隊，感覺他們會樂意答應，聽到我說出這種話，米亞顯得非常反感。開玩笑的、開玩笑的。我也覺得無法忍受那種氣氛。肯定只有光不在乎那種熱情吧。雖然賽拉或許也不太在意。

「那麼最好找小光和賽拉商量一下。而且，那個……賽拉的童年玩伴不是會過來嗎？我覺得也可以拜託她們。」

說得也對。拜託盧莉卡和克莉絲是最好的辦法吧。

對了，她們說會從首都繞過來，現在大概走到哪裡了呢？

我使用魔道具想確定她們的位置，那道光指示這座城鎮。

與此同時，我的魔道具發出聲響壞掉了。

◇克莉絲視角

我們在午前抵達瑪喬利卡。

辛辛苦苦賺來的錢，因為用來搭乘公共馬車又減少了。希望這裡有我們手頭剩下的錢住得起的旅館……

看向身旁，小盧莉卡好像也很緊張。

我也有點緊張。真的能見到小賽拉嗎？

我應該感到高興，心情卻有些複雜。

大概是因為我們從在首都瑪西亞遇見的賽風先生那裡，聽說了空的消息。

老實說，我也還沒理清情緒。我們即使資金吃緊還是搭馬車，有部分原因是沒有精力走路。

小盧莉卡雖然表現得充滿活力，但是我覺得她的心中充滿悲傷。

「走吧，克莉絲。」

小盧莉卡今天也領著我前進。缺乏勇氣的我，總是受到她的幫助。

即使覺得這樣不行，我卻改不了。總是在別人的背後追逐。無論是過去，或是現在。未來大概也會如此……

雖然想要改變，卻難以順利做到。

我們先前往冒險者公會所在的地下城地區。一走進公會便發現有些騷動，發生了什麼事嗎？

眾人的目光都集中在我們身上。來到新地方時，我們經常會引來別人的目光，我在一定程度上已經習慣，但還是重新壓低兜帽，跟在小盧莉卡的後面。

我在櫃檯出示公會卡，詢問是否有給我們的留言。

於是他告訴我一戶住宅的地址。據說小賽拉目前住在那裡。這是怎麼回事呢？

而且他們還考慮到小賽拉不在時的情況，留了一封證明我們是熟人的信。好像只要把這封信交給那戶住宅的伊蘿哈小姐就可以了。

我們按照收到的地圖前往，那裡有一棟大房子。看來是租屋。租金大概多少呢？我們都住旅館，從沒租過房子，老實說並不清楚價格。有庭院……還有像是倉庫的建築，我覺得應該很貴。

「我們沒有被騙吧？」

小盧莉卡似乎也有點畏縮。要敲那扇門需要勇氣。請加油。

當我這麼祈禱時，背後被人推了一把。門近在眼前。轉身一看，小盧莉卡正在微笑。她的眼中沒有笑意。看樣子這件事非得由我來做不可。

我敲了敲那個類似門環的東西。那是門環對吧？我看向小盧莉卡，她別開目光。

等待了一會兒後，門無聲地打開。

一個小小的女僕從門縫裡探出頭來。

「……歡迎光臨。請問有何貴幹？」

儘管說得結結巴巴，依然能感受到她的努力。我不禁怦然心動。

「那、那個，我叫克莉絲。聽說小賽拉住在這裡。請問她在嗎？」

當我對她說道，她偏了偏頭，然後把門關上。

聽見細碎的腳步聲漸漸遠去。

傷腦筋。我們是不是找錯房子了？

正當我在苦惱的時候，隔著門感覺到有人接近的氣息。

門緩緩打開，另一位女僕站在那裡。

我們報上名字，她也回應她叫伊蘿哈，所以我把來自小賽拉的信交給她。

「賽拉小姐目前不在。老實說，我不知道她何時會回來，但是信上提到如果她不在時，就請兩位住在這裡。請進來等候吧。」

她的舉止很優雅，讓人看得著迷。而、而且很成熟。我的視線不禁看向她的胸部……啊，不是的。

我們在女僕催促下走進屋裡。屋內可能經過細心打掃，散發清潔感，非常整潔。小賽拉就住在這種地方嗎？

可是這樣好嗎？不對，不知道她什麼時候會回來是怎麼回事呢？

我猶豫是否應該詢問原因。

「請在這裡等候。」

椅子環繞著一張大桌子擺放。他們在這裡吃飯嗎？

我們坐下之後，飲料送了上來。是一開始見到的小女孩端過來的。

她的腳步有點搖搖晃晃，看得我七上八下，提心吊膽，不過這是祕密。

我喝了一口，甘甜的芳香在口腔內擴散。真好喝。

「欸，克莉絲。」

我明白她想說什麼。從剛剛開始，那個小女僕就從在暗處一直盯著我們。她可能以為自己躲藏起來了，但是看得一清二楚。

看到我笑著揮揮手，她又慌張地躲起來。不過馬上又回到原先的位置盯著我們。

大約經過了多久呢？小女僕突然抬起頭來，小碎步走出房間。

過了一會兒，聽見一陣嘈雜的聲音。

「……歡迎回來。」

「嗯，我回來了。我在那邊遇到愛爾莎。」

「……哥哥和米亞姊姊呢？」

「他們稍後回來。更重要的是這裡有人嗎？」

我聽見這樣的對話。

剛才的小女僕抱著行李走進來，接著一位比她大一點的女僕也提著行李走進來。

然後是比那位女僕更大一點的少女跟著進來，在她的後面……

「小賽拉？」

她的面容還有以前的影子。可是真的是她嗎？我沒有把握。

聽到我的喃喃自語，那個獸人女孩露出驚訝的表情，看到我之後先是偏頭，接著看到我身旁的小盧莉卡，突然撲了過來。

好、好難受。她的胸部壓住我的口鼻，那個簡直是凶器！我不禁倉皇失措。

當我揮舞手腳掙扎起來，她便放開我了。呼～呼～空氣真清新。

「是盧莉卡，和克莉絲……嗎？」

妳明明撲過來抱住我，還用疑問的語氣說這種話，我覺得真的很過分。那妳應該抱住小盧莉卡才對。

不過眼前的獸人女孩的聲音，雖然變得比記憶中低沉一點，但是不會有錯。

「就是我們。小賽拉……幸好妳平安無事。」

眼淚奪眶而出。努力想止住淚水，卻控制不住。我也發出了嗚咽聲。

終於見到妳了。終於見到妳了。

這次她溫柔地將我擁入懷中。

好溫暖。小賽拉真的在這裡。

我長久以來、長久以來都在尋找的朋友真的在這裡。明明有很多次覺得無望而想要放棄，竟然能像這樣重逢。

朝身旁看去，小盧莉卡也在哭。

看向前方，小賽拉也在哭。

就這樣，我們在今天與失散的朋友在相隔九年後重逢。

◇◇◇

我和米亞一起從冒險者公會回到家裡，愛爾莎和阿爾特跟平常一樣迎接我們。一開始阿爾特感到很不可思議地看著我，該不會是因為長時間不在家，他忘記我的長相了吧？

「……啊，大哥哥，有客人來了。」

愛爾莎好像也想說些什麼，但是感覺突然想起有重要的事情，告訴我有訪客。

「這樣啊，謝謝。」

這股氣息，不會有錯。一定是盧莉卡和克莉絲。當我走近房間，愉快的說話聲傳來。

「主人，歡迎回來。」

「主人，歡迎回來。」

一走進房間，先回到家的光和賽拉迎接我。

盧莉卡和克莉絲也站起來向我道謝。她們的態度有些緊張，顯得疏遠。這是怎麼了？甚至開始自我介紹……啊，因為她們和米亞是第一次見面嗎？米亞也報上名字回應。

這時晚一點進來的希耶爾在光的周圍繞了一圈，最後輕輕地坐在她的頭上。

光也注意到希耶爾，但是當著盧莉卡和克莉絲的面，無法跟希耶爾互動吧。如果在看不見希耶爾的人面前與她互動，會被別人當成突然做出怪異行為。是個對著什麼也沒有的半空中摸來摸去的危險人物之類的……

這時候克莉絲不知為何露出驚訝的表情，發生了什麼事嗎？

「看來妳們順利見面了。好好聊過了嗎？」

「嗯，我們聊了很多。我害她們吃了苦頭。」

賽拉是覺得難為情嗎？不過她看起來很高興。眼睛有點紅，或許是哭過了。

雖然我也有對她簡單地說明情況，跟直接聽到她們講述的感覺還是不同吧。她應該有許多話要聊，我正想讓她們三人單獨相處，但是她們不知為何催我坐下。

我們兩人在空著的座位坐下，愛爾莎立刻端茶過來。這是伊蘿哈教育的成果。

可能是想讓我們方便談話，伊蘿哈帶著愛爾莎和阿爾特回房間了。離開時還說如果有什麼需求，請儘管叫她。愛爾莎好像很感興趣，顯得有點依依不捨。

「那個，我想和你、和您商量以後的事情。小賽拉、賽拉是您的奴隸對吧？請問要怎麼做，您才會釋放她呢？」

伊蘿哈從視野中消失後，克莉絲馬上詢問我。

她的表情很認真……不，應該說是十分迫切。

雖然我沒有打算要求什麼東西……

由於是以債務奴隸身分訂下契約，記得至少要支付我五百枚金幣，賽拉才能重獲自由。這個至少是指可以索取各種生活費，不過這部分似乎是由奴隸主自行決定。

所以據說無論如何都不想放走奴隸的人，會索取相當昂貴的金額。倘若金額太過離譜，可以由奴隸提出控訴讓要求無效，但是從來沒有獲得承認的案例。因為主人可以用命令封口，奴隸最終無法提出控訴。

所以對奴隸來說，被誰買下確實將會大幅改變人生。

「這個……其實我沒有想得那麼遠……」

這點其實是真的。和盧莉卡她們會合後，如果還沒有找到愛麗絲，我打算繼續旅行，所以完全沒有考慮過未來的事情。因為在我的心中已經決定，這樣做是理所當然的。當然了，如果找到愛麗絲，情況應該另當別論。

而且這次探索賺了不少錢，即使需要五百枚金幣來釋放賽拉，看來只要再存一點錢就可以達到了。

「欸，主人，你打算再去地下城吧？那麼讓她們幫忙就行了吧。」

這就叫天降甘霖嗎！如果她們兩人參加探索，的確令人高興。我剛剛才和米亞談過這件事。但是……

然而看一眼就知道愛麗絲不在。這麼做也許會讓她們更晚達成目標。我冷靜思考之後想起這件事，不禁感到猶豫。

「不要緊。她們也很缺錢，身上沒有錢。而且如果愛麗絲姊姊是奴隸，也需要一筆資金來買下她。」

賽拉的一句話讓兩人臉紅了。她們那麼缺錢嗎？

我打聽詳情，她們為了趕路搭乘好幾次馬車，所以手頭很吃緊。手邊好像只剩下幾天份的住宿費了。

本來以為她們有計劃地進行儲蓄，或許是為了儘快抵達瑪喬利卡而花錢。

而且也要考慮愛麗絲是奴隸的情況。我在此時想起和奴隸商人德雷特談話時，問過如果有尖耳妖精被當作奴隸出售，會賣到什麼價格。

當時他的回答是難以定價。在這個前提下，價格至少也是白金幣……這是他的說法。

「那麼，這裡還有空房間，妳們可以住在這裡。妳們應該有很多話要聊，不要覺得拘束。另外，如果妳們願意和我們組隊進入地下城，對我們也很有幫助。」

我說的話令人意外嗎？兩人都非常驚訝。相反的，賽拉看起來很開心。

而且我也很高興能和她們一起冒險。

「請、請問，為什麼您會對我們這麼好呢？」

面對克莉絲的問題，我不禁偏頭表示不解。

為什麼她會說這種話呢？

米亞在困惑的我耳邊低聲說話。

原來如此，我理解了。因為太過理所當然，所以都忘記了。由於我戴著面具，她們無法認出我是空。對了，因為她們認識我，我也沒有報上名字。

「那是因為我受過妳們的照顧。」

我一邊開口，一邊摘下面具。

椅子發出喀噠聲。

因為克莉絲慌張地站起身。

我看著身旁，盧莉卡也露出驚訝的表情。

「是……空嗎？」

果然如同米亞所說，她們因為我戴著面具而認不出我。

「對，是我。妳們都沒變，看起來很好……」

我的話說到一半就被打斷。

因為克莉絲突然撲進我的懷中。

呃，她那麼高興嗎？我有點害羞。

正當我這麼想的時候，她開始哭泣。是高興得哭了？看起來不像。她發出嗚咽聲，哭得像個孩子一樣。

誰來救救我。

我看向賽拉，她只是偏頭。

光……和平常一樣。希耶爾也是同樣的感覺。

米亞露出為難的表情。感覺想說些什麼，卻不能說。

「呃，這是怎麼回事？」

我詢問看起來唯一了解情況的盧莉卡，但是她也在哭。

不過她可能是立刻察覺我的困惑，擦去淚水，有點害羞地告訴我：

「不。那個呢，其實我們在前來這裡的路上遇到賽風先生一行人，在那時聽到空的消息。他們說你在處理委託途中死了。」

聽到令人懷念的名字。哥布林的嘆息的大家過得好嗎？

不過，原來如此。這就是原因嗎？

「所以我想她是知道你還活著，覺得很高興喔。我、我當然也很高興。」

「看來讓妳們擔心了。下次有時間的時候，再告訴妳們這件事。」

「嗯，這樣會很有幫助。」

「啊，還有賽拉。不好意思，妳可以送克莉絲去休息嗎？她好像睡著了。」

克莉絲可能是哭累了，不知不覺發出睡著的呼吸聲。

賽拉用公主抱帶走克莉絲，盧莉卡也跟在後面。

留下來的我們決定準備晚餐。難得她們久別重逢，我得好好發揮廚藝，讓大家吃得心滿意足。

希耶爾聞言高興得飛了起來，但是妳不能一起吃喔……

不過在那之前，我必須先徵得伊蘿哈的許可。因為不能擅自搶走她們的工作。

尾聲

那一天的晚餐變成宴會。比平常多了五成的各種料理擺滿一整桌。

我也做了許多菜，但是每次試吃的時候，伊蘿哈都會問很多問題。她真是充滿進取心。當我說有蕾拉沒吃過的料理時，她瞬間浮現非常邪惡的笑容。雖然馬上就恢復平常的樣子。

料理也很受盧莉卡和克莉絲歡迎，她們看起來吃得十分滿足。看到阿爾特少見的胃口大開，他似乎很喜歡肉丸這道菜。米亞和愛爾莎要我下次慢慢教她們做菜。

還有，光居然也要我教她做菜。聽到那句話，米亞和賽拉露出震驚的表情。盧莉卡和克莉絲感到不可思議地看著兩人。

不過在這些人當中，變化最大的應該是賽拉吧。她完全除去殘留的僵硬感，給人一種變得隨和的印象。果然是與兩人的重逢讓她有所改變吧。

快樂的時光在吃完飯後點心與甜點後結束了。伊蘿哈和愛爾莎帶著想睡覺的阿爾特回房，光和米亞一起去浴室。

留在客廳的我們一邊喝飲料，一邊分享彼此的近況。

我按照時間順序，述說自己與兩人分離之後做了哪些事。當然了，也告訴她們我是異世界人，以及當時無法告訴她們的理由。

盧莉卡她們告訴我以獸王國為中心的經歷。盧莉卡病倒的經過等等也都詳細述說。

聽說那裡自然環境豐富，有許多種族的獸人，我不禁很想過去那裡看看。因為除了貓獸人賽拉以外，目前頂多只看過狗獸人。克莉絲陶醉地說著熊獸人的孩子很可愛。順便一提，盧莉卡好像是狐狸派。

「這樣啊。原來空是迷途者。因為你在某些方面缺少常識，想過你似乎隱瞞了什麼祕密。」

「既然有這樣的情況，那也無可奈何。遭到惡劣的對待後，會變得警惕也很正常吧？」

「的確是很惡劣。不過也多虧如此，我們才能相遇。稍微感謝一下吧？」

「那個……或許的確沒錯。」

我同意那個看法。如果當時沒被趕出來，就不會有現在的相遇。

「欸，可以問個問題嗎？我是被召喚到這個世界的，但還有其他前來這個世界的方法，或者說有無意間來到這個世界的情況嗎？」

「很難講吧。我也只是從奶奶那裡聽說的。奶奶是個不可思議的人，知道許多事情。」

對於盧莉卡的話，兩人連連點頭。

「比起這個，我更在意的是你帶著可愛的女孩，而且還是奴隸的事情喔。」

這個飲料是果汁吧？她像喝醉的人那樣糾纏不清。

而且我應該說過光和米亞的事情了，她沒有在聽嗎？

「那也沒辦法吧。當時幾乎沒有選擇。光無法取得身分證，至於米亞則是有很多原因。」

除了我的事情，剛才也告訴了她們兩人的情況。當然了，有事先徵得兩人的同意。光對這方面不太在意，隨口答應了。但是米亞有點猶豫，不過基於她們是賽拉的朋友，所以也同意了。

她們聽到這些事情後，比起米亞是聖女，更對光曾是監視我的人之一感到驚訝。不，她們似乎在進入魔導國領地時聽說聖女死亡的消息，看到聖女本人還活著並且在這裡，也很吃驚喔。

米亞她們從浴室出來，這次換成另外三人進去，最後是我悠閒泡澡。今天希耶爾也一起。

回想起盧莉卡調侃地問我：「要一起洗嗎？」身旁的克莉絲面紅耳赤阻止她，賽拉則是一臉若無其事。不過說那句話的盧莉卡自己也臉頰泛紅。真是自作自受。

還有我覺得盧莉卡和克莉絲離開浴室時，眼神似乎了無生氣。發生了什麼事嗎？

回到房間休息片刻。今天一整天實在發生了太多事情。

當我躺在床上，希耶爾飛了過來。她拍打著我，是在催促我拿出料理嗎？把各種料理擺在桌上後，她的心情似乎好轉了。她已經忘掉我的存在，專注地吃著東西。

我一邊望著看起來很幸福的希耶爾，一邊思考盧莉卡和克莉絲的事情。

真的很高興能見到她們。雖然沒想到她們哭得那麼傷心。這就代表她們有多麼擔心我嗎？

不過如果她們沒有遇到賽風，或許就不會得知我的生死，也不會產生誤解吧。

克莉絲她們會更加相信我的死亡，好像是因為使用了我給她們的追蹤位置魔道具，結果沒有反應。

因為那個魔道具在魔物潮時壞掉了。我也向克莉絲說明這一點。

不過得知王國那邊認定我已經死亡，不由得感到一絲安心。

這個時候，敲門聲響起。

我過去開門，門外是米亞……以及克莉絲。那個組合讓我感到困惑。不記得一起吃飯時，她們有聊過很多話。

「呃，怎麼了？」

我的問題沒能得到回答。過了一會兒，米亞推了推克莉絲的背——

「那、那個，可以打擾一下嗎？」

克莉絲開口了。

這時的克莉絲看起來很緊張。

確認我點頭同意後，米亞想要離開現場——

「我希望米亞小姐也一起聽我說。」

但是克莉絲留下她，我們三人走進房間。

因為三個人一起坐在床上也怪怪的，於是我坐在房間的椅子上，請她們坐在床上。不，這是因為只有一張椅子。

這時我發現一個重大問題。

希耶爾正在我背後的桌子上悠哉地吃東西。

我設法挪動身體想遮住她，不過克莉絲笑著說道：

「呵呵，太好了。」

正當我心想她是指什麼的時候，克莉絲做了一個深呼吸才開口：

「聽完空的話，我也思考了很多。也找小盧莉卡和小賽拉商量，她們告訴我，要我隨自己的意思去做就行了。其實，是想要她們推我一把……因為我沒有勇氣。但是當我在門口猶豫不決時，米亞小姐跟我說話，讓我得以下定決心。」

克莉絲看了一下米亞，向她低頭道謝。

「不只是空，小光和米亞小姐都把自己的祕密告訴剛認識的我們。我認為兩位一定很信任空。所以我也想說出我的祕密……不對，你們願意聽我的祕密嗎？」

我等待她的下一句話。話語會短暫停頓，是反映了克莉絲內心正在煩惱吧。

「我其實，不是人類種族。我是……那個，尖耳妖精。」

克莉絲先是喃喃自語著什麼，首先出現變化的是她的髮色與眼睛顏色。原本金色的頭髮和眼睛變成明亮的銀色。圓圓的耳朵也變化為尖耳。

另外，還能切身感覺到克莉絲散發的魔力。或許是因為學會了魔力操作的關係，即使沒有使用察覺魔力技能，也能如此明顯感受到魔力，這是否代表克莉絲的魔力量非常高呢？我實際使用察覺魔力後，感覺到一股前所未有的濃郁魔力。

米亞可能也感覺到那股魔力，露出驚訝的表情。

「……你不太驚訝呢。」

「啊，不，我是驚訝過頭，說不出話來……」

對於我的話，米亞也點頭表示贊同。

「啊，難不成妳看得見希耶爾？」

「你把那個孩子取名叫希耶爾呀。這樣啊，你們成功締結了契約。」

聽到克莉絲這麼說，希耶爾暫停吃東西，點了點頭。她在某種意義上或許是大人物。看到別人的外表發生變化也不為所動。嗯？克莉絲和希耶爾認識，這代表……

「克莉絲當時會給我那張寫了各種情報的紙，難道是因為？」

「嗯，因為我不能直接告訴你。而且那孩子……希耶爾曾來找我商量。她說想和空在一起，問我該怎麼做才能和你感情變得更好。」

原來還有這種事情啊。

「這樣啊……克莉絲可以和希耶爾交談嗎……」

「我稍微能聽到她的聲音。」

這代表她跟賽莉絲不同，與精靈的親和力很高嗎？

「那個，可是真的沒關係嗎？妳本來隱藏了自己是尖耳妖精的事實吧？然而卻告訴今天才剛認識的我。」

「是的，因為我認為米亞小姐值得信任。而且妳也告訴我妳是聖女。」

「……是嗎。那麼叫我米亞就好。請多指教，克莉絲。」

「好的，請多指教，米亞。」

比起緊張的關係，能夠變得親近是好事。

「那麼我有一個想問的問題，可以問嗎？」

「嗯，是什麼呢？」

「米亞看得見希耶爾嗎？」

「嗯，希耶爾，過來這邊。」

吃完料理的希耶爾正心滿意足地躺下，在聽到呼喚後便搖搖晃晃地飛向米亞。動作遲鈍是吃太飽的影響！

「妳真的看得見她呢。不過，這是為什麼……」

「啊～雖然我不確定是否正確……」

我先表示這是推測後，說明米亞變得看得見希耶爾的原因。

「第一次聽說有這種事情。」

克莉絲聽到我的說明後，知道光和賽拉也看得見，感到非常驚訝。

「不過，如果我們跟克莉絲妳們一起行動，或許還是不能和希耶爾一起吃飯。」

「為什麼？」

不只是克莉絲，希耶爾也問道：「為什麼為什麼？」

「不，盧莉卡看不見希耶爾吧？那樣一來，如果食物突然消失會很吃驚吧？」

聽到這句話，希耶爾露出絕望的表情。

「呵呵，我想只要先說明就沒問題了。因為小盧莉卡也知道精靈的存在。」

不過聽到克莉絲的話，希耶爾馬上露出安心的表情。下垂的耳朵瞬間挺起，恢復精神。

看著她的反應，我們看了看彼此，笑了起來。

我一邊笑，一邊把在意的事情保留在心中。

【名字「克莉絲」 職業「冒險者」 Lv「22」 種族「高等尖耳妖精」 狀態「緊張」】

這是我對克莉絲使用鑑定的結果。

克莉絲說她是尖耳妖精，但是鑑定顯示她是高等尖耳妖精。

在我至今調查的資料與聽過的傳聞當中，從未出現過高等尖耳妖精這個詞彙。雖然在我們的世界，那是奇幻故事經常出現的種族名稱，但是這個種族如果存在，應該會留下記載，但卻沒有相關紀錄。

克莉絲只是自己沒有察覺嗎？還是她認為同樣屬於尖耳妖精種族，所以只是用尖耳妖精稱呼自己呢？我不知為何無法開口問她。

不過在圖書館看過的書上寫著，尖耳妖精是擁有強大魔力的種族，也擅長使用魔法。實際上當克莉絲解除變裝時，魔力量多到無法計測。雖然有解除變裝這層限制，依然能夠大幅提升小隊的戰力吧。

而且盧莉卡她們擁有身為冒險者的知識與經驗。如果有她們加入，肯定令人放心。

如此一來，不只可以在第三十五層收集素材，到達賽莉絲說過的「最下層」或許也不是夢。她也說過只要能打倒最下層的頭目，就能阻止造成問題的魔物遊行發生。

我一邊思考獲得的祕銀和技能，一邊想像還沒去過的地下城下層。

截至目前為止的狀態值

藤宮空 Sora Fujimiya

【職業】探子　【種族】異世界人
【等級】無

【HP】450／450【MP】450／450【SP】450／450（+100）
【力量】440(+0)【體力】440(+0)【速度】440(+100)
【魔力】440(+0)【敏捷】440(+0)【幸運】440(+100)

【技能】漫步　Lv44

效果：不管走多少路也不會累（每走一步就會獲得1點經驗值）
經驗值計數器：444902／810000
累積經驗值：10939902
技能點數：2

已習得技能

【鑑定LvMAX】【阻礙鑑定Lv4】【身體強化Lv9】
【魔力操作LvMAX】【生活魔法LvMAX】【察覺氣息LvMAX】
【劍術LvMAX】【空間魔法LvMAX】【平行思考Lv9】
【提升自然回復LvMAX】【遮蔽氣息Lv9】【鍊金術LvMAX】
【烹飪LvMAX】【投擲・射擊Lv7】【火魔法LvMAX】
【水魔法Lv7】【心電感應Lv9】【夜視LvMAX】【劍技Lv5】
【異常狀態抗性Lv6】【土魔法L9】【風魔法Lv7】【偽裝Lv7】
【土木・建築Lv8】【盾牌術Lv5】【挑釁Lv6】【陷阱Lv3】

高階技能

【人物鑑定Lv9】【察覺魔力Lv8】【賦予術Lv7】【創造Lv4】

契約技能

【神聖魔法Lv4】

稱號

【與精靈締結契約之人】

後記

初次見面，或是好久不見。我是あるくひと。

非常感謝您這次拿起《異世界漫步3～艾法魔導國・散步篇～》。

《異世界漫步》的第一、二集，基本上在修改時與WEB版相比沒有太大的變動，不過對於看過WEB版的讀者來說，或許會對這次的第三集感到驚訝。我認為這次的改動幅度非常大。

收到這次的魔導國篇的修改提案時，我的第一個想法是，大幅改寫內容或許的確會變得更加有趣！

因此加入了在WEB版中所沒有的，就讀魔法學園與學生們交流的橋段。寫了各種情節深入挖掘那個原本戲分不多的角色，大幅更改在地下城第五層與影狼的戰鬥，我覺得最終有七成……不，將近八成的內容都進行了重寫。

由於這次要進行大規模修改作業，我擔心自己是否能夠遵守截稿期限，在展開作業前與編輯商量，請編輯調整修改後原稿的交稿方式與截稿日期。

由於這是我第一次分為前半部分與後半部交稿，本來還對這次頁數沒有超過太多感到安心。在多次來回討論的過程中，最後還是超過了頁數，需要再次刪減。

不過，或許是因為這些努力，我認為完成了能令讀者滿意的作品，如果大家能從中享受閱讀樂趣，我會非常高興的。

在此宣傳一個消息。

當本書出版時（註：此為日本的出版狀況），本作的漫畫版應該正在《マガジンポケット》上連載。漫畫由小川慧老師繪製。這方面也請大家多多支持。

那麼在最後，這次也在寫作本書的時候陪我商量各種事宜、提出各種提案，有時尖銳地指出問題，引導我讓本書變得更加出色的責編O。根據我抽象難懂的設定描繪出充滿魅力的角色與插圖的ゆーにっと老師。指出我自身並未察覺的錯字等筆誤的校對人員們，真的非常感謝你們。

承蒙各位的支持，本書才得以順利完成並問世。

然後是拿起本書閱讀到這裡的讀者們、總是閱讀ＷＥＢ版並留下各種留言的各位，非常感謝你們。能夠努力持續寫作都是多虧了你們。如果有緣，希望在續集再會。

あるくひと

國家圖書館出版品預行編目資料

異世界漫步. 3, 艾法魔導國.散步篇/あるくひと作 ; K.K.譯. -- 初版. -- 臺北市：臺灣角川股份有限公司, 2023.11
面； 公分. -- (Kadokawa fantastic novels)
譯自：異世界ウォーキング. 3, エーファ魔導国家・散策編
ISBN 978-626-378-177-1(平裝)
861.57 112015464

Kadokawa
Fantastic
Novels

異世界漫步 3
～艾法魔導國・散步篇～

（原著名：異世界ウォーキング3 ～エーファ魔導国家・散策編～）

2023年11月27日　初版第1刷發行

作者：あるくひと
插畫：ゆーにっと
譯者：K.K.

發行人：岩崎剛人
總編輯：蔡佩芬
編輯：楊芫青
美術設計：吳佳昫
印務：李明修（主任）、張加恩（主任）、張凱棋

發行所：台灣角川股份有限公司
地址：104台北市中山區松江路223號3樓
電話：（02）2515-3000
傳真：（02）2515-0033
網址：www.kadokawa.com.tw
劃撥帳戶：台灣角川股份有限公司
劃撥帳號：19487412
法律顧問：有澤法律事務所
製版：尚騰印刷事業有限公司
ISBN：978-626-378-177-1